ESSAYISTS AND PROPHETS

文章家与先知

[美国] 哈罗德 · 布鲁姆 著

翁海贞 译

译林出版社

图书在版编目（CIP）数据

文章家与先知 / （美）哈罗德·布鲁姆（Harold Bloom）著；翁海贞译. -- 南京：译林出版社，2025. 7. --（哈罗德·布鲁姆文学批评集）. -- ISBN 978-7-5753-0443-6

Ⅰ. I106-53

中国国家版本馆CIP数据核字第2025BV4649号

著作权合同登记号　图字：10-2024-289号

文章家与先知［美国］哈罗德·布鲁姆 / 著　翁海贞 / 译

责任编辑　陶泽慧
装帧设计　胡　苨
责任印制　董　虎

原文出版　Chelsea House Publishers, 2005
出版发行　译林出版社
地　　址　南京市湖南路1号A楼
邮　　箱　yilin@yilin.com
网　　址　www.yilin.com
市场热线　025-86633278
排　　版　南京展望文化发展有限公司
印　　刷　江苏凤凰通达印刷有限公司
开　　本　880毫米×1230毫米　1/32
印　　张　9.375
插　　页　2
版　　次　2025年7月第1版
印　　次　2025年7月第1次印刷
书　　号　ISBN 978-7-5753-0443-6
定　　价　68.00元

目录

前 言

1984年初，我开始为切尔西出版社编辑文学批评文集，而首部文集《埃德加·爱伦·坡：种种现代批评观念》也于1985年1月付梓出版，因此眼下这套丛书实是这桩堂吉诃德式冒险的二十周年纪念。倘若有人问及，在这一过程中，究竟出版了多少种单行本，我记不得确切的数字，在这漫长的过程中，很多书已绝版，甚至整个丛书已不再继续。我估算足有上千种单行文集。单独一个批评家汇集、推介如此庞大的一整套批评观念，确实可说是疯狂。

有些书出现在极不可能的地方：博洛尼亚、瓦伦西亚、科英布拉、奥斯陆的旅馆客房，法兰克福和尼斯的旧书摊，我旅行所到之处的作家书架。我应马其顿一所大学的要求给它的图书馆寄去一批，也应要求捐了数册给美国监狱服无期徒刑的囚犯。这些年来，这千种书籍触及很多地域、很多人。我今年七十四岁，回顾过去二十年间这一殊为奇怪的努力，尤其在跨越两个世纪之后，叫我颇有些惶惑。

我在编辑手记中已明述，我并不赞同每一篇重印的批评文章所阐发的观点。但这些文章须适度地反映现行的批评模式和教育风气，对于所有这些观念，我自然不是都有兴趣。不过，我是一只恐龙，欢乐地自称“布鲁姆·崇拜莎士比亚·雷龙”（Bloom Brontosaurus Bardolator）。关于想象性文学的伟大这一问题，我只认可三大标准：审美光芒、认知力量、智慧。随着我们的社会（迟缓地）改正偏见和不公，如今所谓的“相关性”，不出一个世代，便会被弃掷在垃圾桶。
vii 文学与批评界的时尚人士总会衰退过时。结实的老家具尚可作为古董流传，而糟糕的文学作品和意识形态的劝诫不会有这样的命运。

时间腐蚀我们、摧毁我们，而时间更残酷地抹灭庸劣的小说、诗歌、戏剧、故事，不论这些作品道德上如何高洁。走进一座图书馆，看看三十年前的杰作：在被遗忘的书籍当中，仅有寥寥数部仍有价值，而邪恶的湮灭使大多数畅销书成为时间报复的对象。日前，一位曾是我的学生的朋友告诉我，20 世纪美国第一位桂冠诗人是约瑟夫·奥斯兰德。我的记忆力仍相当顽健，却记不得这位诗人的任何诗行。现今一些女性主义浪漫主义学者研究、传授费利西亚·希曼斯夫人的诗歌。这位勇敢的女性赋诗支持她的同性，对于她的诗歌，我只记得《卡萨维安卡》的首句，但也是因为马克·吐温略作了添饰，化作一个对句：

男孩站在灼热的甲板上
一粒一粒啄食花生米

我虽称赏奥斯卡·王尔德的壮美宣言：“所有艺术皆无用处”，但并不想印证文学于社会无用这一主张。莎士比亚可以代表最高文学造诣的最良善效用：倘若真正地理解了，它能够治愈每个社会所固有的一些暴力。在我看来，美洲迄今所孕育的作家当中——不论是北美、中美、南美、加勒比海，也不论是用英语、西班牙语、葡萄牙语、法语、意第绪语以及其他语言写作——沃尔特·惠特曼仍是最主要的诗人。惠特曼是医师、诗人—先知，内战时期在华盛顿特区的医院做志愿者，为伤兵包扎伤口、做护士之时，发现了他于社会有用的职业。阅读惠特曼，真正地理解惠特曼，能够使你学会自助，学会治愈你的意识创伤。

在迟暮之年，我将文学批评的功能多半看作鉴赏，在沃尔特·佩特意义上的鉴赏，融合分析与评估。佩特说“为艺术而艺术”之时，言下之意还包含 D.H. 劳伦斯所说的“为人生而艺术”。在惠特曼之后的生机论者当中，劳伦斯是最具挑衅性的，如今被彻底驱逐出英语国家的高等教育。女性主义者指控他憎恶女人，将他禁压，
说他要求女性禁欲。学生从而不再阅读 20 世纪的一位大作家，一 viii
位独特的小说家、讲故事的人、诗人、批评家、先知。

切尔西出版社文学批评系列这项事业如此庞大，无疑也将编者的缺陷与好处历然彰显。在编辑过程中，我的目标始终是力求赅备，并且通常试图撇开个人意见。眼见市场上停售一部重要著作，叫我痛心，尽管我也从我的偶像塞缪尔·约翰逊博士的《诗人列传》里寻得解慰。书商（在当时兼出版与销售）遴择诗人，而约翰逊仍能径直讲出真心话。如今谁还记得这些诗人：耶登、斯普拉特、罗斯康芒、斯特普内？倘若我指出酷似这些诗人的当代人，便要招人怨尤，虽则这样的名字数不胜数。

在这项追求赅备的求索中，我受到更为充分的教益，学会如何为更广大的读者写作。文学批评是个人的行动，也是与公众接触的

行动。文学批评产生了许多巨擘，诸如约翰逊、柯勒律治、莱辛、歌德、哈兹里特、圣伯夫、佩特、库尔齐乌斯、瓦莱里、弗莱、燕卜荪、肯尼斯·伯克。但我再版的批评家大多没有这般声望：我不过是将能找到的所有材料堆砌起来罢了。终生的阅读和教授，使我得以从无数人那里学习无数东西，这样的智识负债是不可计数的。我重印过数以百计的批评家的文章，却不可能结识这些人，而他们的思想给
ix 我启迪，使我学会如何从他人的思想中学习。

导 言

本书的开篇文章谈论了《希伯来圣经》的两卷，以及出自希腊文《新约》的《福音书》，余下的篇章涉及二十位文章家和先知[①]。帕斯卡尔、卢梭、塞缪尔·约翰逊、卡莱尔、克尔凯郭尔、爱默生、梭罗、罗斯金、尼采、弗洛伊德、肖勒姆、杜波伊斯，这些人作为智慧作家，以不同的方式酷似先知，而蒙田、德莱顿、鲍斯威尔、哈兹里特、佩特、赫胥黎、萨特、加缪则可被看作多样化的文章家。很多先知自许为文章家，并且这二十位作家都是道德家，虽说伟大的审美家沃尔特·佩特断不肯接受这一归类。

有一种文学范畴拒斥简单的归类，正是这个文学范围归拢这二十位作家。蒙田虽师从古人普鲁塔克和塞涅卡，却创辟了现代文章，足可成为之后众多作家的导师。帕斯卡尔是基督教道德家、神秘主义者，对于蒙田极为不满，而其文章总是剽窃蒙田。德莱顿、约翰逊、鲍斯威尔是英国新古典主义者，却也暗中向蒙田赊借，蒙田之于思论文章，正如莎士比亚之于文学虚构，不论以韵文或散文的形式，他都是不容置疑的开山祖师。卢梭——鲍斯威尔曾拜访过

① Essayist："文章家"这一译法，承蒙一位前辈的指点。Essay一词，文中译作"文论"，或"文章"，或"随笔"，只为行文方便罢。原书无注，此为译注，下同。

他——是浪漫主义思想的先驱，在哈兹里特、卡莱尔、克尔凯郭尔、爱默生、梭罗、罗斯金、佩特和尼采这里，浪漫主义的思想又变为另一种模样。弗洛伊德是浪漫主义的理性主义者，契近其中数位作家，但其丰茂的独创力将他从传统中解放出来。

这本书收录的最后五位作家有些扞格不入，萨特和加缪失和之
前曾交从甚密。杜波伊斯是非裔美国人先知，负欠爱默生甚多，而
阿尔道斯·赫胥黎往好友 D.H. 劳伦斯的生机论中掺杂神秘主义的
xi 常青哲学。格尔肖姆·肖勒姆开创卡巴拉或犹太神秘主义思辨的
现代研究，独绝无类，虽则无数后人追随他的足迹。

就我写作文学批评而言，在这些前人当中，给我最深刻影响的
是约翰逊博士、哈兹里特、爱默生、佩特、尼采、弗洛伊德，而肖勒姆
是我的素交，并且一直是对我影响至深的个人导师。我揣度这便是
先知文章家的终极效用：帮助我们找到自己，成为关怀的个人，而不
xii 是漠视自己，也漠视他人的个人主义者。

《圣经》

《约伯记》

约伯唯有求诸彻底的裸露，因为上帝欢喜约伯回到原初的裸露，此外再无善法足可呈显其忍耐。诚然，人类徒然抵抗。他们自可咬紧牙关承受，但必得赤裸裸归返坟墓。异教徒亦说唯有死亡彰显人之渺小。何以见得？因我们的贪念如渊深，我们意欲吞食整片大地。人纵有无尽财富、葡萄园、草原、财产，仍要嫌其不足。上帝若要满足我们，非得再造一个新世界不可。

约翰·加尔文，《复宣约伯记》

然而偌大世界，能令你无忧无虑的地方，却寻不到一处，你所能言说的，从来不曾有人比你说得更多，你不知悲痛何时会落到你的家中。因此，真诚地对待你自己，想一想约伯；他虽叫你恐惧，而他是不愿这样的，倘若你自己不愿这样。

索伦·克尔凯郭尔，《启发性谈话》

《约伯记》的诗人摹仿一位伟大的前人，那位惊人的先知是耶利米。在修辞与逻辑辩证方面，《约伯记》虽不及《耶利米哀歌》

撼动人心，但依然深深困扰人们的思想。正如深受其影响的《李尔
王》，《约伯记》触及文学的界限，也许更是轶越界限。李尔王绝望
地祈求忍耐，生怕自己发疯，甚至宣称“不，我要成为所有忍耐的图
1 式，/ 我要一言不发”，好似要做第二个约伯。这部戏剧最伟大的场
景（4.6），大抵也是莎士比亚或文学史上最伟大的场景，李尔王建议
葛罗斯特加入他的行列，践行约伯式的坚忍：

> 要是你愿意为我的命运痛哭，那么把我的眼睛拿了去吧。
> 我知道你是什么人；你的名字是葛罗斯特。
> 你必须忍耐；你知道我们来到这世上，
> 第一次嗅到了空气，就哇呀哇呀地哭起来。

坚忍的约伯，确实近乎李尔王一般坚忍。撒旦（Ha-satan）这个宿敌虽教人忿怒，而来宽慰约伯的那些厚友教人加倍痛恨。威廉·布莱克尖刻地写道：“在《约伯记》里，弥尔顿的弥赛亚名叫撒旦。”显然约伯那些可憎朋友，在《天堂与地狱的联姻》里唤作“天使”，或者虔诚的干时者，适合在卡夫卡的法庭或城堡做小官僚。这里且不提那些虔诚的窜改，诸如荒唐的结尾，《约伯记》的著者绝不是骑墙派，也不是自欺的圣徒。约翰·加尔文和索伦·克尔凯郭尔这两位激进的新教徒将《约伯记》诠释得最好。加尔文责备我们不够约伯：

> 同时，上帝将与我们一道遭谴。人类便是这般激怒自己。在此境地，他们做些什么？就好似他们诘责上帝为暴君或傻

瓜，一心要搅乱一切。

克尔凯郭尔称颂约伯为精神的英雄，战胜世界的勇士：

> 而直面上帝的人战胜世界，因此，以其虔诚的言辞，约伯战胜世界。他虔诚的言辞比整个世界更伟大、强劲、有力。全世界都不能诱他受迷惑，却要用它的力量战胜他，致令他在它无限的威力前降服。

我认同加尔文的准确判断，约伯并没有驳难上帝，并没有谴责
他为"暴君或傻瓜"。我也同意克尔凯郭尔的主张，上帝终于出现与
受难者对质，不期然发话之时，致令约伯沉没的并不是巨兽或海兽
利维坦。马丁·布伯敏锐地指出"约伯既不能舍弃他自己的真理，
也不能舍弃上帝。"约伯抵抗这不可企及的，遭受远甚于罪孽的痛
苦，而上帝却用不可公度的词语来回应，令他无从辩驳。与《耶利 2
米哀歌》一样，《约伯记》的诗人可以追溯到 J 作者或雅威作者（the
Yahwist），他们的雅威奥妙不可测。我们是按照雅威的形象被造的，
被教导要像他，但我们不敢太像他。我们也可与他争辩，一如亚伯
拉罕，在他往所多玛去的途中，与他争了半程；他也反复无常，可怜
的摩西勉强应承下先知的使命上路后，他却想将摩西谋杀，或者他
在西奈山对以色列人又哄又吓。在我看来，约伯听到这个突如其来
的声音的话语后，认识了雅威超凡性格的现实，这一认识就是这部
书自不和谐到和谐的解决。

我认为《约伯记》显然不是神正论，不是辩护上帝对待人的方

式，如弥尔顿在其崇高的神正论著作《失乐园》所界定的体裁。突如其来的声音并不是来作辩护的。相反地，这个声音薰天赫地，连珠炮似的向约伯抛出大段夸张的设问，其极致便是对海兽利维坦的想象：

1. 你能用鱼钩钓上鳄鱼（利维坦）吗？能用绳子压下它的舌头吗？

2. 你能用绳索穿它的鼻子吗？能用钩穿它的腮骨吗？

3. 它肯向你连连恳求，说柔和的话吗？

4. 岂肯与你立约，使你拿它永远作奴仆吗？

5. 你岂可拿它当雀鸟玩耍吗？岂可为你的幼女将它拴住吗？

6. 搭伙的渔夫岂可拿它当货物吗？能把它分给商人吗？

7. 你能用倒钩枪扎满它的皮，能用鱼叉叉满它的头吗？

8. 你按手在它身上，想与它争战，就不再这样行吧。

9. 人指望捉拿它是徒然的。一见它，岂不丧胆吗？

10. 没有那么凶猛的人敢惹它。这样，谁能在我面前站立得住呢？

在《白鲸》里，亚哈的回答是强烈的肯定，直待命终之际，他徒然将
鱼叉捣向白鲸的神圣化躯体，呼喊道：“**如此**，我舍弃长矛！”约伯
3 不是亚哈，也不是启示录的先知。然而当上帝恶毒地奚落道“他
肯与你立约吗”，在亚哈与约伯之间，很难教人不偏取亚哈。在卡
巴拉的预言里，弥赛亚降临之时，门徒确实将海兽利维坦烹成肴

馔,但约伯不是卡巴拉教徒。就迟来的诺斯替主义而言,《约伯记》是其强大又隐匿的对手。对于《约伯记》来说,再没有哪种教义比打破创造之原初容器的鲁利安教义更乖违的。

面对海兽利维坦,约伯声称自己缺乏知识:

> 我所说的,是我不明白的。这些事太奇妙,是我不知道的。

希伯来原文不曾说"这些事太奇妙",而是"这些事超乎我"。面对雅威懔然迫人的神圣,约伯懂得自己理应承担的传统,即圣贤必须应对争衡(agon),正如亚伯拉罕和雅各,于是他便举措务实,好似能够支配自己的行动,尽管他心里明白,在与雅威的关系之中,自己永远是束手无措的。约伯预示了马丁·布伯的神学想象:上帝之"蚀"。上帝的回答,突如其来,在布伯看来"并不是**此**神圣裁决,神圣裁决仍是隐秘的,而是一种神圣裁决,即呈显的创造"。关于上帝创世力量的顽皮隐语,布伯在此援引鲁道夫·奥托。卡尔·巴特所撰《教会信条》里有一段甚好的话,颇能启发对于这条隐语的思索。这段话认为上帝精明地允许创造替他传话:

> 显然**他**指望他们完完全全地属于**他**,服从**他**,听命于**他**,当他们谈论自己之时,必得说起**他**。

正如鲁道夫·奥托和卡尔·巴特,马丁·布伯也将约伯看作"忠诚的叛徒",从而也看作上帝的仆人。这三位上帝的人均未参透《约伯记》苦涩的反讽意味,鉴于这一点,我偏取约翰·加尔文的反讽,

“上帝若要满足我们，非得再造一个新世界不可”，或者克尔凯郭尔更迂回的讥诮“想一想约伯，他虽叫你恐惧，而他是不愿这样的，倘若你自己不愿这样”。我们不可能满意，我们不能得到满足，因为雅威不会再创造一个新世界，我们需要被约伯吓着，尽管他也不愿吓着我们。欲望的极限也是文学的极限。克尔凯郭尔独禀卓识，战胜、
4 威吓约伯的不是创造，而是创造者。我们向善的欲望，并不是不能抵达善，而是不能企及善的创造者。雪莱用诺斯替主义的口吻宣称善与善的方式势不两立。约伯用耶利米的口吻，接受蒙召受难的命运。

《雅歌》

正统犹太教历史上千古独绝的阿基巴拉比，固执地要将《雅歌》收入《圣经》真经：

> 倾世亦不足俦匹《雅歌》赐予以色列这一日，因着所有圣典皆神圣，然独《雅歌》乃神圣之神圣。

据称，阿基巴甚而宣称，如若没有托拉，单单一部《雅歌》便足可引导世界。阿基巴对于《雅歌》的诠释，是这种（或这些）诗歌寓意化的浩漫历史的实际始祖，我作出这一断言是确有凭据的，虽则这一寓意化在他之前必已有先例。《雅歌》的字意与寓意的诠释这一争端该当永远地撇过不谈；如斯浑涵的作品，原本便索取任何一种可能企及的诠释。在此，一得之见既不是字意诠释，也不是寓意

诠释，而是诗歌间诠释（interpoetic）。每每重读《雅歌》，我便不自觉地在诗行间读出其更伟大的后裔：自卡巴拉教徒的作品至文艺复兴的艳情诗人，及至沃尔特·惠特曼。对于任何博洽西方想象传统的读者来说，吟绎《雅歌》能唤起众多名宿的诗歌和散文，诸如艾萨克·鲁利安、亚维拉的圣德兰、圣十字若望、雷昂的路易修士、埃德蒙·斯宾塞、考文垂·佩特摩尔、沃尔特·惠特曼，等等。

《雅歌》始创者这一问题大抵注定是不休的争端，而就我所理
解的希伯来原文来说，我敢肯定这一诗歌虽几经更改，仍可辨识原
出自一人之手，并且她或他殊异于其他《圣经》诗人。我不屑驳斥
《雅歌》是民歌集这种仍为一些学者固持的观点；《雅歌》叙事如奥
维德、斯宾塞或者莎士比亚的少作《维纳斯与阿多尼斯》一般易野
质直。我也不看重与这一观点相峙的学者，其主张为《雅歌》具有
异教崇拜的特征，表现前犹太教时期迦南人的生殖祝祷仪式。在我
看来，《雅歌》是宫廷诗，类乎斯宾塞的《婚后曲》和《婚前曲》，极为
都雅猗美，谙于情色描写。我所说的“宫廷”是十分广义的，也许“贵 5
族诗”一词更合适，鉴于此诗可能的创作时期介于以斯拉和尼希米
时期与希腊化时期之间，颇合情理的推测为公元前 400 年，因此《雅
歌》与迥乎不侔的《诗篇》几乎是同代作品。

如此澎湃夭矫的艳诗，势必伊始便要激发标准的误读，我们看到新郎被解读为上帝，被爱之人被解读为以色列是如何地不可避免。我以为《雅歌》的诗人原无意运用预言比喻，这一手法确实见于《以赛亚》，在《耶利米哀歌》则更彰著。拉比们将《雅歌》纳入先知之书，这一举措的顶巅是伟大的阿基巴将之收入真经的拳拳热忱。阿瑟·格林述附索尔·利伯曼，臆度阿基巴及其同侪祖述的是

奥义诠释传统，将《雅歌》诠释为对西奈山显灵之际上帝显现真身的纪念。自此肇端，数世纪后，卡巴拉主义摹绘上帝与舍金娜——造物主内在的索菲亚或智慧原则或女性侧面——在上帝之内实现两性结合的壮丽异象。

在我看来，追及今日，卡巴拉教徒所诠释的《雅歌》仍是最益善的，一则因其追步《雅歌》的融溶灵欲，二则因其本质上涵含诗歌间或诗歌内诠释的真髓。艾萨克·鲁利安赞颂安息日的阿拉姆语圣歌，便是接合《雅歌》的传统，顿悟（epiphany）上帝作为新郎将安息日作为新娘拥抱。上帝“进入神圣苹果园的大门”，并且“给他的安息日新娘强烈的欢愉，双重的，致令光与福一道齐齐倾注于她”。亚维拉的圣德兰也用类似的方式颂赞自己与上帝的结合：

> 用令爱你的灵魂受伤的词语，用你在颂歌里散播的词语，你教会我的，教我说给你听！……我的主，此生此世，我再无它求，只求“你亲吻我，用你的嘴亲吻我”，你要那样地亲吻我，叫我不能把自己从我们的结合里撤离，纵使我意愿撤离。

圣十字若望的《攀登加尔默罗山》和《爱的活火》更契近《雅歌》独有的特质。这两首抒情诗皆是注释他的狂喜，缘于他重新捕捉到《雅歌》中最重要的时刻。从《雅歌》的正面狂喜到圣十字若望《心灵的黑夜》，这一路的发展似有些古怪，不过我们会看到《雅歌》也
6 不无黑暗面。不过若先作并置比较，会更易读懂《雅歌》：

> 4. 这光引着我，

坚定，胜过当午的太阳。
引我去他（我晓得是谁！）等待的地方，
无人寻得到的地方。

5. 哦，引着我的夜，
哦，夜，比清晨更可爱！
哦，夜，将被爱之人与爱人结合，
爱人在被爱之人中化变。

6. 我如花的胸脯，
单留给他一人，
他在我胸前沉睡，我抚摸他，
香柏树摇起一阵凉风。

7. 我拨开他的鬈发。
塔楼吹来凉风，
他温柔的手伤着我的脖颈
叫我失去所有感觉。

8. 我迷途于忘却而憩，
脸贴着我的爱人。
一切停止，我任由自己，
将忧虑遗忘在百合花丛。

雷昂的路易修士出生于1492年为免遭驱逐而改信新基督教的犹太家庭。他将《雅歌》译为韵文和散文，俱是相当出色。雷昂的路易修士更接近《雅歌》与卡巴拉传统，纵使在与上帝结合的消极时刻，也始终坚持自己的身份。因为雷昂的路易修士绝不容许遗失自己的独立身份，西班牙的批评家从而认为他不逮于同时代的神性主义者、诗人圣十字若望，而威利斯·巴斯通则为他辩护。我认为巴斯通是有道理的，并且雷昂的路易修士的犹太意识提醒我们，《雅歌》本身也意识到爱的结合唯在行动中，而不是在本质上。也许正因为如此，我以为斯宾塞和惠特曼比任何诗人更接近《雅歌》。斯宾塞的清教徒气质，惠特曼的希克斯贵格会传统，都令他们意识到自身永恒的个性，令他们不会在爱欲结合的异象中彻底丧失自己，这
7 种意识是至关重要的。

极端地说，尚无诗人企及《雅歌》的一种特质，这一可怕的感伤力，在西方情色文学上是不可轶越的：

> 求你将我放在你心上如印记，戴在你臂上如戳记。因为爱情如死之坚强。嫉恨如阴间之残忍。所发的电光，是火焰的电光。[①]

相较于这一卓绝的钦定版译文，希伯来原文更强烈。因为原文号称爱如死或将死一般猛烈或激烈，而伊丽莎白时代的“嫉恨”，其意义更接近“热烈”。在希伯来原文，诗人吟咏“激情似冥府决绝”，

---

① 冯象先生的译文：愿我像一颗印章摁在你心口，宛若印章，戴上你的手。因为，爱与死一样猛烈，激情似冥府决绝；如一粒火星一团赤焰。

复印证爱恋的强度堪比死亡。“电光”，在希伯来原文中是“射光”，也证明性爱进取的强韧力量，《雅歌》如斯近乎死亡冲动，近乎人类存在的超验可能性。

《福音书》

> 你们的祖亚伯拉罕欢欢喜喜地仰望我的日子。既看见了，就快乐。犹太人说，你还没有五十岁，岂见过亚伯拉罕呢？耶稣说，我实实在在地告诉你们，还没有亚伯拉罕，就有了我。
>
> （《约翰福音》8：56—58）

这一段出自《约翰福音》的对话是我下文要谈的文本。约翰的耶稣这一番跨越比喻，如此英雄的笔调，在基督教征服《希伯来圣经》所生成的俘虏作品《旧约》中，再找不出第二处：“还没有亚伯拉罕，就有了我。”这一修辞的内涵丰沃无比，再闳深精微的诠释都不足以道尽。然而我要给出的解读是其所隐含的话：“还没有摩西，就有了我。”在我看来，《约翰福音》的著者是《希伯来圣经》更危险的敌人，甚至比他最接近的对手保罗更危险。不过我得先解释“《希伯来圣经》更危险的敌人”，才好继续叙述正文。

至于基督教剽虏《希伯来圣经》这一事实，时至今日，西方历史再不应该认为这是虔诚或道德的行为。对于犹太历史来说，时至今日，也应该彻底看清基督教这一强取豪夺行为的本质与影响。我以
为雅洛斯拉夫·帕利坎就这一行为作出了最好的基本描述： 8

> 基督教传统所做的是将犹太圣典据为己有，因此犹斯定可以对特来弗说，这些关于耶稣的篇章“就在你们的圣典里，或者与其说是你们的，不如说是我们的”。事实上，有些篇章仅出现在“我们的”圣典，即基督教的《旧约》。基督教神学家如此笃定他们对于《圣经》的所有权，非但指责犹太人误读、误释圣典，更是指责他们伪造、窜改圣典文本。他们发现《旧约》希伯来文本与七十士译本之间存在差异之时，便将这些差异当作指责的证据……恣意篡夺与指控文本之所以愈发泰然自若，全仰赖于基督教思想对犹太教思想的全胜。
>
> 然而在绝大程度上，这是不战而胜。其中的缘由并不在于基督教的释经或学识或逻辑的强大力量，而是犹太教的历史进程本身。

帕利坎这一客观公允的判断是不容争议的。基督教虽“挽救”《旧约》，免遭马吉安这等主张彻底摒弃的人可能带给它的命运，而这正是他们所挽救的——他们的《旧约》。在相当程度上，《新约》是对那部《旧约》的一种解读，在我看来，不啻为相当混杂的解读。其中确有强大的误读，而大多是弱劣的误读。不过我只关注强大的误读，因为唯有强大的误读才能在文本间永恒地树敌。《约翰福音》的著者是比圣保罗更强大的误读者，在着重谈论《约翰福音》之前，我要先比较约翰与保罗的诗歌误读力量。但在此之前，我得先表明自己的立场。

“这诠释者是谁，要用什么样的权力来主宰文本？”尼采的问题始终萦绕着我。我是《新约》的宿敌。我一生的憎恨，随着阅读进境，便越深切。然而我无权宣称我的憎恨承继规范犹太教传统，因为我不能代表那个传统。从规范犹太教传统立场看来，或者说，从伟大的阿基巴的姿态看来，我是米尼姆，犹太教的诺斯替主义异端。我所解读的《希伯来圣经》，纵然发展为强大的误读，也绝不能为规范 9
犹太教传统所接纳，正如所有基督教的解读也必定如此。这一番剖白并非故作姿态，而要表明我不佯装自己赋有规范犹太教传统的权威。在我看来，犹太教自以斯拉学院至法利赛教徒，及至我父母所信奉的宗教，这一持续发展过程本身便是对《希伯来圣经》，进而也是对雅威作者的宗教（且不论我们如何看待这种宗教）的极强大误读。不过我的话题并非雅威作者的文本。

事从世俗英语文学批评的文学批评家来解读《新约》，尤其是将《新约》看作与《希伯来圣经》相冲突、相对抗的文本，这样的解读能有怎样的权威？我不能替其他文学批评家说话，鉴于我在这里就是一支宗派，或者独个人的党派，除了我的思想和写作，再无其他任何权威。然我的文学理论和写作——迨今已十五年——主要关切的始终是我称之为强大诗歌或强大文本之间的对抗与冲突的危机。即便在探讨最世俗的文本之时，我在这一领域的想法也不曾得到友好的回应，因而眼下跨越界限，闯进《圣经》的战场，料想更不会得到善意的回应。不过我从那些回应学到很多，这些回应必然也成为我的一部分话题。我要说的其中一点是绝无纯粹世俗的文本，因为世俗学院的诗歌圣化不只是移位的犹太教或基督教或穆斯林之圣化。正是这种圣化本身，将整体、风貌、形式、意义赋予文本，继而坚执所圣化的文本永不更易地具备这些属性，这种做法绝不符合学院的诠释行为。

既然我的文章令华兹华斯、惠特曼、史蒂文斯的无数追随者怒恚，那么显然我也须预料《希伯来圣经》或《新约》的监护人更要怒发起攻击。在此，我不欲再多作不愉快的预料或自卫，不过我确实想慎重地说，数年来，我奋力广泛阅读有关《圣经》的著作，却只得到这样的印象：关于《圣经》文本的地道的文学批评还不曾出世。一言以蔽之，在我看来，近年来，文学批评者公然周旋，却未见任何新贡献。这一斡旋行为的巅峰是诺思罗普·弗莱的《伟大的代码》，在这部著作中，《新约》对于《希伯来圣经》的历年征战完满告捷。正如埃里希·奥尔巴赫的《预表》——对此我在别处作过批判——
10 弗莱的代码不过是基督教篡夺、窜改《希伯来圣经》的又一种迟来方式。

就这些话题，我在别处另作讨论。现在回到约翰的耶稣“还没有亚伯拉罕，就有了我”这一煊赫宣言的崇高力量，对立的文学批评（我这样形容自己的写作）能作什么回应？或者说，如何描绘这种力量？这并不是《新约》针对雅威作者最崇高时刻的对立回答——摩西苦恼地犹豫道：“我到以色列人那里，对他们说，你们祖宗的神打发我到你们这里来。他们若问我说，他叫什么名字？我要对他们说什么呢？神对摩西说，**我是自有永有的。**”这出自修订标准版，一如其他版本，这一版本也不知如何对待雅威懔然逼人、不可转译的文字游戏：ehyeh asher ehyeh。我援引马丁·布伯的建议阐述其中的内涵：无论何时何地，悉有我在。因为这才是雅威作者所想象的世界，“一种无界限的时间”，以及雅威与超越空间限制的时间动力之间的关系。

雅威作者关于上帝的想象，貌似带着古怪的强烈集中于《出埃及记》3：13—14。然而在整部古犹太教注经史上，竟寻不出丝毫痕迹能教人相信这是重要的章节，没有哪一位伟大的注经拉比对这节文本产生分毫兴趣。《注出埃及记》的注释大多将上帝之名与引导以色列子民出埃及的力量相联系。而对于伟大的法利赛教徒，“ehyeh asher ehyeh”显然绝无独特力量。迈蒙尼德撰写《困惑者指南》之前，犹太教传统确实极少着眼于这一伟丽宣言。在我赏爱的著作当中，有一部便是迈蒙尼德饶有趣味的《圣诫书》，其中《上帝之名》一章，共一百五十页，却无一字提及《出埃及记》第三节。我们或者须断定，对于阿基巴及其侪列，“ehyeh asher ehyeh”意义轻微，我以为实情大抵如此；或者须求之于可疑的避讳理论，虽则以阿基巴的恢卓，是不消躲闪的。

早期拉比漠然看待“ehyeh asher ehyeh”文本，而基督教徒则耽溺于《出埃及记》第三节，相形之下，这一迷惑更教人迷惑。始于《新约》，基督教徒对于这一节文本的诠释在教会创始人当中势不可当地扩散，及至奥古斯丁陷溺最深，无厌地浸淫其中。因为对奥古斯丁来说，这节文本是最接近上帝之形而上学本质的线索。布雷瓦德·蔡尔兹在其《出埃及记》注释中历述基督教注经史这段漫长的插曲。我对他满怀钦敬，但不能赞同他的主张，我认为基督
教诠释在本体论方面与《圣经》文本或拉比传统绝无任何持续的相 11
关性。蔡尔兹也不得不退一步说，这些“本体论的寓意”实则源自七十士译本将 ehyeh asher ehyeh 转译为 ἐγώεἰμιόὢυ，以及斐洛在《摩西生平》中的柏拉图式转述：“告诉他们我便是**他**，好教他们懂得是与不是的区别。”蔡尔兹虽坚持主张不能仅将此视为希腊思想而加以摒弃——这实实在在就是希腊思想，复解释斐洛之于基督

教神学史何以这般举足轻重，而之于规范犹太教的传承却微不足道。

那么这一持续的迷惑便是早期拉比漠视 ehyeh asher ehyeh 文本。我这般往复申述，是出于这一意图：我将约翰对于《希伯来圣经》的最宏深颠覆，解读为他将雅威对摩西说的话，用跨越手法置于约翰的耶稣之口，“还没有亚伯拉罕之前，就有了我”，这一卓绝的迸发，更推进一步便化作：“还没有摩西之前，就有了我。”在我看来，这里最清晰地展现了约翰对摩西的爱恨交替的矛盾态度，这一矛盾态度的最具识见的追随者是韦恩·米克斯。约翰利用且攻击雅威作者的 Yahweh 与 ehyeh 这一奇思壮采的文字游戏。然而这句话已拂逆《约翰福音》当代主流的权威注释，所以我须得先应付这一关碍，继后探讨约翰对待摩西传统的矛盾态度。唯有考查约翰与摩西的争衡之后，我才能从容思索早期拉比何以淡然看待上帝以 ehyeh asher ehyeh 替代真名。

B. 林达斯与 C.K. 巴勒特在其《约翰福音》的标准注释里，皆主张“还没有亚伯拉罕之前，就有了我”并非隐指“我是自有永有的”。作为文学批评者，我要先申明，就文学典故是什么或能够是什么而言，《新约》学者展现极粗陋的观念。巴勒特刻板地解读耶稣这一宣告：“此处意为：在亚伯拉罕出世之前，我永恒地在，一如我眼下在，并且永远地继续在。”面对如斯卓异的比喻，也许我不该责难林达斯和巴勒特这样志诚的学者为不称职的诠释者，因为我认为《约翰福音》的现代诠释大师鲁道夫·布尔特曼面对这一比喻之时，更为失职。兹录他对《约翰福音》8：57—58 的解读如下：

> 犹太人被羁缚在自己的思想之内。耶稣,年未及五十,何
> 以能见过亚伯拉罕！然而涉及上帝的启示之时,一如世间的生
> 死观念派不上用场,时间与年龄这样的观念也不能派上用场。
> “还没有亚伯拉罕之前,就有了我”,这位启示者,不同于亚伯 12
> 拉罕,不在历史人物的行列。耶稣所说的作为启示者的 ἐγώ,
> 是在一切之前的永恒逻各斯的“我”,是永恒上帝本身的“我”。
> 而叫犹太人不能理解的是,永恒的 ἐγώ 出自一位历史人物之
> 口,年岁不及五十的人,他们当中一人,他们认识他的父母。他
> 们不能理解,因为唯有在信仰里,才能理解启示者“先在”这
> 一观念。

在注释中,布尔特曼也否认这一宣告暗指雅威的“我是自有永有的”。我以为这颇具讽刺意味:圣保罗谴责犹太人只作字面诠释,而近两千年后,基督教的主流学者更是不可救药地字面诠释,伟大的拉比固然绝不至堕落到如此地步。布尔特曼解读“还没有亚伯拉罕之前,就有了我”之时,只能嗤笑犹太人,转而求之于“信仰”,对耶稣“先在”的“信仰”,我实在想不出比这更薄劣的误读。倘若约翰意欲表达的仅在于此,那么约翰确实是薄劣的诗人。然而约翰在此绽露最具天分的才力,并且他最强大的才力便是作为一名强大的误读者,从而也是强大的写作者。为了驳难布尔特曼的论辩,我欣然复述近八百年前的拉比大卫·秦慕奇所作的温和评论:

> 告诉他们,神性无父无子;物质可分,而神性不可分,单体之方方面面皆为一体。

> 再告诉他们，在时间里，父先于子，而子借由父出。“父”与“子”二词虽彼此指称……被称作父的，无疑在时间中先在。故而于上帝，你称作圣父、圣子、圣灵的，你所称为圣父的必先于你所称为圣子的，因他们若始终同时并存，你便得称他们为孪生兄弟。

我引用这段话多半出于叹服，但也因这段话提出摩西与约翰、亚伯拉罕与耶稣之间的真正矛盾，即优先、权威、原创这三重争衡问题。在我读来，约翰的比喻不但断言耶稣先于亚伯拉罕（从而势必先于摩西），而且断言约翰之于摩西，抑或作者约翰之于雅威作者的
13 优先、权威和原创。这就是我要强调的雅威作者与约翰的争衡。在此，我要转笔关于《约翰福音》的一些泛论，自然是作为文学批评者的论说，而不是合格的《新约》信徒和 / 或学者。

在我读来，在四部福音中，《约翰福音》的口吻确实最焦灼，这份焦灼颇切近我所谓的存在或精神的文学焦虑。这焦虑的一大迹象是《约翰福音》的耶稣看待自己的态度殊异于另三部福音书。学者一致认为《约翰福音》的成书时代约在公元 1 世纪末，即迟于同观福音书。一百年的时间，自是足以令启示的希望消褪，继而生起为时已晚的剧痛感。约翰的耶稣对于自己的荣光[1]，尤其是这份荣光在犹太传统的原貌，怀有某种眷恋。约翰的耶稣相当接近诺斯替主义的耶稣，热衷于申说“我是”，并且诺斯替的影响充弥于《约翰福音》，尽管其影响程度尚可争议。诚如一些学者所揣测，《约翰福

① “glory” 一词是希伯来词kābōd。在《希伯来圣经》中，kābōd意蕴繁复，意思有“重量”、“敬重”、“荣耀”、“华丽”、“财富”等。

音》可能掩藏着一部更早、更诺斯替的福音书。早在 1969 年，多伦多的约翰 · 米格在一篇有趣的文章中甚而倡导《约翰福音》1：14 的原义是“道成**神人**住在我们中间”，这是诺斯替的说法，诡怪的是，竟比“道成肉身”更契合第四福音书的气魄与风格。

《约翰福音》公然鄙薄法利赛教派，归根到底是由于法利赛教派的精神权威而导致的焦虑，也可能因为约翰的诺斯替涵义而愈发明显。任何一个犹太人读者，纵使对犹太教历史极为无知，阅读《约翰福音》18：28—9：16 之时，也难免觉得受到威胁。我认为这一情感与第四福音书所谓的感伤力或棘手的文学力量毫无瓜葛。约翰的耶稣说“我的国若属于这世界，我的臣仆必要争战，使我不至于被交给犹太人”（18：36），这番话潜隐着一种谲怪的歪曲，暗示耶稣不再是犹太人，而是别的什么。这一悲戚口吻是焦虑弥散于第四福音书的又一征迹。约翰的思想似乎是属于一个小群体，大抵独他一人，却在两个世代之前的犹太群体中找到对等的群体，以及所谓的源头。学者们大致同意这部福音书的原结尾是关于多疑的使徒多马的寓言，显然是隐喻遭受信仰危机的教派或宗会。

约翰与摩西争衡的历史背景正是这一受挫期许的焦虑，甚或由于新近被逐出犹太世界。韦恩 · 米克斯曾敏锐地论述第四福音书对待摩西传统，尤其是对待摩西作为先知—王这一形象的爱憎交加
的矛盾态度。约翰要在耶稣身上拓展、轶越先知—王这一双重身份 14
的独特混合。至于约翰对待摩西的态度，我的兴趣自有不同的着重点，因为在我看来，约翰给摩西的一连串命名，隐喻的实则是文本，而不是《新约》（蹈袭七十士译本）坚持称作律法的所谓实质。我

称之为J或雅威作者[①]，而不是托拉，因为我的争衡便落实于此。这里的争端不是神学、信仰、真理，而是文学的力量，J文本所赋有的令基督教徒愤慨的力量。J文本代喻《希伯来圣经》，就我所能阅读的语言来说，实是我读过的诗辞当中最强大的。约翰以及之前的保罗，挑战无可匹敌的先驱与敌手，他们貌似胜利，实则只是假象。在文学成就上，《希伯来圣经》的美学价值，尤其是作为其神秘主义渊源的雅威作者的美学价值，全然凌驾于《新约》的抗衡能力，一如它也超越诺斯替仅存文本中唯一尚有美学价值的瓦伦提诺残简，以及可能出自他的《真理福音》。至于对立的美学成就，待文章结尾再作讨论，毕竟我眼前关切的是约翰指向摩西的挣扎。

《新约》中遍布对摩西的百般挑战，因此我无法就这方面将《约翰福音》比照其他文本，但还是要将他与保罗略作比较，就算只是为后文探讨保罗与《希伯来圣经》的争斗作铺垫也好。我认为关于保罗的所有评论当中，再寻不出堪比1888年尼采写于《反基督》中的这段无比尖利的话：

> 保罗是一种类型的化身，这种类型是救世主的反面；他是憎恨的天才，除了憎恨别无所见，唯有不懈的憎恨逻辑……他要的是权力；如同每一个司铎，圣保罗欲求的是权柄，他只择取可用来压制民众、收服教徒的概念、教义和象征。[②]

---

① Yahwehist，希伯来文本中上帝之名可能是读作Yahweh，而非通常习称的耶和华（Jehovah）。RSV英译本用大写字“The LORD”代Yahweh。

② 译自布鲁姆书中英译，也请详《反基督》，陈君华译，河北教育出版社，2003。§42：在保罗身上，表现出与“福音传播者”相反的类型，憎恨的天才，憎恨幻想的天才，憎恨无情逻辑的天才……他需要的是权力；在保罗身上，再次表现出牧师对于权力的需求，他只要用那些用于压迫大众和组织军队的概念、学说和象征就够了。

尼采的话固然极端，可是能驳倒他么？保罗是如此躁率、疏急
的读者，鲜见他准确地解读《希伯来圣经》；对于禀赋如此之高的人，
如此鄙陋的误读只能是源自权欲的辩证法，征服文本的欲望，甚至
征服威慑如托拉的文本。在保罗对于托拉的误解中，极少有争衡的
诡谲心计，很多显然是蠢劣的失误，其中最昭著的是对于《出埃及
记》34：29—35 怪诞不经的注释。在文本中，摩西自西奈山下来， 15
手中执奉十诫石碑，面容散发上帝的荣光。荣光这般耀目，摩西向
子民宣讲之后，须得蒙上面纱，唯在进入帐内与上帝对话之时才揭
开。规范犹太教的诠释认为这荣光是托拉光复，zelem，即亚当所丧
失的上帝的真正形象，荣光弥衍，及至摩西去世才消褪。保罗自是
熟悉这一诠释的，然而《哥林多后书》3：12—13 说道：

> 我们既有这样的盼望，就大胆讲说，不像摩西将帕子蒙在脸上，叫以色列人不能定睛看到那将废者的结局。

这里根本没有挽救的余地，纵使韦恩·米克斯温和地将这番话形容为对于希伯来文本的“拙劣摹仿”，也不济事。这不是僭越手法或者向时间撒谎，这些是约翰的窜改方式。这段话是对文本的公然撒谎。这在保罗也属平常。米克斯动情地称保罗为“基督教的普罗透斯”，我是理解不了保罗的。普罗透斯诚可作为许多角色的原型，但是对于摩西文本的诠释者，也许并不适合。我越发认为，保罗诠释的犹太律法，古怪得酷似弗洛伊德的诠释，尤其是保罗将律法等同于人的欲望，而弗洛伊德将会称之为死的本能。保罗怪异地混淆

律法与死亡，大抵是为避免将耶稣看作摩西的超验实现。保罗反将自己与摩西作比较，当然他自是毫不吃亏的。《罗马书》9：3这样说：

> 为我弟兄，我骨肉之亲，就是自己被咒诅，与基督分离，我也愿意。

乍看之下，这似是犹太人自豪感的喷薄。就这一点来说，我颇乐意认可普罗透斯式保罗确实真正拥有这份自豪感，然而因其暗指摩西，这份自豪感的本质从而变质。所有注释俱指出《出埃及记》32：32为这段话的原型文本。摩西愿意将自己献祭给雅威，替子民崇拜金牛犊的狂欢赎罪。“倘或你肯赦免他们的罪……不然，求你从你所写的册上涂抹我的名。”对于这二人的献身，如何作比较才好？毕竟子民已经犯下罪孽，摩西选择被涂抹，以挽回他们的背叛
16 所造成的后果。而保罗的献身所隐含的力量，既敌视同时代的犹太人，又敌视摩西。甚至连法利赛教徒（与约翰不同，保罗与他们尚有瓜葛）也是这死亡的金牛犊的崇拜者，因为律法即是死。摩西所奉献的仅是丧失作为先知的伟大，丧失他在犹太救赎史上的位置。而保罗，出于他所谓的对犹太弟兄的挚爱，所奉献的超过摩西，因为他认为他拥有更多可以失去的。被剥夺与基督共存便是永恒地死去，这一牺牲的伟大超过摩西的奉献（即要求被彻底涂抹，如同不曾活过）。我称其为夸张修辞的神性反崇高[①]，这一修辞的压制力量无比浩大，极具宗教启示。

① “daemon”在汉语中也时有被译作“魔性”，译者为区别“daemonic”与“diabolic”（魔性），在译文中一致译为“神性”。

不过我要回到约翰，相对于保罗，他针对摩西的窜改战打得更有机巧。在此，我附述米克斯所描述的普遍模式，诚然他定会反对我就这种暗指模式所作的诠释。在这里，引据始于施洗者约翰吟颂的典型的约翰式僭越颂歌。在颂歌里，后来者实实在在地享有优先性（“约翰为他作见证。喊着说，‘这就是我曾说，那在我以后来的，反成了在我以前的。因他本来在我以前’”），第四福音书的作者添道：“律法本是借着摩西传的，恩典和真理，都是由耶稣基督来的。”（《约翰福音》1：15，17）首章在后文宣告：“摩西在律法上所写的，和众先知所记的那一位，我们遇见了，就是约瑟的儿子拿撒勒人耶稣。”（1：45）第三章逆转一个伟大的摩西比喻，如此惊世震俗，至今仍使每一个犹太读者愕窒：“除了从天降下仍旧在天的人子，没有人升过天。摩西在旷野怎样举蛇，人子也必照样被举起来。”（3：13—14）仅从技术或论辩角度看来，约翰那不容置疑的窜改天才着实令人叹服。摩西从未受天启，被贬黜为代喻手法的工具，并且只是修辞中低弱的一方。应用我的窜改比率，十字架上的耶稣是摩西在旷野举起无耻之蛇的tessera，或对立的实现。摩西只是一个部分，耶稣则是完满的整体。不论在这里或别处，我刻意避免使用象征学的术语，关于这一点，我在结论再作辩解，也要针对基督教徒（如今是奥尔巴赫的预表手法）说一些不好听的话。

一如人们所期许的弥赛亚，耶稣宣称自己是神迹吗哪（manna）的实现者，这也是援用同样的对立实现的窜改比率。然而这里针对摩西而起的毫无根据的矛盾情绪更锋锐：“我实实在在地告诉你们，那从天上来的粮，不是摩西赐给你们的，乃是我父将天上来的真粮赐给你们。因为神的粮，就是那从天上降下来赐生命给世界的。”

（6：32—33）这一比喻在犹太人背景中衍变，递演出蓄意的骇人意味，连耶稣的门徒也骇然。不过我要着重指出这个比喻衍变过程中的一个时刻，表明约翰对摩西以及所有犹太人的高涨戾气：“你们的祖宗在旷野吃过吗哪，还是死了……我是从天上降下来生命的
17 粮……人若吃这粮，就必永远活着。我所要赐的粮，就是我的肉，为世人之生命所赐的。”（6：49，51）说我们的祖宗吃了吗哪，死去，这样的话是没有由来的，并且更是误导的，因为倘若他们没有吃吗哪，便不能活得那么长久。然而约翰转用神性反崇高的手法，并且这一夸张修饰助他造就一种新的、基督教的崇高。在其中，犹太人死去，基督徒永生。

我不想累累举证约翰的窜改，而要借由整个文本审视开篇的“还没有亚伯拉罕，就有了我”，来归纳我对第四福音书的一些明确评论。下文所要阐发的段落，令我甚为郁结，因为在这句话中，我看到约翰最可憎，实则反犹太人的一面，而“还没有亚伯拉罕，就有了我”，这句话所蕴含的非凡修辞力量多半正是仰赖其犹太传统，一如约翰以亚伯拉罕的后裔之名挫败犹太人的骄傲。这段话及至第八章末，始于耶稣坐在神殿，周身围坐法利赛教徒，以及要做他的信徒的犹太人。对于那些他原先劝导的人，耶稣现在却说出叫他们退却的话：

> “你们若常常遵守我的道，就真是我的门徒。你们必晓得真理，真理必叫你们得以自由。他们回答说，我们是亚伯拉罕的后裔，从来没有做过谁的奴仆。你怎么说，你们必得自由呢？”
>
> （8：31—32）

耶稣竟如此具有进攻性，转用凶狠的影射，从修辞上说，似是相当薄弱：

> 我知道你们是亚伯拉罕的子孙，你们却想要杀我。因为你们心里容不下我的道。我所说的，是在我父那里看见的。你们所行的，是在你们的父那里听见的。
>
> （8：37—38）

约翰的耶稣要仁慈地告诉犹太人，他们的父是魔鬼。他们答道："亚伯拉罕是我们的父"，或认定耶稣中了邪魔，这几乎无可指责。我用的《圣经》版本是《牛津新注解圣经：修订标准版》（1977 年），在第 48 句中了邪魔的脚注，编者有益地告诉我："**犹太人**诉诸侮辱与诬蔑。"我思量这门学问真神奇，我要不温不火地驳难一句，任何客观 18
的读者都能看出先"诉诸侮辱与诬蔑"的是约翰的耶稣。不过这又有什么用？反正犹太人已利索地落进约翰的修辞陷阱。耶稣允诺他的追随者"永远不尝死味"，亚伯拉罕这些被唬坏的子孙（或是恶魔的子孙？）抗议道：

> 亚伯拉罕死了，众先知也死了。你还说，人若遵守我的道，就永远不尝死味。难道你比我们的祖宗亚伯拉罕还大吗？
>
> （8：52—53）

耶稣骂他们是撒谎者，固然也是用相当慈悲的口吻。尔后，约翰将他们都赶到布设下的最精妙的比喻圈套，如此循环，复归开篇的问题：

> 你们的祖宗亚伯拉罕欢欢喜喜地仰望我的日子。既看见了，就快乐。犹太人说，你还没有五十岁，岂见过亚伯拉罕呢？耶稣说，我实实在在地告诉你们，还没有亚伯拉罕，就有了我。
>
> （8：57—58）

毋庸置疑，这是《新约》中最出色的僭越手法，但我要先解释我所谓的僭越手法。我疲于作这番解释，因为在过去九年出版的八本书里，我已经不休地解释这个词语。大体地说，僭越或僭越颂歌是修辞法的传统术语，这一手法将后来的表现为貌似先在的，而先在的表现为貌似后来的。这种手法欺哄时间，以实现尼采所谓的意志对时间的报复时间，以及对时间的宣言——“过去曾经发生过的报复。”僭越是独一无二的写作手法，能够废除或颠倒先行比喻。因此正是这一手法主宰我们所谓的“诠释的暗指”。归根结底，这种手法旨在凭借将其陈述当作定论，以终结引喻，而其定论所主张的是一种省略，而不是引喻的增衍。

约翰的耶稣说“还没有亚伯拉罕，就有了我”，最终暗指的并不是亚伯拉罕，而是摩西，以及雅威向摩西的宣告：“我是自有永有的。”这一僭越手法暗示“还没有摩西，就有了我”，从而越过亚伯拉罕，并且最终指向“我是自有永有的”——因为我与我父雅威在一
19 起。通过崇高地内向投射雅威，这同时也是对于亚伯拉罕和摩西的投射或否决，第四福音书的矛盾情绪与激越的争衡得以成圣。我很清楚，这样说似乎是将约翰弄成了诺斯替主义的基督徒，而这正是

其修辞的僭越威力，也许相对于他更昭然的辩证法。在我看来，约翰的福音书的发展使其同时具有基督教和诺斯替主义的特征，并且这类诺斯替主义实是理性或精神的反闪米族主义。我相信有种种不同的诺斯替主义，而我发觉有些诺斯替主义比另一些更动人。在我看来，约翰甚或圣保罗的诺斯替因子显然是相当间接的。

我在前文承认，我颇讶异古代的规范拉比传统对雅威的崇高宣言 ehyeh asher ehyeh 漠不关心。假若伟大的拉比阿基巴曾推敲这个奥妙的词语，也是默存于心了。我以为他不曾做过此类推敲，这位无畏的圣贤不可能对这样的思想隐而不发，况且我尚不够卡巴拉教徒，以致会以为阿基巴暗蓄禁忌或隐晦的知识。对于与耶稣大略同时代的守持规范犹太思想的犹太人来说，雅威不肯道说真名，反倒近乎嬉戏地宣称："告诉他们，我将在何时何地便是那个打发我到这里来的人。"这显然是极平常的，雅威就是这般说话，这般行事。然而对于第四福音书这位迟来的作者，正如对于我们所有后来人，借用鲁道夫·奥托的话来说，"我是自有永有的"曾是且仍是**威慑的神话**。约翰试图以"还没有亚伯拉罕，就有了我"超越、僭越那一神话。在《出埃及记》文本之前，便有约翰写的文本。在他的文本中，犹太人要被抛入死的宇宙，耶稣则领着约翰去生的宇宙。

这一变形佐证《新约》是如何将《希伯来圣经》贬黜为《旧约》这一俘虏作品的。这一贬黜虽必然产生伟大的神学影响，但其影响固然不曾动摇《希伯来圣经》。我自幼阅读《希伯来圣经》，至于《新约》，则在大学修希腊语《新约》时始读。诚然，我不能客观地阅读《新约》，虽说我也不是在规范犹太教传统中阅读《希伯来圣经》。现在我的话题转回诠释者的权威。阅读之时，我把自己看作一名文学批评者，而我所关切的却与任何现代批评家鲜有共通处。我憎恶将任何文本（且无论什么样的圣典）或阅读过程理想化。爱默生说他读书是为含英咀华。我蹈袭他的踪迹，但要着重指出，文章的英华发自冲突、竞争、防卫、焦虑、著者作为著者而流存的恒常需要。约翰至多可算作雅威作者的破绽百出的窜改者，至于保罗，撇开其普
20 罗透斯式诡怪性格的感伤力，则更逊于约翰。除此之外，我实在不懂任何真正的文学批评家还能作出其他评判。在《希伯来圣经》与《新约》这场美学战争中，根本没有争斗的余地，倘若你另有想法，祝福你。

当然我会被提醒道，问题固然不在美学。我们确实陷在历史之中，并且基督教的历史凯旋是惨酷的事实。我没有被触动得要就此说些什么。不过我确实被触动得拒斥这一事实所激发的理想诠释模式：自早期的象征学，及至埃里希·奥尔巴赫所复兴的预表，以及诺思罗普·弗莱所撰写的布莱克式《伟大的代码》。世俗也罢，宗教也罢，没有哪一种文本实现另一种文本，那些持相反看法的人不过是使文学变得类同。至于审美是否关涉《圣经》文本之间的冲突问题，我以为对于不受文学以外的说服或信仰宰制的强大读者，除却审美，其他相关的东西恐怕也不多。譬如，阅读《摩门教圣经》，在我便是极艰难的审美体验，我承认连《新约》也不曾叫我经受这般严酷的考验。当然约翰和保罗也不会要求与《摩门教圣经》相比照。

尽管《新约》实是窜改自《希伯来圣经》，而在阅读之时，读者能否忽视其中一些敌意与破坏？无论如何，我做不到。但也不可轻易捐弃这种可能性。追求强力的后来人，即便当他们宣称真理的化身超越死亡之际，也会牺牲真理以获取强力。这些后来人设计了对立

和窜改谋略的方式，而在这些方式的影响之下，便会产生这样的解读。尼采绝非当代《新约》学者深爱的睿哲，而他也许仍能教给他们一些至关重要的东西。

《新约》挖空心思地窜改，使得《希伯来圣经》永远不可能等同于基督教《旧约》，犹太人和基督教徒对此皆视若罔见，这种做法究竟有什么好处？将双方的"对话"理想化无疑会带来社会和政治效益，除此无它。彼此欺瞒或者自欺，以便让基督徒和犹太人双方产生一些友好感情或合作，这不过是宣传噱头，不会促进精神或文明。保罗几乎在每一个话题上皆是不可救药的不可靠，但是在我看来，他显然不是反闪米族的犹太人；而他歪曲托拉是一桩绝对的事实。约翰显然是反闪米族的犹太人，从实用主义角度说，第四福音书是凶残的反犹太文本。然而从神学和情感上说，这部书是基督教的核心。我要引用一位前贤作为收煞，在犹太教传统里，他被尊称为拉达克，便是前文援引的大卫·秦慕奇。他引用《以西结书》16：53作为举证文本："我必叫她们被掳的归回，就是叫所多玛和她的众
女。"拉达克继而否认了所有基督徒都是异端犹太教的观点，评论 21
道："这句话是要回答那些扬言已实现未来慰藉的基督教异端。**一如既往，所多玛依然倾覆，仍未安顿。**"

圣约翰的《启示录》

第一代基督徒显然是相信启示录的犹太人，期待耶稣回归，期待在有生之年看到时间终结。希腊词"apocalypsis"意为"揭露"，抑或用英语来说就是"揭开盖子"。《但以理书》——写于叙利亚希

腊化时期的马加比家族起义之际——是后世所有启示录的原型，包括圣约翰《启示录》。基督教传统坚执图密善王于公元95年将圣约翰流放到爱琴海上的拔摩岛。两年后，涅尔瓦登基，约翰自颠沛的放逐重返小亚细亚的教堂。

虽有学者主张拔摩岛的约翰是《第四福音》的著者，然而倘若细读《启示录》与《约翰福音》的原文，便可看出这种主张极不符事实。《约翰福音》是强有力的写作，叫我这样的犹太批评者阅读之时满怀怒恚，而《启示录》的原文相当糟糕，著者笨拙地将阿拉姆语法套在希腊词上。《新约》中再没有如《启示录》这般因翻译而如此获益的文本。

《启示录》表面虽似保罗使徒书的体裁，而拔摩岛的约翰的真实摹本是《但以理书》、《以西结书》、《撒迦利亚》，因为《启示录》是一幅拼图，几乎所有拼板皆生硬地拆自《希伯来圣经》这三部书。这也解释了《启示录》何以怪异地脱离《新约》其他文本，因为拔摩岛的约翰所用的是希伯来语和阿拉姆语的前人文本，而不是希腊语的。然而纵使回头阅读但以理和众先知的书，也无助于理解《启示录》。《启示录》深受这些先知文本的启迪，却绝无这些文本的清晰或通透。

《启示录》的影响力异常深远，与其低劣的文学力量或精神价值极不成比例。热衷于《启示录》的非但有古今招摇行骗、行事古怪的人，甚至连最伟大的诗人，自但丁、斯宾塞、弥尔顿，及至布莱克、雪莱也深受其魔魇。追溯西方文学启示体裁的渊源之时，人们总寻到《启示录》，而不是《但以理书》和《撒迦利亚》。从梅尔维尔到品钦，美国富有想象的作家深受《启示录》的蒙昧，英语诗歌或美

国虚构文学的研究者皆须懂些这一归功于拔摩岛的约翰的诡谲狂 22
想曲的写作手法。

解读《希伯来圣经》之际（或者说，并不是《希伯来圣经》或阿拉姆语的转译，而是被基督徒称为《旧约》的古怪著作），约翰的意识似乎不能摆脱《希伯来书》的影响，他奉其为范式。《希伯来圣经》末篇是《历代志下》，其结语是重建耶路撒冷的伟大训令：“我们上去吧。”而《旧约》结尾是迟来的先知玛拉基，他的上帝督促儿女与父亲反目，彼此为敌，“免得我来咒诅遍地”。《新约》试图以诠释或象征实现转折，也就是说，《旧约》每一段重要章节皆由《新约》的相应段落“实现”。学者通常认为象征不具危险性，甚至只是写作技巧。然而就我所知，象征是主宰文本的最极端方式。尼采的问题精准地关涉《新约》的每一个著者：“这诠释者是谁，要用什么权力来主宰文本？”

埃里希·奥尔巴赫、诺思罗普·弗莱、查尔斯·辛格尔顿、约翰·弗雷切罗，这些显赫的批评家认为象征赋有积极的光芒，然而这一手法实是最险恶的。在弗莱这一段话中，象征似乎确是无辜的：

> 《旧约》中所发生的事，皆是《新约》之事的“象”或“预兆”，故而统称为象征，虽则实为意义特殊的象征。在《罗马书》5：14中，保罗说亚当是基督的象（typos），拉丁通行本将“typos”译作“forma”，钦定版的“figure”则最精到，于是“figura”成为typos的标准拉丁译文。《新约》之事，便成为《旧约》预示之事的“反象”，一种实现的形式。

《希伯来圣经》从而变作一部浩大的typos或figura，仅仅预示《新约》所实现的完成形式。然而没有哪一种文本真正地“实现”另一种文本，先在文本更强大之时，尤其如此。但丁是如斯强大的诗人，以致说服我们，他的维吉尔是维吉尔的实现，而真实的维吉尔只是其figura，然而拔摩岛的约翰是庸劣且歇斯底里的诗人，他的但以理、以西结、撒迦利亚，只是拙劣地摹仿真正的先知文本。除了信徒，无人会为心灵洞见而阅读《启示录》，即便是钦定版的。倘若你相信《启示录》字字确凿，那么你自然会觉得其审美甚至心灵洞
23 见皆不在话下。然而与诺思罗普·弗莱相反的是，尚在襁褓中的《圣经》**文学**批评需要提出评价性的问题。《启示录》的权威注疏家奥斯丁·法雷尔认为象征是“形象的重生”，但这种判断是信仰的行为，绝不是文学批评的行为：

> 因为这一过程关涉形象的再生，圣灵频频指向形象的母体《旧约》，因为形象在此等待重生。所有形象皆为基督，全仗我们领悟如何与为何；圣灵将教会我们。重新诠释的工作或许意味着相当艰难的、高强度的智性努力，其中没有幻想或感伤；然而单凭理性的谋划显然于事无济。须得生动地理解这些形象，使得基督的所有人生阶段的形象在心灵里栩栩如生：这就是使徒的启示。
>
> 《新约》随处可见形象的重生，但是唯在圣约翰《启示录》中，才如此直抵这一过程的核心。因为我们再寻不出哪一种文本，堪比此文本如此专诚地致力于形象的解放。福音书著者仅依照史实形象，模造耶稣的形象。使徒们在形象中寻找启示，

> 然而只用于指导或劝诫。而《启示录》摹写未来的天堂与物类，即全然未赋形的王国，而这些形象赋之以形状。在此空间，形象或许得以生长，得以完全其先天本性，如同原野生长的一棵树。
>
> （《形象的一种再生》）

倘若用这段话评价但丁的《天堂篇》，倒也有些中肯。我并非要与弗莱出色的研究作对，而是建议这其中的关键确实是美学问题。鉴于一种文本是窜改而不是实现另一种文本，《启示录》与先在文本之间的关系问题，在这里就变成始终标示崇高的三重争衡问题：多于？等同？少于？任何会读书的人，倘若不受美学以外的信仰所影响，便不难参照先知文本的形象，来权衡《启示录》的形象。

宗教史及其偶发事件不给我们留下选择的隙地；圣约翰《启示录》是我们文学传统中永恒的一部分。《启示录》阴森残酷，而其影响是恶性的，又是不可逃避的。弗莱称它为“一个焦虑与胜利的噩梦”，我不禁想要知道，下文所实现的是焦虑还是胜利： 24

> 拿着七碗的七位天使中，有一位前来对我说：“你到这里来，我将坐在众水上的大淫妇所要受的刑罚指给你看。
>
> 地上的君王与她行淫。住在地上的人喝醉了她淫乱的酒。”
>
> 我被圣灵感动，天使带我到旷野去。我就看见一个女人骑在朱红色的兽上。那兽有七头十角，遍体有亵渎的名号。
>
> 那女人穿着紫色和朱红色的衣服，用金子宝石珍珠为妆饰。手拿金杯，杯中盛满了可憎之物，就是她淫乱的污秽。

在她额上有名写着说：**“奥秘哉，大巴比伦，作世上的淫妇和一切可憎之物的母。”**

我又看见那女人喝醉了圣徒的血，和为耶稣作见证之人的血。我看见她，就大大地稀奇。

（《启示录》17：1—6）

每读这一段话，我不由得想起伟大的新教徒感性作家 D.H. 劳伦斯就这段话所作的评断：“《启示录》不是崇拜权力。这弱者，意欲谋害掌权的，自己夺过权柄来。”尼采笔下颂扬憎恨的面容苍白的苦行僧，其最佳肖像莫过于拔摩岛的约翰。神圣的圣约翰《启示录》所教导的不是爱，而是恨。这部书中没有智慧、良善、仁慈，抑或任何人情味。也许欢庆世界末日就是要又粗鄙又文辞不通的。当文本的实质如是肃杀之时，谁会希望修辞更具说服力，或者未来
25 的境域被描绘得更栩栩如生？

米歇尔·德·蒙田
（1533—1592）

一

不曾有莎士比亚之前，蒙田是欧洲文艺复兴史上最伟大的人物，就认知与影响力而言，堪比20世纪的弗洛伊德。蒙田峻刻的随笔《论书籍》以和顺的反讽著称，表面（且随意地）拥护人文主义者的纲常，而实则饱含怀疑：

> 不要期望从我谈的事物中，而要从我谈事物的方式中去得到些什么。比如说，看我的引证是否选用得当，是否说明我的意图。因为，有时由于拙于辞令，有时由于思路不清，我无法适当表达意思时就援引其他人的话了。我对引证不以数计，而以质胜。如果我以数计的话，我的引证还会多出两倍。这些引证除了极少数以外都出自古代名家，不用我介绍也当为大家所熟识。鉴于要把这些说理和新观念用于自己的文章内，跟我的说理和观念交织一起，我偶尔有意隐去被引用著者的名字，目的是要那些动辄训人的批评家不要太鲁莽，他们见到文章就攻击，特别是那些还在世的年轻作家的文章，他们像个庸人招来众人的非议，也同样像个庸人要去驳倒别人的观念和想法。我

> 要他们错把普鲁塔克当作我来嘲笑，骂我骂到了塞涅卡身上而丢人现眼。我要把自己的弱点隐藏在这些大人物身上。我喜欢有人知道如何在我的身上拔毛，我的意思是他会用明晰的判
> 26 断力去辨别文章的力量和美。因为我缺乏记忆力，无法弄清每句话的出处而加以归类，然而我知道我的能力有限，十分清楚我的土地上开不出我发现播种在那里的绚丽花朵，自己的果园里的果子也永远比不上那里的甜美。[①]

这不是古典勇气，而是狡黠、幽默、技艺，美妙和易地化解批评家的敌意。这显然也是蓄意的辩护讽刺，矛头指向文学焦虑，蒙田认为这一文学焦虑不只是个体的，而是普遍的。当时（1578至1580年间），蒙田的终极姿态已趋成形，捐弃人文主义盛期的主张，偏取平常生活，以证明自然科学的生命力，以及做一个绅士的无限好处，从而兴举一种新标准。帕斯卡尔将会抗拒这一标准，或者说，帕斯卡尔既不能逃避又不肯接受这一影响。在《论书籍》所颠覆的主张当中，其中最无畏的一大攻击目标是人文主义者通过摹仿所作的良性替代的计划。蒙田形容那些他讨厌的批评家，“我要他们错把普鲁塔克当作我来嘲笑，骂我骂到了塞涅卡身上而丢人现眼”，这里不但道明他的主要前辈，并且断言自己的感染力。反观之下，本·琼森倒更适合做托马斯·格林所谓的“古典勇气”的英雄：

> 对于诗人或创作者的第三个要求是摹仿，imitatio，能够改造另一位诗人的内容或财富，以为己用。在众人中择取拔乎其

① 《蒙田随笔全集》，马振骋译，上海书店出版社，2009年。

> 萃的一位，继而步步相随，直待学得酷似他，甚或肖似得能使摹本乱真。切莫若牲畜一般生吞食物，不作消化；而要饥饿地觅食，要有个好胃，能够调制、分配食物，将所有食物转化为营养。如贺拉斯所说，不要卑顺地摹仿，不要误将邪恶当作德性，而要采撷最好、最上等的鲜花，连同蜜蜂一道采来，酿成蜜，烹出美味可口的佳肴；将我们的摹仿琢炼得甜美；从最好的作家学习摹仿，学习维吉尔和斯塔提乌斯如何摹仿荷马，贺拉斯如何摹仿阿喀罗科斯，阿乐凯奥斯与其他抒情诗人如何摹仿，等等。

在我看来，如前人一般摹仿，实是恰当地简化了人文主义者的
主张。琼森继而谈及阅读“使人完善”，这句话借自他的真正前辈弗 27
朗西斯·培根爵士《论读书》。培根的随笔虽狭隘，但仍可敬，就程
度而言，琼森与莎士比亚的差距，大约就是培根与蒙田的差距。在
培根与蒙田的文章之间，大概只有极乖张的人，才会偏取培根。琼
森固然能晓人以理，主张这是忠于人文主义者的摹仿学说：

> 有人遍翻典籍，搜尽文章，尔后不加择选，写下寻到的或偶拾的材料。这意味着他们这星期所怀疑或谴责的，乃是前星期或后星期所颂扬的。所有随笔作家，连他们的大师蒙田，俱有这副德性。这些人甚而在所有文章中坦承近来阅读的书籍，不加咀嚼地将生硬的引文置入自己的文章中，这正是他们的愚蠢之处。倒不是说这里用不上这些引文，而是他们自以为打扮齐整了，要显耀一番。

培根的随笔诚然不曾“坦承近来阅读的书籍”,而蒙田使用新近阅读的书籍之时,也绝不是拘泥的。我认为托马斯·格林更具睿见,认识到无论多么地人文主义,矛盾与对立情绪笼罩着所有摹仿:

> 这种被称作摹仿的行为,不只是技巧或习惯,也是矛盾态度的疆域,将层出纷乱甚至对立的态度、希望、虔诚与勉为其难毕集于一个具体位置。

人文主义者的本质是一种矛盾态度,甚或对立的意志,也许这仍使“基督教人文主义者”一词成为矛盾修辞。最粗略地说,人文主义者必须热爱希腊、拉丁的智慧和人文,意欲知晓古人独赋的品格。在文艺复兴早期,基督教确实以某些代价在文化上希腊化、拉丁化。基督教《圣经》的伦理绝然不同于希腊或拉丁的,并且基督教的上帝仍是亚伯拉罕、以撒、雅各的上帝,而不是阿喀琉斯、奥德赛、埃涅阿斯的众神。摹仿或 mimesis——不论其对象是自然或前人——是希腊的概念,而不是希伯来的预设前提。我们无法想象古昔的希腊文或拉丁文作家面对第二诫这般惨淡的文本之时,会产生
28 怎样的情景。

埃里希·奥尔巴赫在《摹仿论:西方文学所描绘的现实》里说道,拉伯雷和蒙田通过对事物的不休试验,从而赋有文艺复兴早期的思想境界、感觉和思想的自由,并且暗示这一自由的式微并不是始于塞万提斯,而是莎士比亚。矛盾的是,古典古代之后,在西方作家当中,大抵也只有这两位作家甚至超越拉伯雷和蒙田的影响力。正如奥尔巴赫所强调的:

> 对拉伯雷来说，不存在审美标准；凡事皆可相配。平常的现实被放置在最不可能的幻想中，最粗糙的活计中满是学识，道德和哲学的启示源自下作的词语和故事。

在奥尔巴赫看来，蒙田不但摆脱了基督教的概念图式，而且摆脱了他的前辈西塞罗、塞涅卡、普鲁塔克的宇宙观念，足堪俦匹拉伯雷的倬然自由的表现手法：

> 他新得的自由更振奋人心，更具历史意义，直接与不安的感觉相联系。如今这现象丰裕得令人惶惑，引人注目乃至吞没了人们的感官。世界——外在与内在世界——似是浩瀚、无垠、不可理解的。

奥尔巴赫认为莎士比亚"在意识上比蒙田更贵族"，仅将悲剧的美学尊严赋予王子、将军、罗马史上的杰出人物。奥尔巴赫认为莎士比亚的信念赋有人文主义的遗产，也就是说，他认为当代生活与英雄时代不只是存在时间的隔阂：

> 随着人文主义的初道曙光，一种意识伊始，即古典历史与传说的事件，以及《圣经》事件与当下的分离，非但因为时间的广度，而且也因为殊异的生存境况，人文主义及其复兴古典的生活和语言表达这一纲领，开辟出新的历史视野，这一视野的深度是我们之前的时代不曾企及的。

关于塞万提斯，奥尔巴赫美妙地论述："对于日常生活的描摹，
29 这般普遍多样化，这般不紧不慢、不疑不惑的欢快，自他以后，欧洲文学史再不敢尝试。"人文主义者的视域主义在纵任的拉伯雷还不曾张显，在莎士比亚已是强大的智性诱惑，蒙田则择取平常生活而将之舍弃，这番话的意思是，塞万提斯这种接纳世俗的安然力量似乎废弃了视域主义。然而这些人都是如荷马、但丁、乔叟一般强大的文艺复兴作家。就略次的作家而言（唯在比照这些大作家之时），开向古代的窗口隐含了视域主义，这既源自古人的影响过于闳深的焦虑，也源自自己的力量不及古人的焦虑。矛盾的是，人文主义宣称，借赖这一隐含抑挫威力的古昔之伟大，当代写作能够达到古人所成就的造诣，这一宣言实则令作家又感推崇又备受重负。

二

因为16世纪的文学批评完全隶属于所谓的人文主义宣言，现今对它的解读须有深情的去理想化精神。那个世纪最伟大的作家亲身实现这一去理想化，设若这样的行动可被看作批评（确实是），那么文艺复兴早期伟大的批评家不是杜·贝莱、锡德尼、塔索，而是蒙田。将《随笔集》称为浩瀚的文学批评集，实是对判断的一种修正，不过是在这种意义上：卒于1939年的西格蒙特·弗洛伊德，在1987年被看作20世纪至关重要的批评家。蒙田的自我辩护同时也是自我分析，现今看来，蒙田不但是爱默生和尼采的前人，二人俱承认他，而且也是弗洛伊德的前人，只是后者不曾言及。

现在回到蒙田，走进比单独一篇随笔《论书籍》更广阔的领域，便是遭遇一种自我诗学，同时也是无情地（以其极随意的方式）批判人文主义者理想化的自我诗学。彼特拉克、杜·贝莱，甚至更实际的锡德尼，尤其是备尝煎熬的塔索——所有这些人将自己与方言写作的前人，以及与古代智慧之间的关系理想化。蒙田跨越最初的人文主义阶段与怀疑主义过渡期之后，在写作问题上，便不再欺瞒自己或他人：

> 我不曾有规律地阅读过任何结实的书籍。除了普鲁塔克与塞涅卡——我就像达那俄斯的女儿们，永不止息地从他们那里汲取来，再倾倒出来。有一些依附在这张纸上；有些依附在我身上，一丁点，或者没有痕迹。[①] 30

这段话出自1579年至1580年间的随笔《论儿童的教育》开篇，即便在蒙田的文章中，这些话也是最惊人的。在《丰饶角的文本》，泰伦斯·卡弗用德里达、巴特的方式解读这段话：

> 在此，两种模范文本的完满性似乎被指定为源泉；达那俄斯的女儿们的劳作代表转达或交换（“交易”）的行动，借由这一行动，普鲁塔克和塞涅卡的文本内容迁植到署名为“蒙田”的文章。然而句子以否定开头，普鲁塔克和塞涅卡出现于让步从句，仅由于缺乏任何结实的书籍（“livre solide”）才得以成为可能。这是蒙田的典型主张：前人文本（尤其是用来传授教

① 《蒙田随笔全集》，马振骋译，上海书店出版社，2009年。

> 育的文本）的无意义令我们得以暂时接近一些先在文本，而其无系统的、开放的形式赋予《随笔集》同样的特征。然而否定并非局限于蒙田声称所忽略的未道明的文本。达那俄斯的女儿们毕竟不是丰裕的令人心安的象征。拉伯雷将她们看作丰饶角生产力的反例、绝望的标志，下面这句话昭示出她们的徒劳："J'en attache quelque chose à ce papier; à moi, si peu que rien."（有一些依附在这张纸上；有些依附在我身上，一丁点，或者没有痕迹。）起句以否定封闭场所，这 moi，置身于文章之外，连普鲁塔克与塞涅卡的文字都不能触及；正如这段话的开端，通过拒斥书籍来保存自我的完整。外在言论不能"附着于"自我，而是外在于自我。因此，迁置也是如此，不停地重复，好似空洞的哑剧。另一文本的片段唯能附着的是"ce papier"，这 moi 显然关注这一居间的领地（鉴于写在纸上的句子惯以"je"开头），但也显然存在着差异。《随笔集》的文字所附着的纸张，诚然便是差异的地方：允许（法语）改写、归化异国文本（任何非法语的文本），参照"他者"之际，寻找这 moi 身份；但同时拖延着不肯实现对于这一身份的寻求，因为这个自我是脱离写作
> 31 行动的实体，写作行动显然不是这个自我的全部。

如果用解构主义者的方式去解读，那么蒙田所成就的便是这样的觉悟——他在语言之外所寻找的，希望用自己的语言所表现的经验完满，在普鲁塔克和塞涅卡的文章中，并不比在他自己的文字或自我中更真实地存在。正如达那俄斯的女儿们，所有作家注定用语言的漏斗打经验的水。然而蒙田（不同于卡弗）确实将普鲁塔克的

《道德随笔》、塞涅卡的《道德书简》看作“结实的书籍”。这些书籍不只是先在文本或源泉，对于蒙田来说，在实践和经验上，它们赋有的地位殊异于他自己的写作。这些书籍是父亲，是真正的作家和权威；它们在扩展，因为它们并不回归到源头。而对于蒙田来说，它们**是**源头。它们的一些现实附着于蒙田的手稿、书页，纵使也有一些不曾留驻。蒙田的自我，如同普鲁塔克和塞涅卡的自我一般凛然可畏。他的自我排斥影响。然而他确实赋予父亲文本以优先性，因为他的文本与他的自我相反，倘若没有得自父亲的迁置，便不能具有权威。

在这一极有用的蒙田研究的结论中，卡弗转向《论经验》这一登峰造极的随笔（撰于 1587 年至 1588 年间）。蒙田先论述在我们的愉悦中，钦羡与嫉妒相交织，从而自相冲撞、侵扰，蒙田继而将自己比照那些因此而放弃天然愉悦的人：

> 我个人只掌握一些平凡的知识，我不喜欢旨在使我们轻视和敌视体育的非人道的知识。我认为不情愿享受天然乐趣与过分关注天然乐趣都不正确。薛西斯是一个妄自尊大的花花公子，他已经沉溺于声色犬马之中竟还去悬赏征集别样的享乐方式。然而人若摒弃大自然已为他找到的乐趣；其妄自尊大也不下于薛西斯。没有必要追求享乐，也不必逃避享乐，需要的是接受乐趣。我大大方方接受乐趣，甚至大方有余，但我更倾向于天然爱好。我们不必夸大享乐的无益；享乐的无益性业已表现得淋漓尽致。感谢我们的病态思想——这令人扫兴的东西，它使我们憎恶人的享乐，犹如憎恶病态思想本身：无论对

待自己或对待它接受的东西,病态思想都做得不是过分便是不足,过分或不足则取决于它贪得无厌、飘忽不定、东摇西摆的本质。

32 器皿有污垢,倒入的一切都变馊。——贺拉斯

我本人自诩擅长博采生活中之种种使得,采纳时饶有兴味,方式独特,然而当我对使得进行仔细审视时,从中得到的却几乎只是一阵风。可是,怎么,我们在哪里不都是一阵风吗?风比我们还聪明些,它喜欢飒飒作响,摇曳动荡,它对自己的作用心满意足,从不寄希望于稳定和牢固;稳定、牢固不是风的品质。①

兹录卡弗的解构如下:

完满的经验始终缺席;当下不可企及。《随笔集》尽其根深蒂固的自我意识,所能做到的仅是将完整性的范式假定为文论的特征。而文章倾出之际,也正是欢庆自己的空洞无意义。蒙田的文本反复讨论这些古老的源泉,以至于丰饶角在他的表现之下丧失意义,直至最终的 egressio 或抹灭:《论经验》末章,富庶这一比喻扮演重要角色。不论古老文本赋有怎样的权威,不论古老文本丧失其权威之时所产生的是怎样的欢欣,在蒙田的文章里,我们既看到古老文本,也看到它们丧失其无上权威。

① 《蒙田随笔全集》下卷,刘方译,译林出版社,1996年,第393—394页。

蒙田的文章确实承认古老文本的权威，普鲁塔克、塞涅卡和贺拉斯的权威，但也承认当前实际存在的新文本也具有这般权威——眼见新生之物在面前诞生的新鲜感。如果我们是风，蒙田《随笔集》也只是风，那么为何让我们如风一般智慧？文本与我们一样，发出声响，四处移动。与风一样，我们和我们的文本都不该寻求不属于自己的品质。然而不定的、流易的文本，始终在变化，可以积极地看作如同易变的自我。若说蒙田为其文本与本人断言局限性，他也在维护一种自由。

如同莎士比亚戏剧中的人物，蒙田之所以变化，是因为在聆听
他自己说出的话。蒙田阅读自己的文章之时，成为哈姆雷特的前人，
并且在自己之内、通过自己来表现现实。蒙田诠释自己的文本的力
量，也正是他诠释前人文本的力量，这种力量扭转他的身份——原
是深受传统影响的后来人，却变成独具原创力的前人。彼特拉克、
杜·贝莱、塔索废然渴望的，锡德尼以都雅文辞追求的，正是文艺复 33
兴时期的拉伯雷最早具备的，蒙田的《论经验》臻极巅峰的，继尔在
堂吉诃德、福斯塔夫、哈姆雷特身上达成圆满的东西。与其称之为
人文主义理想化，宁可称之为人文主义现实：它是一种方言写作的
升华，足能真实可靠地回溯到荷马与《圣经》的力量。在此升华之
中，作家令我们看到——若无他们便不可能看到——现实的一些地
域。华莱士·史蒂文斯说起他理想中的诗人，文艺复兴时期的人文
主义作家：

试图用一种殊异的语言述说

普遍的殊异潜力，
结合想象力的语言与
34 最最欢快的世界语。[1]

① 出自《最高虚构笔记》（“Notes Toward a Supreme Fiction”）。兹录三条词典解释：imagination’s Latin，即想象力的语言，因古典写作用拉丁语；lingua franca，可泛指世界语或通用语，11世纪至19世纪欧洲通用的外交语言，jocundissima是jocund的最高级形式。

布莱兹·帕斯卡尔

（1623—1662）

帕斯卡尔从未丧失启迪与触怒他人的能力。让我们比照他对于保尔·瓦莱里和T.S.艾略特的迥异影响。这是瓦莱里：

> 我痛恨眼见有人要诡计，要叫别人过得不幸，尽管在命运里，人人身不由己，努力要过好。我痛恨眼见有人企图说服别人，须期待更糟糕的境况，须心里明白什么是最令人不堪忍受的艰难处境，警惕艰难处境中最令人不堪忍受的无论什么东西——而这正是苦难和危险，以及对于危险的忧虑。我痛恨眼见有人拿永恒这一观念作强大的武器，用重复这一诡计将这柄武器磨得锋利。

这是指责帕斯卡尔为蒙昧主义的修辞家，接近艾略特指责他为宗教文章家。这是艾略特笔下的帕斯卡尔：

> 有些人爱怀疑，又有头脑去想象、去感受人生与苦难的混乱、无用、无意义、奥秘，并且只能在整体存在的满足中寻求安宁。我推荐这些人去阅读帕斯卡尔，像这样的基督徒作家，我再找不出第二位，连纽曼也不能企及。

我认为瓦莱里和艾略特的见解大略相似，其中差异仅是二人从相反的角度看待帕斯卡尔：一个看他是世俗知识分子，另一个看他
35 是基督教论战家。帕斯卡尔本质上是论战家，而不是宗教或沉思作家。从根本上说，《思想录》的倾向性不亚于《致外省人信札》。我们当代的基督教论战家理应将弗洛伊德视为真正的敌人，但几乎无人这样看待。他们或规避或自取其辱地挪用弗洛伊德。帕斯卡尔的弗洛伊德是蒙田。蒙田是不能规避，又不能挪用，并且简直是不能驳倒的。但是帕斯卡尔因蒙田而罹患的影响—焦虑，沉重得无望。艾略特竭力为帕斯卡尔辩护，坚执蒙田具有足够的力量，化身为普遍的怀疑主义，而帕斯卡尔必会共享这种怀疑主义，虽则程度有限。艾略特无疑将文章家的真正力量之满溢赋予蒙田，然而私底共享（并且超越）的怀疑主义并不能开脱帕斯卡尔深受蒙田影响这一实际情况。罗列相同的段落，便可展显帕斯卡尔之于蒙田的亏欠如此庞大，甚至扩展到比喻、范例、句法和词语重复，倘若在极拘泥地讲究何为抄袭的任何一所美国学校或大学，帕斯卡尔必定会被指控为抄袭。阅读帕斯卡尔之时，读者时而感到帕斯卡尔在不自觉地摹仿他的前人。尤其难堪的是帕斯卡尔谴责蒙田之时，我们好似听见虔诚的儿子责备不信教的父亲，却在所难免地操起了父亲的口吻。

有人揣测，帕斯卡尔仓促写下《思想录》时，总将蒙田《随笔集》摊在面前。且不论这种猜度是否属实，我们可以说，对帕斯卡尔而言，蒙田是根本不能回避的。艾略特认为蒙田的读者“彻底地被他感染”，帕斯卡尔必定备尝被感染的苦恼。我们该如何看待《思想录》众多这样的例子，兹录其中第 358 则：

> 人既不是天使，又不是禽兽；但不幸就在于想表现为天使的人却表现为禽兽。[①]

这句话若不是抄袭自迄今最好的随笔——蒙田的《论经验》，原也可教人叹服。蒙田的表达更有力，更赋睿智：

> 他们想要超出自己，逃出人性，那是疯狂：他们非但没有变成天使，反倒变作畜牲；非但没有提升自己，反倒降低自己。

这是古老的常识，但蒙田进一步发挥所援引的文本，因为他对 36
于自我的感觉属于他自己。教人着恼的是帕斯卡尔不回避也不改述蒙田的文本，而只是简单地复述，大概没有意识到他是完全寄附于这位怀疑主义前人的。由于帕斯卡尔用的是论战模式，而蒙田用的是冥想和思辨，二人便有殊异的修辞锋芒。帕斯卡尔强调道德行为，蒙田则专注于道德的人。然而令读者烦懑的倒不是帕斯卡尔抄袭蒙田，而是帕斯卡尔所展现的贫乏的创造力。伏尔泰和瓦莱里似乎是对的。帕斯卡尔的文章实实在在是蒙田的敌人，正如瓦莱里所说，这一行为必然导致帕斯卡尔成为人类的敌人。就算帕斯卡尔不来责难我们——只因我们做了非做不可的事，我们的处境便已够艰难的。我们是否仍需要帕斯卡尔？我们阅读蒙田，一如阅读莎士比亚和弗洛伊德。我们能如何阅读帕斯卡尔？

尼采主张将帕斯卡尔看作对立的前人，并且狡黠陈说，帕斯卡尔的大过失在于其著名的“赌注”：

---

① 《帕斯卡尔思想录》，何兆武译，天津人民出版社，2007年，第101页。

> 他以为基督教是必要的，就证明了基督教是真的。这是预设确实存在好的、真实的神意，神授的一切必要东西都是真的。但是也可能存在必要的错误！

尼采在后文评道："我们永远不该原谅基督教毁了帕斯卡尔这样的人。"不过在写给格奥尔格·勃兰兑斯的信中，尼采说自己几乎爱上了帕斯卡尔，因为他是"唯一具有逻辑头脑的基督徒"。这二人之间的真正联系之处是同为伟大的道德心理学家，这是他们与蒙田、克尔凯郭尔共有的特质，并且在另一种模式上与斯威夫特相通。帕斯卡尔对于蒙田背离——超越他对这位自然主义、怀疑主义导师负恩的罪孽感——展现在初崭头角的宗教反讽。蒙田力倡相对主义，因为我们不能理解外在于我们的秩序的思想，而正是这一点促使帕斯卡尔主张我们必须顺从上帝的意志。据帕斯卡尔看来，上帝是不可见的，所以我们的处境不亚于悲剧。对我们来说，不可见的上帝加倍地支离破碎。他若存在，教人不可忍受；他若不存在，同样教人不可忍受。因此我们被绌降为愤世嫉俗的寂静主义，就世俗现实方面，最好无所事事。我们如此彻底地拒斥社会秩序，从实用角度来说，反倒能够完全接受这一秩序。

《致外省人信札》的卓绝反讽便是基于帕斯卡尔这一姿态，这
37 一姿态使他得以替社会攻击耶稣会士，同时又谴责他们的世故：

> 对于这样说话的人你想达到什么目的？既然我的言论和我的作品都不会授你口实来谴责我，而我的身份又隐含不明，

这就足以保证我免遭你们的威胁,你打算在哪些方面攻击我呢?你觉得自己被一只无形的手打倒了——然而,这只手却使你们的过失昭然于天下。你不遗余力却枉费心机地攻击我代表着的那些你们假定我与之有关的人。我不因为我或任何人而怕你,因为我既不与任何组织也不与任何个人发生联系。你所具有的各种势力都影响不了我。因为对这个世界我一无所望,一无畏惧,一无所求。只要有上帝的善,我无需任何人的钱财,任何人的保护。因此,我的神父,我要让你针对我的图谋样样落空。你尽可以去触犯波·罗雅尔修道院,但是你触犯不了我。你可以赶走索邦的人,却不能把我逐出家门。你可以策划各种针对司铎和神学家的阴谋,却不能策划针对我的阴谋,因为我不是司铎也不是神学家。神父啊,你也许在一生的经历中还从来没有与这样一个你完全够不着的人打交道吧——这个人还没任何雇主,没有任何牵连,没有任何关系,没有任何使命,因此正好揭露你们的谬误。在你们的基本原则中,这个人还非常精通你们的基本原则,并且决定同你们探讨这些基本原则,他没有任何世间的牵挂而终止或者牵制他的努力,因为上帝给了他启示。①

这段高超的宏论,暗含反讽的寂静主义者无懈可击的修辞姿态:超脱世俗,又是世俗的唯一卫护者。我将帕斯卡尔的姿态称作"无懈可击",因为他的修辞与心理学如此绵密地契合他的宇宙观,三者诚可视为一体。我们掉进比喻、心灵分工、无限空间的永恒沉

① 《致外省人信札》,姚蓓琴译,上海社会科学出版社,2002年,第297—298页。

默，对我们来说，所有这些单独出现就够威吓的。萨拉·麦尔泽有益地强调帕斯卡尔有别于否定神学，对此我的补充是诺斯替主义，因为诺斯替主义是最否定的神学。上帝的他性——在帕斯卡尔看来，即不可见性——与诺斯替主义者和赫尔墨斯主义者的外在上帝毫无共同处。对帕斯卡尔来说，不可见性引向以信仰为赌注，而不是引向否定所有比喻、秩序的术语和科学推想。

从心理学上说，倘若这是错误，至少是一个必然的错误。帕斯
38 卡尔从未走出蒙田的阴影，我认为这倒不是因为蒙田道出了帕斯卡尔的怀疑主义，而是因为蒙田的自我过于真切，蒙田作为作家过于强大，根本不需要任何赌注。在帕斯卡尔眼里，《雷蒙·塞邦赞》这段话必定是终身的责难：

> 此外，应该在这里，在我们的体内，而不是其他地方，去考虑灵魂的力量和效果；其他什么完美性都是虚的和无益的。灵魂不朽性应该在目前的状态下得到承认和体现，也只有这样对人的一生才是有价值的。但是因而否定灵魂的禀性和威力，剥夺它的神功，在它处于肉体的桎梏下萎靡不振、无可奈何时，而对它作出评论，贬得永世不见天日，这是不公正的。考虑到这段时间非常短促，最短只有一两小时，最大不过一个世纪，对于无穷无尽来说只是一瞬间；以一瞬间来安排和决定不说的未来，这也是不公正的。根据这么短暂的一生作出永生永世的赏罚，岂不是极大的失衡行为。①

① 《蒙田随笔全集》中卷，马振骋译，译林出版社，1996年，第233—234页。

面对这段话，帕斯卡尔的辩才与激烈的心灵必定相形见绌，纵使《思想录》最出名的一段话也不足比附：

205

当我思索我一生短促的光阴浸没在以前的和以后的永恒之中，我所填塞的——并且甚至于是我所能看得见的——狭小的空间沉没在既为我所不认识，而且也并不认识我的无限广阔的空间之中；我就极为恐惧而又惊异地看到，我自己竟然是在此处而不是在彼处，因为根本没有任何理由为什么是在此处，而不是在彼处，为什么是在此时而不是在彼时。是谁把我放置在其中的呢？是谁的命令和行动才给我指定了此时此地的呢？用以纪念某一日路过的客人。[1]

206

这些无限空间的永恒沉默使我恐惧。

“此外，应该在这里，在我们的体内，而不是其他地方，去考虑灵
魂的力量和效果。”蒙田留在我们头脑中，帕斯卡尔留在我们心中。
我们时代的蒙田，即弗洛伊德提醒我们，理性的声音并不洪亮，但直
待有人听见之时才肯息止。蒙田的声音永不息止，帕斯卡尔的声音 39
却不得安息。因为帕斯卡尔是蒙田的不自觉的、永远不会成熟的少
年（ephebe），始终清楚谁的声音更雄劲。 40

[1] 《帕斯卡尔思想录》，何兆武译，天津人民出版社，2007年，第101页。汉译缺第一段末句：Memoria hospitis unius diei proetereuntis，出自《智慧书》5：15。

约翰·德莱顿

（1631—1700）

一

在我看来，培根、琼森、弥尔顿是文艺复兴晚期最主要的批评家，但都不是当代意义上的文学批评家，连琼森也算不得。约翰·德莱顿跃过文艺复兴晚期与启蒙时代之间的悬崖，诚不愧为承袭朗吉诺斯传统的大文学批评家。并且他最终解决文艺复兴晚期关于古代与现代，以及它们之间的关系的论战，尽管他本人的姿态并不明朗。在《批评的广度》中，保罗·弗莱旨在澄清德莱顿的复杂姿态：

> 最后，德莱顿既不属于古代，也不属于现代，因为他始终不渝地相信语言的进步或“琢炼”——他正是借此“改进”乔叟，或多或少地抵消他所坚持的感觉先于语言的信念——诸如荷马穷尽创造力。有人过于仓促地预设德莱顿的所有同时代人都主张语言持续进步这一信念。德莱顿也承认事实并非如此：“很多人持相反意见，认为英语的表现能力（在琼森的时代）臻及完美的高度。”（《捍卫后记》，1，171）值得询问的是德莱顿为何非要主张英语在改进，主张德哈姆和沃勒成为新标准，等等。

这些主张是德莱顿最终的形式主义,并且一如《随笔集》所应用的精致形式,被用以解救这位作家及其同代人的自尊。过往的生命力与当代的琢炼之间的均势实则极不稳定。德莱 41
顿在艰难的辩护中显露了他观点的孱弱。诸如他坚执乔叟不合韵律(II, 281),而不理会斯佩特于1602年再版时所作的提醒,即乔叟也许是合韵律的,只是我们不懂他的体系。德莱顿致力于辩护这一蹩脚的观念,认为乔叟近似古人,赋有最高的智性,擅长所有文艺和科学(II, 277, 287),却不会数韵脚,或者想出一套韵步法。德莱顿别无选择,只得将乔叟发落为古人,欠缺现代人这方面的才能;否则现代人便不能有别于乔叟,便要无话可说,如此一来,往昔与现在的伟人之间的互惠关系便无法彰显,而德莱顿正是凭借这一互惠力量,理直气壮地在《前言》中将自己置于现代人的行列。因此,在成熟的德哈姆和沃勒出现之前(II, 281),“我们的成员还很幼稚”,这一主张必须借助任何方便的方式,宣扬得比实际更强大、更确凿。

这不仅是要给现代人保留些许荣耀,并且也要印证霍布斯式德莱顿总是无助地否定的主张:意志的自由。在创造力、刻画描写、丰饶的思想——底色干透之后,才能再上色——这些方面,德莱顿将优先性让渡给古人,继后退一步说,他自己的权威和独创实践是雕琢英雄诗体。可是如果这种雕琢是有价值的成就,何不也赞美其他雕琢?德莱顿自诩改进了一种诗律体系,却讪诮维吉尔只是改进荷马的情节。在每一个方面——在此赌注不妨再押低些——现代人的附属性本质上是琢炼和诠释。这是在指定限度之内嬗替的艺术,而这里作指定的不是

> 至高无上的诗人，而是诗歌传统，作为“第三方”，其存在使得人们纵想迷失也不能走上歧途。

在欣欣然兢兢业业的德莱顿身上，弗莱捕捉到潜隐的忧伤，甚或创造的绝望。在这一解读里，现代人纵有培根的积极纲领和弥尔顿的崇高诗篇——这些都是古人不曾有的，却还是被挫败。德莱顿的姿态介于推崇现代人的琼森与撰写《书籍之战》的斯威夫特之
42 间。对后者来说，衣衫褴褛的现代流浪儿身上所披挂的珍贵荣耀实在破烂得可怜。我们不能肯定德莱顿的文学悲观主义是否源自其历史循环论的忧虑信念。在德莱顿的时代，怀疑主义肆虐，但这仍不能解释德莱顿这种古怪的挫败感。这倒不是由于对进步的信念开始衰堕，而是由于弥尔顿——正如之前的莎士比亚——罄尽了想象力的无数显然可能性。

绵延整个 17 世纪的古人与现代人的战争，也许只是一首讽刺史诗，因为在这场文学之战中，古人必定胜出，除非一劳永逸地更改比赛规则。但使创造仍被视为众神与人类之间的一种争斗，便没有哪个诗人能够奢望僭越荷马。自荷马至歌德，其间存在持续的传统，因为文学的主题不曾改变，显然也不能改变。我们学会称作浪漫主义抑或启蒙运动的最后阶段，终于改变了主题。塞缪尔·约翰逊博士不但是启蒙运动之时最伟大的文学批评家，而且也是西方传统最强大的批评家，他也认为创造是荷马式，后世人物逐渐堕落。不过，诸如哈兹里特这般伟大的浪漫主义批评家却看到伟大旧时代的境况已经扭转，华兹华斯如此彻底地改变了诗歌，令诗歌不可能再与古人作比附，诗歌从此成为“心灵白板”。华兹华斯以降，既无古人，

也无现代人，只有或强大或弱劣的诗人。

西方世界所谓的文学批评和文学理论，与古典世界或欧洲文艺复兴的整体思想几乎没有牵连。我们说起批评理论与实践之时，说的是塞缪尔·约翰逊博士，塞缪尔·泰勒·柯勒律治，以及迄至今日的一些后来人。然而自亚里士多德至实用主义的德莱顿这场漫长的历史中，上演了一出必不可少的序曲，没有这一出序曲，我们便不可能成为现在的我们。我们是古人？现代人？德莱顿的怀疑主义激发这两个问题。对于我们，这两个问题如同当时一般阴沉地息息相联。

二

马丁·普利斯这样论述德莱顿的观点："基督教徒唯有将日常
生活中面临的难题转变为仁慈问题之后，才能做出反应。"帕斯卡
尔的仁慈秩序超越身体和心灵的秩序，并且谴责哲学家和诗人欲以
自己的小聪明取代神性智慧。德莱顿是古人，也是现代人，追求心
灵和仁慈的双重秩序，始终渴望精神权威，并且最终在罗马天主教
会找到。德莱顿的宗教诗虽不能媲美其杰作——其政治讽刺著作 43
《押沙龙与阿齐托菲尔》、模拟英雄诗的讽刺诗《麦克·弗莱克诺》，
却仍以其殊异的激烈萦绕得我们不能安生，这多半由于这些诗歌倡
议根本没有宗教诗这一体裁。德莱顿宛转地教我们知道，文学是又
世俗又宗教的，然而著者所持的社会或政治的辩证法，确实能令文
学作品呈现貌似纯粹世俗或纯粹宗教这一所谓的区分。德莱顿自
道的宗教诗中潜伏着一种忧伤，契近其遮遮掩掩的文学悲观。在著

名的《俗人的宗教》开篇,我们听到终极的精神失落感:

暗淡,如月亮和星辰赊得的光线
之于孤单、疲惫、游荡的行者,
理性昏然照不到灵魂,如同高天
转动的星辰遍照苍穹,
却唯独不照我们身上;理性的微光明灭
也决计不能照亮我们疑惑的道路,
不能引我们去往更好的道路。
当白昼的真宰升上我们的半球
夜空的星辰便沉没,
在宗教面前,理性也苍白暗淡,
神圣的光芒隐没、消沉。
寥寥数人,其理性明亮,追究
一个原因至另一个原因,直追到自然尽头的原理,
发现必定要有第一原理。
这个普遍的他是什么,或者是谁,
是否有一个不是做成的、不动的灵魂
在做功、在推动一切,或者种种原子的舞蹈
糟乱中意外地排列形式(高贵的概率之工),
或者宇宙来自永恒,
亚里士多德这史特吉拉人不曾懂,
伊壁鸠鲁的猜测也不亚于他的。
他们盲目摸索死后的世界,

狂妄地判断天意与命运。
而他们的努力绝少助益
人类真正的幸福,
因为幸福永远找不到;
幸福如魔法一般自他们面前消逝。
好人满足于一个念头,
这念头摧垮每一个小意外,
疯狂的哲人苦求德性, 44
可他们劳作的田地布满荆棘,或者顶好也是贫瘠的,
有些老饕欢快地汲取,
却发现绠短汲深,
水桶又是漏的,装不住福祉。
如此这般,焦灼的念头,转着无尽的圈圈,
没有中心可以安置灵魂,
在这疯狂的迷宫中,终结他们的企图。
小的岂能理解大的?
有限的岂能触摸无限的?
若能理解上帝,须得比上帝更伟大。

诗人瓦特·莎瓦杰·兰德曾对日记作家克拉伯·罗宾逊说:“赞美诗中再无可媲美德莱顿《俗人的宗教》开篇十一行诗句的。”兰德所捕捉到的是德莱顿开篇如赞美诗般瑰丽的和谐,这一和谐殊异于这十一行诗句间的 dianoia 或思想内容。在这里,德莱顿的信仰动人地展显为对启示的企盼,而非启示本身。开篇旨在调和摒弃启示

的理神论者与拒斥理性的信仰论者。从隐喻上说,德莱顿的理性消融于借取光芒的超自然太阳里,然而诗行间的语气透露更阴沉的怀疑主义。赞美诗般的语调哀悼“我们可疑的方式”,只是它高扬得如此强劲,致使德莱顿自许志在宗教问题上持中庸态度这一目标变得模糊。

用意象派的话说,根据这一节诗,理性能为我们做的究竟有多少?纵然月亮和星辰合并起来,也不能帮助“孤单、疲惫、游荡的行者”,他们似乎不是穿行在所有可能世界中最好的世界。那照亮天空的,不会来照亮我们。诗篇第一个词“暗淡”设定宇宙的基调。在这个宇宙里,连亚里士多德也看不见创造的真理,因为哲学家们注定在这里盲目摸索,狂妄地判断。在这节诗中,理性也许就像谚语里的水杯,各人各以性情与境遇形容为半满或半空。

在《俗人的宗教》结尾,德莱顿做出乎乏得危险的保证,“我们须相信的东西不多且简单”,并且“模糊的意义学会了也无大用,/而寻常的安宁是人类的关切”。从批评角度看,诚可说诗歌开篇强大得旷绝奥渺,再不能有结尾足能与之相持,当然也从不曾有人偏爱《俗人的宗教》这一冲和的尾声,而舍弃卓绝的开篇。开篇浩瀚,往复述说德莱顿所压抑的东西,某种丰沃且陌生的东西,这东西的
45 一大源头是弥尔顿《失乐园》,尤其是卷三的伟大祈祷,盲先知向圣光宣告道:

> 天上的光呀,照耀我的内心,
> 照亮我的心怀一切的功能,
> 在那儿移植眼睛,清除干净,

那儿所有的云雾，让我能把肉眼
看不到的东西都能看得清清楚楚，
并且叙述出来。①

德莱顿刻意匮缺的正是这种内向性，其暗淡的天体光芒作为外在形象而闪耀。在德莱顿这里，令我们感兴趣的是他缺乏先知的蒙召感或自我本位的崇高感，而这最终也令他与我们疏离。德莱顿吸引各种或旧或新的历史主义，但是或许不能吸引我们当中最深刻的读者。并且他的局限性是矜心作意而为的，在方方面面皆明智地执守。试看德莱顿对弥尔顿的著名评价，刊于汤生 1688 年对开版《失乐园》，印在这位现代最伟大的史诗家先知般的雕版肖像之下：

三位诗人，诞生在三个遥远的时代，
各为希腊、罗马、英格兰增光添彩。
第一位意境崇高，不同凡响，
第二位庄严雄浑，第三位兼两者之长。
为塑造第三位，造物主已无能为力，
只得取前两者的长处，糅合一起。②

荷马的卓绝思想，加上维吉尔的赫奕文风，迫使自然在创造弥尔顿之时冲破局限。弥尔顿是远超过自然力量的产物。德莱顿深知身处无人钦羡的境地：弥尔顿之后第一个具有代表性的主要诗

---

① 《失乐园》，朱维之译，上海译文出版社，1984年。

② 《诗篇中的诗人》，刘新民译，人民文学出版社，2004年，第99页。

人。弥尔顿对诗歌王国的颠覆，比篡夺不列颠王国的国家领袖克伦威尔更有威势，因为他比克伦威尔更恒久。弥尔顿是古人和现代人当中最伟大的，仅给德莱顿留下中间道路，中间的声音：

所有，终篇，从头到尾：
你的追逐，眼里见着一头野兽；
你的斗争，一无所获；
你的情人悉不真实。
古老的世代消逝，
46 是时候开始新的。

塞缪尔·约翰逊

（1709—1784）

一

在每一个人的心中也许潜藏着一种富有个性的欲望，这种欲望首先使每人怀有希望，然后相信天性赋予他所特有的资质。这种虚荣心使一种意向滋长反感，使另一种意向驱使欲望的实现，直至欲望通过谋略而超越支配力本来的状况。因为装模作样经过一段时间以后变本加厉，这种欲望最后反过来压制起初怂恿它只是为了炫耀的人。①

——约翰逊，抄自致鲍斯威尔的信，1763 年 12 月 8 日

很多人（包括我自己）认为，塞缪尔·约翰逊博士是多变的西方文学传统史上最强大的批评家。在英美传统中，与他相当的似乎只有威廉·哈兹里特。哈兹里特赋有接近约翰逊的力量、才智、学识，但欠缺约翰逊宽宏的人类同情，并且睿智远不逮约翰逊。约翰逊使我们看到批评作为一种文学艺术厕身智慧写作的古老体裁，从而承袭科厄肋特（《传道书》）和耶稣·便·西拉（《德训篇》）的传统。倘若寻找约翰逊的前人，莫去找亚里士多德，甚或本·琼森——

① 《约翰逊博士传》，王增澄、史美骅译，上海三联书店，2006年。

英国新古典主义的先驱。《拉塞勒斯》和《漫步者》的前人，要从《传道书》中寻找：

> 凡你手里所当做的事，要尽力去做。因为在你所必去的阴间，没有工作，没有谋算，没有知识，也没有智慧。

面对《圣经》传道者这番话，约翰逊的思想永远被改变。诚然，
47 约翰逊是如此强劲的作家，以至于几乎实现僭越的颠倒，叫我们以为《传道书》的著者深受塞缪尔·约翰逊的影响。我时或念诵《传道书》，继后迷惑起来，以为念的是《拉塞勒斯》：

> 听智慧人的责备，强过听愚昧人的歌唱。
> 愚昧人的笑声，好像锅下烧荆棘的爆声，这也是虚空。

约翰逊叫我们知道，批评作为一种文学体裁，其权威仰赖于批评家的人类智慧，而非理论或实践的正确或错误。哈兹里特认为艺术——包括文学——不是进步的，而作为文学艺术的批评也是如此。自古及今，直至当下流行的高卢版形式主义、语言学怀疑主义，甚至心理语言学，总有人要为批评制定规则，而这些人还不曾给出文学批评，并且也给不出。一如既往，文学批评将继续作为诠释的智慧与智慧的诠释。约翰逊和哈兹里特、罗斯金和佩特、奥斯卡·王尔德和肯尼斯·伯克，皆以殊异又相关的方式为我们展示，其一，经验的批评才是出色的批评；其二，除了批评家本人，别无仿效的途径；其三，最精辟的一点：正是"客观性"使批评变得容易、庸俗，从

而不堪。真正批评的主观性或个性感染力绝不是自私，而是一种艰难的造诣，倚重于学识、才智，以及个人浩然之气这一奥秘。“客观性”不过是消化他人的意见，不论这些意见顶戴的是哲学、科学，还是学术圈社交习俗的面具：

> 米尼姆坦言极敬仰智慧与慷慨，正是这样的氛围哺育了欧洲大陆的学术圈，他时常渴望存在趣味的标准、公断，德行得以借此有别于善变、偏见和恶意。
>
> （《闲散者》，第 61 期）

在这个糟糕的时代，我们有的是迪克·米尼姆先生这样的人。他们倾出大部头作品来谴责诠释，呼吁规则、原则、方法，这些东西是要将英美批评转变为德意志—高卢人的“人类科学”。“严谨、严谨！”我们当代的米尼姆呼喊着，同时又频频提醒我们，诗歌和故事是在语言之内的、用语言写的。塞缪尔·约翰逊博士不曾蒙受黑格 48
尔哲学及其法式海德格尔修正主义者的惠育，全凭一己之力，做了他所能做的，比如这里对莎士比亚《亨利四世》的评述：

> 可是，不是仿效的**福斯塔夫**，不可仿效的**福斯塔夫**，我怎么形容你才好？你揉合感觉与恶习；这感觉教人眼羡又不教人看重，这恶习教人轻蔑又不教人憎恶……而人因此变坏，因此变得可鄙，王子势必要看轻他，却又离不了他，借由所有品质中最能取悦的品质、永恒的快活，借由逗人发笑的不竭能力，这是最自由地运用的，因为他的机智不是了不起的，或者雄心勃勃

的，而是轻巧的逃避和轻浮的俏皮，这样的机智能逗趣，却不会挑起嫉妒。

这一评判的平稳令人钦服，通透得无与伦比。然而批评的伟岸超越简单的平衡，并且精确地道明莎士比亚的表现手法。福斯塔夫“不是仿效的”，因为他不是摹品，他是最本质的自然的超摹品。他是“不可仿效的”，因为他是比活人更真实的形式；他包涵我们，而不是我们包涵他。他的“永恒的快活”、“轻巧的逃避与轻浮的俏皮”的机智，令他免遭被妒嫉的机智，证实他的独特天性中没有超我(superego)。倘若没有超我来劝谏自我(ego)舍弃进取的本能——每当自我放弃进取本能之时，超我又更凶狠地来惩罚——我们就会成为福斯塔夫，活在永恒的快活中，因为像福斯塔夫一样，我们的死的本能也会被纳入嬉娱、轻巧的逃避、轻浮的俏皮。尼采在哀切过度的查拉图斯特拉身上失于表现的，弗洛伊德断定不能表现的，约翰逊在这里为我们展显，莎士比亚胜绝地在约翰·福斯塔夫爵士身上表现出来。最伟大的批评家约翰逊能够教会我们，诗歌的本质是创新。创新是意义如何得以造始，并且约翰逊间接地展现，莎士比亚的作品最具生命力的独创性，甚至超越荷马或《圣经》。

这只是略示约翰逊评论莎士比亚之时，是如何出色地擅长暗示。正如对于博林布鲁克的儿子哈尔来说，福斯塔夫这种教人眼羡又不教人看重的感觉是不可少的，福斯塔夫对于我们也是不可少的，因为我们也缺乏永恒的快活，因为我们所有人，与塞缪尔·约翰逊一样，被超我惩罚得不堪忍受。福斯塔夫的感觉和不竭的能力，正是意义如何造始、创新如何实现的感觉和能力。用弗洛伊德的还原术语来说，超我被克服之时，意义便得以造始，而不是重复，但是在弗洛伊德的还原里，超我是不可克服的。凭借福斯塔夫胜利地征 49
服语言的权力意志的盎盎活力，莎士比亚——迄今最创新、最独创的作家——构造了一种几乎崭新的意义。无论在写作或讲演中，这种意志的实现只能借助文辞，借助所选择的语词——从实用主义角度来说，相当于在语言中作一系列抉择。作为批评家，约翰逊既有权势（创新），也有支配文辞的意志，他比之后任何批评家更懂如何通过语言的择取来反映权势。

二

作为批评家，约翰逊最伟大的著作是《诗人列传》，撰于1777年至1781年间。只是这部作品颇古怪，因为《诗人列传》所评介的英国诗人是由书商选择，而不是约翰逊遴选的。共有五十位入选诗人，约翰逊的密友奥利弗·戈德史密斯不在其列，而罗斯康芒、庞弗雷特、多塞特、斯特普内、斯普拉特、芬顿、耶登、利特尔顿这样的诗人似正典般地侪身其中。约翰逊虽推介这些诗人，通常却写下夷然不屑的批语。《耶登传》的评论还算是温和的：

> 至于他的诗，大多是失度的，他营造诗歌风格之时，原要用品达式。他一心要以考利为楷模，企图或多或少超越他。他写《黑暗颂》，显然要对应考利《光之颂》。

嗟乎，可怜的耶登！不过至少人们会记得他，纵然只记得这段话，以及《耶登传》的约翰逊式结语：

> 至于他余下的诗，虽则水平不一，虽则时或有拙劣的韵脚，虽则其缺陷似不在热忱的疏忽，而在怠惰的遗漏，但也只好说，聊且披阅一过罢。

适间，约翰逊引用耶登不幸的诗行，诗中雅威思索方才创造的光：

50 须臾，全能上帝驻立惊奇。

嗟乎，可怜的耶登！我们永远不可能忘记约翰逊对这句诗的评价：

> 他理应记得无限知识绝不可能惊奇。所有惊奇乃是新奇之于无知者的效果。

最后一句话是新古典主义批评姿态的缩影，也可看作本·琼森鄙夷斯宾塞的追随者，抑或塞缪尔·约翰逊摒斥感性时代诗歌，痛斥格雷、柯林斯、沃顿父子背离蒲柏，回归弥尔顿。在《格雷传》，约翰逊极谆然、坦然承认，阅读格雷的诗歌绝无乐趣可言，尤其是两首伟大的品达体，《游吟诗人》和《作诗法的进步》。鲍斯威尔在《约翰逊传》中记载，这位批评家就格雷的颂诗发落道："这些不过是黄瓜。"倘若美国人记得约翰逊说的是英国黄瓜，这一发落便更显刻薄，这种臃肿粗糙的蔬菜，其怪状确实酷似格雷的品达体印在纸上的模样。

《诗人列传》中最出色的要属评论蒲柏那篇美妙长文。对于蒲柏和德莱顿的诗，约翰逊是烂熟于心的，似乎能够背诵他们的所有诗作。对约翰逊来说，斯威夫特是至大的困扰。两人在才识上虽相通，也许正是由于这些相通，斯威夫特总叫约翰逊自馁。《澡盆的故事》无疑是英语文学上最雄浑的散文，也叫我读得惊心。而约翰逊似乎更骇然，称其为“狂野的作品”，并且以创巨痛深的口吻说道：

> 至于这部书，善心的人可能想公平地作些评价，说可能出自某个乖僻、无恶意的人；但此书确实是极危险的。

学者们意揣约翰逊惧怕自己会变得如斯威夫特一般疯狂。在我看来，这种看法过于简单。诚然，一如无数世间男女，约翰逊也怕死得悲惨：

> 然这般时辰待候的人寥寥无几，
> 在命运的海湾他们坦然无忧。
> 自里底亚的君王开始追溯究竟，
> 听信梭伦的话语，思索死亡，
> 人生落幕之际，天才惊骇，
> 勇者的恐惧，智者的愚蠢？ 51
> 马尔博罗的眼眸流淌出老朽，

> 斯威夫特从此不能显弄胡诌。①

斯威夫特可怖的嘲讽与独绝的狂野，截然相对于约翰逊的经验主义和人道主义姿态。新古典主义的文学理论，及至约翰逊已趋臻备，所强调的是道德训导、摹仿、改进的重要性，即不裁截修改传统的前提下改进传统。斯威夫特虽在抽象意义上认同这一点，却不具备贺拉斯般的性情。斯威夫特的悍勇在伟大作家当中大概无人能及，唯在《澡盆的故事》中尽然释放，一如约翰逊的慎重评论：

> 此书彰显激烈与敏捷的头脑、丰饶的形象、生动的措辞，他之后再不曾拥有或不再运用。此书的模式如此独特诡谲，以致我们必须将其孤立出来思索……

用约翰逊的话说，这是指斯威夫特的超凡梦魇之作展显了卓绝的创新，而根据约翰逊的定义，诗歌的本质便是创新。我们都有偏爱的作家；年岁移增，约翰逊成为我的赏爱，一如蒲柏是约翰逊的赏爱。我们往往将斯威夫特和蒲柏相联系；二人交情甚笃，是政治和文学同盟，在讽刺作品时代，二人分享英国奥古斯都文学盛期的荣耀。约翰逊能够从容看待蒲柏，而斯威夫特却叫他极不自在。作为智慧作家，约翰逊深知二人的差异。一如艾迪森，蒲柏接合弗朗西

---

① 出自《人类欲望之虚幻》。编译注释如下：

一，雅典的立法家梭伦告诉富贵无敌的里底亚国王克罗伊斯，唯当一个人快乐地度完人生之时，此人方为快乐之人。生命终结之前，无法判断此人是否幸福。

二：以下两点被称为约翰逊的“诗歌夸张”：1.马尔博罗卒于1722年，享年七十有二，尚算不得“dotage”。2.约翰逊说斯威夫特辞世之际犯精神错乱，也并不真确，除非他真相信当时的流言。

斯·培根，约翰逊也是如此。而斯威夫特不是智慧作家，而是更阴暗、笔锋更刚健。

三

我以为约翰逊仍是莎士比亚最好的批评家，因为莎士比亚迫使约翰逊退出新古典主义，执守英国自然主义的常识，以便能够接纳、称赏莎士比亚的摹仿胜利。在《莎士比亚集序言》中，约翰逊使我们认识到思索莎士比亚的表现手法的必要起点：

> 书籍和格言不能交换观察的警觉与鉴别的准确；所有独创的、天然的佳妙皆由此起始。莎士比亚必是睿敏地观察人类， 52
> 极好奇、极专注。其他作家借用前人的角色，仅为这些角色添附时下的仪态。衣衫虽稍经裁截修改，却仍是同一具身躯。我们这位作家既提供实质，也提供形式。因为除了乔叟——我以为莎士比亚不曾欠负他的——笔下的人物，没有哪一位英语作家如此本真地呈现人生，也许在其他现代语言中也不多见。

约翰逊大概低估了莎士比亚所欠负乔叟的。《仲夏夜之梦》和《特洛伊罗斯与克瑞西达》多有借鉴乔叟，或许《罗密欧与朱丽叶》也是。更重要的是，乔叟塑造的最强大的形象——赦罪僧和巴斯妇——与卓绝的福斯塔夫具有错综复杂的联系。乔叟也许还赋予莎士比亚二人共通的最伟大天赋：作为先驱作家，二人所创造的人物由于聆听自己说话而改变。不过，我要在约翰逊之后添附一句，鉴于他巍然暗示唯有乔叟和莎士比亚以现实的本色来描绘现实，而最本真的色彩或比喻便是我们说的话对自己的影响。约翰逊探讨莎士比亚的最伟大力量这一核心问题之时（即莎士比亚以如此这般描摹现实的模式，迫使现实呈现否则无从为人知晓的一些方面），道出了最精到的灼见：

> 他虽遭遇重重艰难，助力难寻，却仍获得众多人生模式以及本土本色的人物的确切知识；他以无比多样性，赋他们以错综变化；他以微妙差异，将他们一一区别；他以适宜的搭配，将他们完全展示。他无从摹仿这些技巧，而所有后世作家都要摹仿他。关于理论知识的箴言，抑或实践审慎的规则，纵然汇总所有后来人的，大略也不会抵过他独个人给予他的国度的。

约翰逊文采郁郁，称赏莎士比亚的遗产既是认知意识或理论知识，也是智慧或实践审慎。莎士比亚获得“确切知识”，将其完全展示。因此，就认识论的确定性而言，他超越形而上学家；就实用主
53 义的标准而言，他超越伦理学家。作为始创者，莎士比亚显然定下表现手法的标准，后世所有作家只能从属于他。这是约翰逊关于莎士比亚的最深刻的认识，因此也是他关于想象文学的认识。理解众多人生模式以及本土本色的人物，这样一种理解几乎等同于表现，等同于以无比多样性赋予他们错综变化，等同于以微妙差异将他们一一区别，等同于将他们完全展示。变化、区别、展示与理解不是相分离的，相反地，这一些便是理解。约翰逊暗示莎士比亚所创造的表现如此赋有独创性，以致从概念上说，**这些表现包含我们**，并且继

续塑造我们的动机心理。开拓思想的现代表现手法这一成就的不是蒙田，也不是（迟来的）弗洛伊德，而是莎士比亚。约翰逊教给我们，莎士比亚开辟出我们的心理学，臻及惊人的造诣。

四

约翰逊最伟大的成就是批评。粗略地说，《人类愿望之虚荣》、《拉塞勒斯》，以及其他随笔文章，值得作为约翰逊的文学批评或智慧写作的延伸阅读，这一说法是公允的。至于鲍斯威尔，诚可说其最伟大的两部作品是约翰逊与他本人，或者说，《约翰逊传》、《赫布里底群岛之旅》[①]、《伦敦日记》。弗兰克·布拉第敦厚地评判鲍斯威尔是那个时代的诺曼·梅勒，这番话叫我们联想起那个“诺曼·梅勒”，即《自我推销》和《夜间的军队》的主角，大概是诺曼·梅勒最伟大的创造，远超过《刽子手之歌》和《古老的傍晚》。鲍斯威尔的“约翰逊”不是《诗人列传》的著者，这一点是显然的，而鲍斯威尔的“鲍斯威尔”，正如梅勒的“梅勒”，确实令我们驻立惊奇。我们记得约翰逊（在可怜的耶登的传记中）抨击惊奇源自无知者看到新奇之物。

我们自然可以偏爱“没有鲍斯威尔的约翰逊”（我一向是这样），却仍不倦地阅读《约翰逊传》，将这部书看作英语文学中精妙的文学传记。在我看来，就美学成就来说，鲍斯威尔的《日记》，甚至《伦敦日记》，皆远不及《塞缪尔·约翰逊传》，也不及不相伯仲的《赫布里底群岛之旅》，但这只是说鲍斯威尔的“约翰逊”，实是远胜于鲍斯威

① 中文版有译为《惊世之旅：苏格兰高地旅行记》，蔡田明译，国际文化出版公司，2011年。

尔的"鲍斯威尔"这一壮丽虚构。就《日记》文风的非凡灵活这方面，我们不得不赞同弗兰克·布拉第的主张；日记确实"能够容纳十分广泛的素材，极复杂的情境"。在我看来，关于鲍斯威尔撰写《日记》
54 的优势与局限，布拉第的概述言之凿凿：

> 鲍斯威尔笔耕不辍写日记，其日记也令读者读得爱不释手。日记的读者贪婪地寻找事实：他人如何生活、思考、感受？在所有文学体裁中，日记最近于直接回答这些问题：日记的优势在于为读者戏剧化地展现事件和感受，其描述方式似是自发的，忠实于当前经验。人物总在变换，退出视线；事件不连贯，一时呈显又消失。日记这一体裁本身也近似人生，如同日复一日的日常行程，无从得知结局。然而日记又不同于人生，日记是书面记载，在鲍斯威尔这里，更是串连一项重要事业的所有不可预料的事件，充满尖锐地描摹的插曲、戏剧性的厄运。日记的长度将读者带入一群越发熟悉的人物，其中的故事，有些延续经年，有些仅以数笔记载。
>
> 主观性既是日记的优势，也是局限。日记的关键问题是兴趣和创造力。在传记里，传记作家介于读者与对象之间；自传则容易受事后之鉴的纠正引力的牵引。日记将读者带入著者的心灵，没有中介与扭曲。读者不自觉地体谅有意或无意的偏见，一如平常也是这般对待生活中熟悉的人的偏见；尚且不论成见在理论中会挑起怎样的纷争，在实践中，成见极少成为问题。
>
> 但问题还是有的。至少有一个浅显的矛盾，也就是说，日记虽是最任率的文学体裁，却要求极致的才情，才能长久地吸

引读者。日记只能倚重著者禀赋的生动有趣、异乎寻常或令人倾倒的头脑，以及懂得如何愉悦或吸引读者的直觉，用描述或主题的趣味来弥补所缺乏的连贯叙述和人物刻画。同时，才情断不可削减可信度。相对于可靠叙事者的严肃叙述，读者可能更欢喜聆听卡萨诺瓦的奇谈，但是读者多半将卡萨诺瓦的回忆录看作冒称事实的虚构。

诚然，对于日记者所说的，无论真假，都看作具有启发意
义的语言，这样老练的态度也是可能的。不过，如果读者认为
所阅读的是真实的故事，大抵会觉得更适意。如果叙述所根据
的是可印证的事实，读者会更高兴。一如约翰逊便相信“每个 55
故事的价值取决于其真实性”。鲍斯威尔强调准确的情境，一
丝不苟的事实细节；读者由此而产生的信赖，进而认为日记者
所描绘的思想状态也是精确的。在这里，不连贯性发挥效用：
如此多变的人物，敢情不能虚构的。

日记者最后一个优势，在其他因素相同的情况下，比起虚构人物来，读者更容易、更彻底地同情真实人物，单单因为这些人物是真实的。出于同样的理由，读者可能遽然改变对日记者的态度，尤其是当他越界说出许可之外的话时，正如鲍斯威尔的情况。鲍斯威尔逝世之后，他可敬的遗嘱执行者威廉·福布斯阅读他的日记，频频写下“此言过矣”。这一批语通常恰如其分，只是这是天生的礼节，还是袒护的假面？抑或两者皆是？约翰逊改述威廉·劳在《奉献和圣洁生活的呼召》中一段话：“每个人知晓自己更坏的一面，超过眼里看见的别人的坏。”有些读者会说“感谢上帝，我可不像他”，这些读者可能是

> 压抑着不受欢迎的真知：他们实则很像他。
>
> 然而纵是最富有同情心的人，对于虚荣和自怜——在日记中极常见——也会不耐烦，作者在社交生活中必须按捺着虚荣与自怜，在日记中则频频发泄。日记这种不懈的主观性可能教人觉得压抑。最后，日记者也承担风险，读者可能会在故事中看出他在自己身上不曾看到的东西。
>
> 最后，话题回到约翰逊，判断文学价值的唯一方法是“持久性与持续的声望”。鲍斯威尔的日记，正如他的传记，展现出经得起时间考验的每一种迹象。但是日记的广博和才华也扭曲我们看待鲍斯威尔的眼光，因为读者被置入阿米埃尔所谓的“我们称之为个人存在的分子旋风”。我们从鲍斯威尔的内心去理解他，一如我们也这般理解自己。他的内心与我们一般粗疏，缺乏我们原以为别人都具备的健全。日记的亲密感具有万
> 56 分好处，但也易使人忘记其同代人如何看他。

我引用这篇漫长的评述，实是因为这行文极像约翰逊，并且鲍斯威尔大抵也会认同。一如其伟大的导师（也是我的）弗雷德里克·A. 波特，布拉第间接地向我们展示，《塞缪尔·约翰逊传》和《赫布里底群岛之旅》的力量最终是爱的力量，是鲍斯威尔对塞缪
57 尔·约翰逊的闳博灵魂的孺慕之爱。

让—雅克·卢梭
（1712—1778）

我以为威廉·哈兹里特仍是卢梭最好的批评家，他坚持认为日内瓦这位伦理学家的感性，更比其启蒙时代理性或浪漫主义想象力重要。哈兹里特认为卢梭的消极感受力不逮于其他任何相当的人物，而欣然称颂其自我主义崇高的激情迸发。在哈兹里特看来，卢梭对自己的强烈激情，实是法国革命必需的序曲，使得革命中的男男女女学习卢梭，将自爱置于社会、历史和传统的要求之前。在哈兹里特的锐利洞见中，这种将社会不平等转化为个人侮辱的雅各宾式感性，应当全然归功于感性备受煎熬的独特个人——卢梭。

哈兹里特赞美《忏悔录》为名符其实的革命圣经，将卢梭视为浪漫主义的普罗米修斯，点燃炽焰，反抗欧洲的天神。哈兹里特以英国新教徒特有的反讽，既赞美卢梭，也鄙薄其又英雄又"病态"的性情。哈兹里特对待卢梭的矛盾态度，颇似他对待华兹华斯的态度。哈兹里特认为二人皆是真正的独创者，从而也是文学革命的先知，但二人都被判为自大狂，不过背叛革命的只有华兹华斯。

及至今日，英美批评家与欧洲大陆注疏家对于卢梭的看法仍大相径庭。在当代英语世界，除了《忏悔录》，卢梭的作品不曾得到广泛或深入的阅读。阿兰·布鲁姆企图复兴《爱弥儿》，将此书与柏拉图的《理想国》相比较，看作是审视整个人类生存境况。他说这两部作品是“给哲学家看的书”，然而由于我们眼下生活在文学文化，而不是哲学文化，我揣测《爱弥儿》不太可能复兴。《新爱洛漪丝》
58 更适合我们的感性，然令我惊讶的是此书现今极少受关注。不过，《忏悔录》是我们的文学文化的重要元素，并且成为现代自传体的范式。

在我看来，卢梭《忏悔录》确是蒙田与弗洛伊德（他是我们时代的蒙田，为我们将自我反省系统化）之间不可避免的纽带。在《人的善变天性》，范丹伯认为卢梭是“将孩子当孩子，不再将孩子当成人的第一人”，但也说他犯有“将孩子推开”的嫌疑。范丹伯认为《爱弥儿》始创心灵“成熟”这一比喻，因此判定卢梭为青春期作家。在范丹伯这里，这一判断大抵是嘲弄，而在我看来，却颇中肯。在卢梭之前，能在哪里找到青春期的描写？倘若合并哈兹里特和范丹伯对于卢梭的看法，那么叛逆的自爱这一新感性与青春期的新跨越或转变之间，确实具有紧密联系，并且一种意识似也不无可能创制这两种东西。从性心理学上说，撰写《忏悔录》的卢梭从未走出青春期，而宣扬普及自我主义的崇高势必成为其自传的中心。

“这些就是我青年时代的错误和缺点。我以我内心很满意的忠实，把经历讲述了出来。”[①] 这是《忏悔录》上卷末节第一句话，这番话并不是卢梭最糟糕的一面，但确实显示了他极令人恼怒的禀性，一旦忏悔了罪过，他就能原谅自己的一切。对于这位日内瓦同胞的浪漫主义化蒙召感，约翰·加尔文必定会有激烈的反击，我喜欢想象加尔文和卢梭面对面立在但丁《地狱篇》法利那塔的墓前，这位早期异教徒挺胸昂首，巍然屹立，“仿佛对地狱极为不屑”。然而纵

① 《忏悔录》，陈筱卿译，译林出版社，1994年。

是法利那塔或加尔文,也不逮卢梭所拥有的极度自信。《忏悔录》第十二章这段话实在教人激忿填膺:

> 我必须把话全说出来:我没有掩饰我那可怜的妈妈以及我自己的缺点,因此,我也就不该对泰蕾兹有所宽容,不管我是多么乐意于崇敬对我来说如此亲爱的一个人,我也不愿隐瞒她的过错,如果说内心情感不由自主的变化也算是个真正的过错的话。我很早就发现她的心在渐渐地冷下来。我感觉她对我已不像我俩美好岁月时那样了,而且,我越是对她始终如一,就越是感觉出这一点来。我重又陷入我在妈妈身边感受到其
> 后果的那同样的尴尬之中,而这种后果在泰蕾兹身边也一模一 59
> 样:我们别去寻求自然界中并不存在的完美;这种后果在无论哪个女人身边都是一样的。我对我的孩子们所做出的决定,尽管我觉得十分合情合理,但并不总是让我心安理得的。在我思考我的《论教育》时,我感觉到自己忽略了没有什么能够使我免除的一些义务。我的内疚最后变得如此强烈,致使我几乎不得不在《爱弥儿》的开头就公开承认了自己的过错,而且话说得那么一目了然,以致读完这一段之后,有谁还有勇气责怪我的过错的话,那就很令人惊诧了。然而,我当时的处境依然如故,甚至更糟,因为我的那些敌人一心想抓我的把柄,对我恨之入骨。我害怕重蹈覆辙,也不想冒此危险,所以我宁可忍受清心寡欲之苦,也不愿让泰蕾兹今后陷入同样困境;此外,我早就发现,房事明显地使我的身体每况愈下。由于这双重理由,我曾屡下狠心,但有时却不能坚持,不过,这三四年来,我比以前

> 持之以恒了。正是这样，自那时起，我便发觉泰蕾兹有所冷淡：她虽说因为义务而对我感情依旧，但在爱情方面则不再一样了。这必然使我们的夫妻关系少了点乐趣，因此我就在想，她深信无论她身在何处，都能继续得到我的照顾，所以也许宁愿留在巴黎而不愿随我漂泊，然而，在我俩离别之时，她曾是那么依依不舍，要求我一定答应让她将去寻我。自我走后，她向孔蒂亲王和卢森堡先生都一再强烈地表示寻我的愿望，以致我非但没有勇气向她提出分手，甚至连想都不敢去想。当我心里实在是觉得离不了她之后，我便只想到一再要求她快到我的身边来。因此，我便给她写信，让她动身前来，她也就来了。我离开她还不到两个月，但这可是我们多年形影相随之后的第一次分离，我们彼此都觉得这次分离是那么地痛苦不堪。我们拥抱在
> 60 一起时，心里真说不出是什么滋味！啊，温情和欢乐的泪水是多么地甜美！我的心在如饥似渴地畅饮着这甜美的泪水！这样的泪水人们为何让我流得这么少呢？①

我踌躇不知如何择取卢梭的态度：取他对待可怜的泰蕾兹的态度——口中说着“始终如一”，心里却想着“别去寻求自然界中并不存在的完美”；还是他的惊讶——几乎全盘托出自己的“过错”之后，竟然“还有勇气责怪”他抛弃孩子。我们不须怀疑他的心灵多么热烈地宴飨“温情和欢乐的泪水”。伟大的卢梭不是伪君子；他只是圣洁的怪物，对他的女人们尤其狠毒。然而无论我们选择如何看待作为个人的卢梭，就自我表现的文学影响力、感性的独创力、影响

① 《忏悔录》，陈筱卿译，译林出版社，1994年。

后来人的力量来说，在18世纪文学史上，《忏悔录》是旷世无双的。

在弥尔顿与华兹华斯之间的世代，雪莱最推崇的作家是卢梭。饶是如此，在其伟大的绝命诗《生命的凯旋》，雪莱为《忏悔录》的著者写下但丁式审判。在雪莱的诗中，卢梭现身于法利那塔的地狱，面露无比轻蔑，但也流露全然属于他自己的骄傲，这份感性的骄傲源自深知自己是绝对地独创，势必要开辟新时代：

> 卢梭，我怕过，爱过、恨过、苦过、努力过，尔后死去。
> 我做所有这些事，都带着对你的记忆。
> 如果是上天给我灵魂，
> 是大地用最纯的营养滋育我，
>
> 那么卢梭你就不会死，
> 我的人生也不会陨落，
> 而我的灵魂要驳斥我的人生。
> 倘若我的身躯销铄殆尽，
> 我的灵魂仍会熠熠生辉。 61

詹姆斯·鲍斯威尔

（1740—1795）

一

鲍斯威尔的《约翰逊传》开篇是给乔舒亚·雷诺兹爵士的献辞，其中有一段话辩护其自我意识，纵使在鲍斯威尔这里，这般尖锐的语调也颇不寻常：

> 一方面说来，这部作品的某些片断不同于《纪游》。在拙作《纪游》中，我行文叙事的坦率直白，简直无以复加，我一心想把约翰逊惊人的情趣、横溢的谈吐和思虑敏捷之处展示出来，于是放手写他如何巧于辞令，言谈时妙语如珠，有时甚至连我自己也被卷入进去，成为他揶揄奚落的对象。我原指望世人会不抱偏见，正确领会我的用心所在：我那样写不是一时糊涂，也绝非听了尖刻的讽刺都感觉不到。说实在的，我承认自己未免有些狂妄，认为本书其他部分的重要内容，会足以使我免受这样莫名其妙的责难。然而，看来我把世道人心看得太好了，说起来我也简直不敢相信自己的耳朵，常有人确确凿凿地告诉我，说有许多人，特别是那些平常不大往来的人，非但没有深入了解约翰逊的性格，以致不明白他的待友之道，反而对我横加

> 责难，说我缺乏判断力，殊不知他们所能窥见的，我早已觉察到了。[①]

鲍斯威尔无疑仍牢记《赫布里底群岛之旅》所遭受的抨击。赫斯特·林奇·皮奥齐夫人（前为亨利·瑟雷夫人）指责鲍斯威尔歪曲她的判断；约翰·霍金斯爵士在经授权的约翰逊传记中，仅一次提及鲍斯威尔，其传记与皮奥齐夫人的《约翰逊逸事》一道于 1786 62
年出版，早于鲍斯威尔的《约翰逊传》五年。霍金斯以一个文雅的句子将鲍斯威尔打发："长久以来，他被詹姆斯·鲍斯威尔先生诱劝，一个极推崇他的苏格兰本地人，要陪同他去赫布里底群岛旅行。"

鲍斯威尔决心不再挑惹这样的轻慢，在写给雷诺兹的献辞中，以两句出色的话怀柔地住笔："因此在这部作品中，我是有所保留的；虽然我所讲的句句是确凿的事实，可是有种念头仍然萦绕脑际：整个事实真相都可以和盘托出。不过，这一点我已设法妥加处理，为了不至于减少读者在阅读本书时所应该得到的乐趣，可是话也得说回来，尽管不怀好意的人有时或许会大失所望，因为他们从书中得不到满足。"[②]

让我们用《约翰逊传》的"确凿事实"来试验《赫布里底群岛之旅》的"整个事实真相"。先来看《赫布里底群岛之旅》：

> 天色暗了。我们极疲惫，说已走了五英里，可我敢肯定至

① 《约翰逊博士传》，王增澄、史美骅译，上海三联书店，2006年。

② 出处同上。

> 少有十英里。我们没有说话。我往格伦利的客店骑去,客店在斯开城对岸。我打算赶在约翰逊博士之前,去料理一些事务。此时他很阴郁。海伊牵着马,瓦斯在旁,约瑟夫跟在后面。有这些人照料着,他又似陷入沉思,我想用不着顾虑,独自先行也不妨。他高声喊我回去,因我离开而动了气。我将打算说与他知晓,可他仍不满意,说道:“要知道,你这么走开,我要以为你去做扒手。”鲍斯威尔:“先生,您可别排遣我。”约翰逊:“先生,我决计不拿这种粗野无礼的事排遣人。做出这种事来,要教人起疑心的,谁知道他下回还会做出什么来。”他这份异常的情绪叫我不解。我笨拙地辩解。我的打算也不是失宜的。我想先去安排好落脚处,看明日如何买船过江。这些琐事,我想我能做好,不必去烦他。叫他的伟大头脑操劳这些琐事是不适当的,就如拿码头上称货船重物的大秤去称一枚小金币,而我自认是一杆小秤,适合做这些小事。他关注任何进入视线的事,
> 63 并且必定要做得十分正确,倘若他知晓我们需料理这些细事,势必要去操劳的。因此我以为还是由我料理这些小事,让他只享用效果便好。不过我发觉他想要我陪伴他一道走,我便同他一齐往前骑去。

为使约翰逊免于操心投宿与旅途的“琐事”,可怜的鲍斯威尔犯下致命的错误,将这位伟大的批评家单独抛掷在孤独的疯狂里,在苏格兰荒野上,这样的孤独尤其难耐,约翰逊素喜社交,情绪本来就不稳定,这样的孤独便越发不堪忍受。不过若比照《约翰逊传》的典型时刻,这里的挑衅似乎只是轻微的:

当我们单独在一起时,我提出死的话题,并且竭力强调对死的恐惧可以克服。我告诉他说,大卫·休谟对我说,他想到在他身后不会存在,也和他没有出世以前不曾存在一样,不再心神不安。约翰逊听后回答道:“老弟,假如他真有这样想法,他的知觉是搅乱了,他是疯了;假如他并没有这样想,他撒谎。他说不定会告诉你,他拿手指放在蜡烛的火焰上,一点不感到痛,你会相信他吗?当他命归西天时,他最终抛弃了他所有的一切。”鲍斯威尔则说:“先生,富特告诉过我,当他病得很厉害时,他倒并不怕死。”约翰逊又说:“老弟,这是不真实的。把手枪对准富特的胸膛,或者对准休谟的胸膛,并且威胁要他们的命,你那时会看到他们怎样表现。”鲍斯威尔说:“不过在死亡快临近时,我们不可以坚定我们的意志吗?”——这时我知道,我理亏词穷,不该在他曾经恐怖地看待事物的见解之前提出来,因为在他的著作《人类欲望之虚幻》里,那时正处于超然冷静的心境中,他曾经假设死亡是“仁慈的造物主隐退的信号”,从这种存在的状态来到“更幸福的场所”,他对这种令人畏惧的变化的想法,大体上充满着凄凉的恐惧。他的心胸好比古罗马广大的角力场,他的“判断”站在中间,好像一个力大无比的斗士,跟“恐惧”作战。这“恐惧”好比角力场中的猛兽,伏在洞穴里,随时可被放出来搏斗。打了一回,他把“恐惧”赶进洞穴,但并没有把它杀死,所以它还是要继续向他进攻的。我问他,死神来到时,要不要把心志坚定起来,他听了,大生其气,说道:“用不着,让它去。重要的不是如何死,而是如何生。死

> 64 没有什么了不得，一下子什么都完了。”他又说（神情甚为恳挚）：“每个人都知道这是必然的，只得由它，乱叫乱闹没有什么用处。”
>
> 我还想继续谈下去。可是他气极了，他说：“不要再谈了。”他勃然大怒。这神情使我吃了一惊，十分难过，他不耐烦了，要我走，我走出去的时候，他还语气严厉地向我喊道：“明天不要见面了。”①

矫勇的约翰逊并不惧怕死亡或垂死，但是畏忌评判，畏忌命定不能实现他的全部天赋。比较这两段故事，也许《赫布里底群岛之旅》比《约翰逊传》揭示更多情况细节，但也只是乏味的“事实的真理”。《约翰逊传》这段“确凿的事实”，可能掩藏着鲍斯威尔拿这位朋友的怖惧做试验的心计。作为文学人物，鲍斯威尔与诺曼·梅勒一般可恶，自然做得出蓄意激怒约翰逊，以便采集第一手材料的事。在另一古怪的时刻，鲍斯威尔为了激怒约翰逊，构思了一场幻景，这位伟人被对手关进伦敦塔，身边还有一个新生儿。博士会喂养这婴儿么？会教育他么？约翰逊自是恼怒之极，而我们这些读者自是觉得有趣之极。从某种层面上说，鲍斯威尔确实欲使约翰逊扮演约翰逊这一角色，几乎将约翰逊当作现实中的福斯塔夫。

二

诚然，鲍斯威尔的“约翰逊”是虚构，《伦敦日记》的“鲍斯威尔”

① 《约翰逊博士传》，王增澄、史美骅译，上海三联书店，2006年。

也是虚构，因此在相关意义上说，约翰逊的“约翰逊”，作为《漫步者》、《拉塞勒斯》、《人类愿望之虚荣》、《莎士比亚集序言》、《诗人列传》的传道书式智慧作家，也是虚构的。阅读《约翰逊传》之时，我们预设塞缪尔·约翰逊博士不是约翰·福斯塔夫爵士的同时代人，尽管我们欣然想象二人同是主宰谈话的君王，安坐在二人皆感惬意的语境宝座——酒肆。但这其中也不无道理，正如福斯塔夫能够激发他人的机智，约翰逊不但是谈话的天才，而且能够激发他人的美妙谈话。试看鲍斯威尔饶有趣味地叙述约翰逊与大学同窗爱德华的偶遇，两人近四十九年不曾会面。冲和的爱德华这句著名的评论，实在教人难忘，恐怕很难寻出类似的第二句话：“你成哲学家了，约 65
翰逊博士。我也曾尝试做哲学家；可不晓得什么缘故，快乐总闯进来打搅。”

我们无从得知这是否确实出自爱德华，或是鲍斯威尔的非凡创造。我们确实知道的是约翰逊是约翰逊自己的创造，而不是鲍斯威尔的创造。现今，没有鲍斯威尔的约翰逊，其读者远少于没有约翰逊的鲍斯威尔，但这是精粹的读者群。至于《约翰逊传》的作者，大抵说“有约翰逊的鲍斯威尔”更合适。也许甚至可以这样划分，如果本质决定命运，那么约翰逊是《约翰逊传》最深层的作者，因为约翰逊的性格绝不是鲍斯威尔的创造。正如约翰逊在《萨维奇传》和《蒲柏传》中彰显其精神，智慧文学上最伟大的英语作家的精神也昭显于《约翰逊传》。但是若说感伤力偏离多元决定，抑或性格是自由，那么在《约翰逊传》中，约翰逊的性格确实是鲍斯威尔的创造。鲍斯威尔为约翰逊塑造如此迷人的性格，对于我们读者如此重要，一如莎士比亚的福斯塔夫，约翰逊也成为人类自由的不朽形象。只是对于约翰逊来说，他获得了摆脱何事的自由？福斯塔夫不受超我的羁束，而约翰逊则深受这种心灵力量的折磨。在我看来，吊诡地是，约翰逊赋有如斯强大的自我，从而不受自我的约束，免受自我自恋地再创造一个自己，而这个自己要成为其本身的自己。约翰逊，尤其在鲍斯威尔笔下的约翰逊，虽令人不安，忧杞悲观的未来，却不是克尔凯郭尔的两种不可避免的绝望：失于成为自己的绝望，抑或成为自己的更大绝望。或许鲍斯威尔的最大成就在于他所给予我们的约翰逊是意识的英雄，强大得不需要幻想、不需要欺骗便能活下去的。

鲍斯威尔的约翰逊是佼佼的幽默家，虽是道德家，但其过人的睿智通常不容许他乏味地表达智慧。《约翰逊传》中尽是这样的例子，我深喜约翰逊与鲍斯威尔下面这段对话，发生于1781年6月5日早餐之时，当时博士七十二岁：

> 6月5日星期二，约翰逊就要回伦敦了。他吃早餐时很有风趣。我提到我的一位朋友铁了心，决不娶漂亮女人为妻。约翰逊说："老弟，决心不讨漂亮老婆是十分愚蠢的。美貌本身就很可贵。换了我，才没那样傻哩，我宁可要漂亮女人，除非她有什么不足取的地方，那又作别论。漂亮女人也许很笨，也许
> 66 很不规矩，也许不喜欢我这个人。有人怕娶漂亮女人有危险，其实有什么危险。她不去招蜂引蝶，就不会被蜂蝶所缠扰。不过话又说回来，漂亮女人若想干点没廉耻的勾当，总要比别人来得便当，仅此而已。"①

① 《约翰逊博士传》，王增澄、史美骅译，上海三联书店，2006年。

“仅此而已”，然而一如鲍斯威尔笔下的约翰逊，那可不是仅此而已。

三

在《约翰逊传》中，鲍斯威尔的最大成功是说服我们他的约翰逊是约翰逊，约翰逊的许多锲而不舍的读者（包括我）不肯承认这一点。然而鲍斯威尔对于约翰逊的想象如此强劲，读过《约翰逊传》之后，无论在何处再阅读这位贤哲，总会被这种想象感染，再不可能摆脱鲍斯威尔的影响。即便当代最伟大的约翰逊学者批评家，我的老师威姆萨特，我生平所见最约翰逊式人物，在其宏著《约翰逊的散文风格》，或有意识或无意识地通篇充弥着鲍斯威尔的影响。威姆萨特强有力地表述约翰逊厌恶编年史，赏爱传记，这是出于厌恶索然无味的事实，并不是相对于虚构，而是相对于详尽阐述及其可能性。出于这个缘故，撰写《约翰逊传》的鲍斯威尔，甚至比约翰逊本人更加约翰逊式。约翰逊已在《漫步者》第三则设定对于鲍斯威尔这部著作的真正测试：

> 作家的任务，或传授未知的，或通过本人的修辞风格推介已知的真理；或令新鲜的光芒照耀心灵，打开前景的崭新风光，或变换平凡事物的外相和情境，令其赋有别样的雅致、更有魅力；在有识之士已推动进步的地方，撒上这样的花朵，可能会诱使进步回归，细看那些被仓促忽略或疏忽对待之物。

通过妆饰、变换、雕琢实现详尽阐述，这正是蒲柏在诗歌中追求的，也是鲍斯威尔在《约翰逊传》中追求的。约翰逊称赏蒲柏的那些优点，我们也须称赏鲍斯威尔这些同样的优点：倘若鲍斯威尔不是传记作家，哪里还有传记？鲍斯威尔是新古典主义的，很符合作为约翰逊的追随者这一身份；鲍斯威尔又是感伤、感性和崇高的使
67 徒，因为这于他这代人的文学意识是不可避免的。尽管约翰逊的批评实践比理论更敏锐、更仁慈，但他实属文化保守派。这也无涉大碍，因为莎士比亚，甚至弥尔顿（尽管约翰逊对弥尔顿抱持强烈的偏见）使得约翰逊推翻自己的批评思想。鲍斯威尔最经验主义之时，正是最当得起约翰逊的门生。鲍斯威尔承袭约翰逊的现实主义，借此重新想象约翰逊。约翰逊是传记式文学批评家，霍伽特下面这番话可谓确凿："约翰逊的小传记是鲍斯威尔'整部'传记的模型。约翰逊具有将一切事物与自己的人生经验相联系的驾御力，将自己与笔下人物相融合，分享其困扰与情感。"

鲍斯威尔也具有这样的驾御力，纵使他仅与约翰逊相融合。这一融合是一种爱的行为，这正是《约翰逊传》的核心。鲍斯威尔赋有多重性格，这种融合势必具有辩证关系，饶然如此，仍不失为一种融合。《约翰逊传》毕集每一种高超的文学技艺，人类之爱在其中进行调节、雕琢。《约翰逊传》最终使我们信服的并不是技艺和文化辩护——尽管约翰逊颂扬此二者。这部传记用以说服我们的是通过妆饰、变换和雕琢，详尽阐述鲍斯威尔对约翰逊的钦慕与崇敬，详尽
68 阐述他对约翰逊的挚爱。

威廉·哈兹里特

（1778—1830）

一

哈兹里特最好的批评家大卫·布朗姆维奇敏锐地指出，哈兹里特的关键词兴致“十分吻合趣味增进而非纠正我们的天性这一观念”[①]。在我看来，哈兹里特的兴致是新教徒神恩观念的美学替代，在不废除天性的前提下修正天性。哈兹里特是极端新教徒牧师的儿子，一贯是雅各宾派，坚信拿破仑是法国革命的真正继承人。哈兹里特不但在政治信念上毫不动摇，而且也是顽固的早期华兹华斯主义者，殊异于华兹华斯本人，而哈兹里特也苦涩地将此差异铭记在心，譬如他所评述的华兹华斯的《漫游》：

> 诠释出色的诗句之时，我们也许该与华兹华斯先生微持歧见；我们也不该附和他的多情结论，暗示我们的胜利，人类和自由的胜利，终会实现的。为实现这一目标，我们须思考几件必要的事，而这些都是不可能的事。唯有事物改变其本性，多样性合为一体，浪漫的慷慨如同粗俗的自私一般常见，理性学

① Gusto，有译作“偏好”，我取“兴致”，是因读梁遇春《醉中梦话》的“Kissing the Fire”一文中有一句：“他天天都是那么有兴致（gusto）。”

会偏见的犟劲盲目，对权力与嬗变的热爱不再驱使人们焦躁地行动，激情与意志、希望与恐惧、爱与憎，以及激发这些情绪对象——善恶的更迭不再动摇人的心灵与处事方式，唯在这样的时候，才能实现这一大成。万物皆动，然不是往前，而是不休地转圈。我们的刚强便在我们的柔弱，我们的善构筑在我们的恶
69 之上，我们的感官局限如我们的存在，我们也不能将人类提升得超出其本性，高过其脚下踩踏的大地。我们不能再编织空灵、虚幻的梦寐，理性和经验已将其驱逐：

曾是如此般闪耀着的生活的辉煌，
现却永恒地消失在视线的尽头，
纵使那逝去的时光不可能复返，
记忆里的绿草青青，繁花似锦。

我们却永远不会罢休，也不会因受阻挠而放弃，我们仍会乘着想象力的羽翼，归返少年时代的烂漫梦想，自由晨星的欣欣然黎明，人世间的春天。在那时，人类的希望与期许如我们自己的事业一般欢乐地盛开；在那时，法国召唤她的儿女在她欢笑的天空下共享无偏私的福祉；在那时，法国各地的村庄，陌生人迎面只见载歌载舞，庆贺崭新的全盛时代；在那时，有识老人看见人类的幸福与伟业的前景，如同雅各布的天梯一级一级攀升，光辉灿烂，永无止境地上升。那一日的黎明骤然阴霾，那个希望的季节消沉，随同我们少年时代的梦魇逃开，少年时光是召不回的，却在身后留下踪迹。节日的颂歌，抑或所有基督

> 教堂里颂唱的赞美诗皆抹不去这些踪迹。那些怀抱希望的人，得到的是千古遗憾，那些人恶毒狂妄地摧逼希望，唯恐希望实现，对于这些人，我们的感情便只有永恒的仇恨与不屑！

实际上，华兹华斯的诗意想象关涉革命希望的精神遗失。对于批评家哈兹里特来说，所有遗失最终皆是遗失兴致，因为兴致是哈兹里特所理解的布莱克“生命力”，如“生命力即美”。哈兹里特将兴致这一术语从画家转用到作家之时，我们便可清晰理解这一点：

> 莎士比亚的无限戏剧创造源自兴致。他乐意展现的力量，不是炙热的，而是散漫的。除了琐屑事体，他从不坚执。弥尔顿赋有伟大的兴致。他重复攻击，与对象格斗，直待对象疲竭。70
> 他的想象力于对象具有双重食欲，沉痼般眷恋所描述的事物、用以描述事物的词语。
>
> ——或者中国人**精明的**船只轻巧地扬帆行驶的地方，
>
> 狂野得凌越规则或技艺，**浩大的**福祉。
>
> 蒲柏的褒扬、德莱顿的讥讽、皮莱尔的故事俱赋有兴致。在散文家当中，薄伽丘和拉伯雷最具兴致。倘若我们只能再说一部充满兴致的作品，那便是《乞丐的歌剧》。如果这部作品算不得，那么在这精巧的话题上，我们便错大了。

莎士比亚的兴致在于生命力的创新，弥尔顿的兴致用形象的话语来说就是在于以彻底的韧劲摔砸对象。一个美学范畴，赅备得足以既包括蒲柏、德莱顿、皮莱尔，又包括薄伽丘、拉伯雷和约翰·盖伊，这样的范畴在实践批评中也许显得过于宽泛，从而派不上用场。但事实证明，哈兹里特的兴致或批评的生命力有能力克服这个困难，并且创立一种权力诗学，其潜力旷世无二：

> 诗歌的语言，自然地落入权力的语言。想象力是一种夸饰、独特的感官：任意从一个事物中提取一些东西，添在另一个事物上，将一件事掺进另一件事，为给钟意的对象营造最佳效果，将种种情境堆垛起来。理解力是一种区别与衡量的感官，并非根据事物之于心灵的最初印象作判断，而是根据事实相互间的关系。一个是专断的感官，通过不平等和不均衡，寻求最大量的刺激；一个是分配的感官，通过公正和均衡，寻求最大量的至善。一个是贵族的感官，一个是共和的感官。诗歌的原则是极反平衡的，旨在效果，在对立中存在，不容许任何中介。除了极端，它再不要旁的。诗歌超脱于庸常的苦难和罪恶，表现
> 71 炫目的表象。诗歌所展示的是顶戴塔楼、王冠、头盔的头颅，前额镀金，污血斑驳。在它面前是“喧哗的声色，在它身后是涟涟的泪水”。它有祭坛和牺牲、祭品、人祭。国王、司铎、贵族托起它的袍裾；暴君和奴隶是它的刽子手——“杀戮是它的闺女。”诗歌是右翼保皇派。它令个体先于群体，个体高于无限，强权先于正义。捕猎一群绵羊或野驴的狮子更赋有诗意；我们甚至要将自己比附为这头兽中之王，因为我们的虚荣抑或别的

> 什么感情令我们倾向于将自己归置到强者一方。因此,可怜的罗马公民凑聚在一起诉说贫穷与苦衷之时,我们对他们深怀同情,直至科利奥兰纳斯入场,一阵咆哮,将这批“可怜的鼠辈”,这群流氓残渣[①],自眼前驱逐,令他们滚回家、滚回贫穷去,我们的同情便也消失。一帮惨兮兮的流浪汉,不肯挨饿或抱怨身陷这种境况,这里头确实没有了不得的英雄气概;然而有个人站出来,不屑于他们的呼号,出于单纯的骄傲与任性,逼迫他们徇从他的侮蔑,我们便敬仰这个人的本事,转而轻蔑这些穷人的孱弱。蛮横的权力强过饥寒的诉求。窝囊地顺从篡权者的权威,抑或甚至于自然的抵抗,都不能激发或奉承想象力。我们预设赋有侮慢或压制他人的权利的人,天生便有优越感。我们宁愿做压迫者,而不要做被压迫者。我们爱权力,崇拜他人的权力,这两者皆是人的天性。前者产生暴君,后者产生奴隶。

这段话摘自哈兹里特的《莎士比亚戏剧中的人物·科利奥兰纳斯》一文。在这里,哈兹里特的思想中心是过度的性质,叫我们知道意义得以造始(而非简单地重复),须得借助于过度、满溢,以及潜力感——更多东西即将来临的感觉。这种权力诗学的辩证法,仰赖莎士比亚和华兹华斯之于哈兹里特的交互影响。哈兹里特自莎士比亚借得一种认识,即人的本质也许是命运,然唯有性格容许一些自由。哈兹里特自华兹华斯获得一种新意识,即作家如何不理会文化传统的强劲与顽固而重新开始。对福斯塔夫来说,性格的自由 72

① rascal scum,在罗马帝国法令中,scum (faex) 泛指底层人民,也特指奴隶。

是自由,因为自我不再遭受超我的迫害。对华兹华斯来说,写作的独创力是令主题消失,代之以主观性。自由机智的自我与崭新主观性的胜利,两者合并起来,构成哈兹里特典型成就的体与用,其文章既是随笔,也是批评,深具文学韵味,却也散漫、沉思。

在《论杂志随笔作家》这篇具有仁心的思辨文章中,哈兹里特列举其前人:蒙田、斯蒂尔(而不是艾迪生)、约翰逊(哈兹里特虽嫌恶其文风)、戈德史密斯。爱德蒙特·伯克若不是演说家,而是随笔作家,必定会成为哈兹里特最亲近的前辈。在批评家的漫长排行榜上,我将哈兹里特列在约翰逊之后,在他身后是卡莱尔、爱默生、罗斯金、佩特、王尔德。(我遗漏柯勒律治和阿诺德,前者纠结于方法,后者实是不够格。)这份名单在20世纪中断,因为这种模式现今似乎相形见绌,倒不是由于现代主义文学貌似的复杂性(在我看来,越深究现代文学,便越见其复杂性远被低估),而是由于自己(self)的衰微,以及与这一衰微相伴随的所有困惑。现代文学的诡谲反讽令弗洛伊德成为这一衰微的分析家,同时又是20世纪唯一当得起终结这个漫长传统的批评家。这个漫长传统自蒙田造始,传至约翰逊、哈兹里特和爱默生,一路至弗洛伊德的前贤罗斯金、尼采、佩特臻极巅峰。

二

在我看来,哈兹里特的权力诗学比任何或正统或拉康派的精神诗学更加弗洛伊德,而这些精神诗学现今在弗洛伊德身后已不甚有用处。一如弗洛伊德,哈兹里特清楚诗人——莎士比亚、弥尔顿、华兹华斯——历历在他之前,这一理解殊异于当前被误称为“弗洛伊德文学批评”的盲目洞见。弗洛伊德之前的诗人能够更好地引导对弗洛伊德的诠释,能够指导我们更赅备、更连贯地解读弗洛伊德,远胜弗洛伊德对意识的解读。哈兹里特最出色的理论随笔《漫谈诗歌》,开篇写出妙悟:“那么诗歌是自然的摹仿,但想象力和激情是人类天性的一部分。”激情,或感伤力,或崇高,或权力(按照哈兹里特的看法,四者允洽地合一)将诗歌迁出所有心理学和道德说教的传统领域:

> 正如我们乐意阅读描述他人的激情的文章,我们也乐意 73
> 纵容自己激烈的热情。正如我们耽溺于向善的希望,我们也极易叫恐惧来折磨我们。若问我们何以如此?最佳的答案是因为我们不由自主。在心灵里,权力感是与愉悦的爱一般强烈的动因。与爱或美的对象一样,恐怖和怜悯的对象也给心灵施加同样暴虐的控制。或爱或恨,或轻视或钦敬,都是天性,正如我们想要表达爱或钦敬,我们也想表达恨或轻蔑。
>
> 无主的激情摆布我们
> 随其或喜或憎变换情绪。
>
> 这并不是说我们喜欢我们所憎恶的,而是说我们喜欢纵容自己去恨、去瞧不起这些我们所憎恶的;时刻怀想这些教人厌恶的,通过所有琢炼的技巧和繁奢的譬喻,穷尽我们的想象;将这些教人厌恶的当成鬼怪,吓坏自己,为旁人指出其巍巍可

观的畸形，在感觉中将这些教人厌恶的具体化，以恶言污辱它，在思想和行动中与它搏斗，磨砥我们的才智、武装我们的意志反抗它，掌握我们必须对付的最糟境况，竭尽全力对付它。诗歌是激情所具备的最极致的雄辩，是我们构想事物——无论愉快的或痛苦的、卑贱的或尊贵的、欢喜的或苦恼的——所能企及的最生动的表达形式。诗歌是形象、词语与我们所产生的感觉之间的完美巧合。我们无法用其他任何方式摆脱感觉，这一完美巧合产生“使得思想满足”的瞬间。这同样也是机智与幻想、喜剧与悲剧、崇高与可怜的起源。蒲柏说起市长大人的游行——

这时夜色四下，傲人的情景收场，
塞特尔的日子也只是多过上这一天！

——柯林斯说，危险“以硕大的肢体”，
将他掷在陡崖，
睡在悬空松动的岩石上。

——李尔王在绝地呼号：
74 忘恩负义啊，尔等铁石心肠之徒，
丑恶的海怪也不比
忘恩的儿女可怕。

第一例是轻蔑，第二例是恐怖，第三例是愤懑，每一种激

> 情皆有条理地得到满足。我们亲眼看见这东西,指给旁人看,因为我们感到其存在,并且因为我们——不由自主地——被驱使着去思索这东西。想象力如此这般将之具体化、赋之以形状,显然可以平息意志中缠磨的隐约瘾念。我们不愿事情变成这样,但我们愿意它按照本来模样呈现出来。因为知识是意识的力量,在这件事上,头脑不再是孱头,尽管还是可能上恶行或愚蠢的当。

诗歌"显然可以平息意志中模糊蛮横的热望",这番话实在是远远地预料了弗洛伊德。哈兹里特引用《威尼斯商人》的这一段话,可谓是夏洛克众多妙言的精义:

> 有的人不爱看张开嘴的猪,
> 有的人瞧见一只猫就要发脾气,
> 还有人听见人家吹风笛的声音,
> 就忍不住要小便;因为一个人的感情
> 完全受着喜恶的支配,
> 谁也做不了自己的主。

"无主的激情"可能就是"激情的女主子",因为莎士比亚的戏剧有不同版本行世,而且前者更适合哈兹里特所强调的意志的热望。哈兹里特的生命力(兴致)教会我们欣赏夏洛克,纵使我们敬佩的是科利奥兰纳斯。《科利奥兰纳斯》为我们展现最巍巍焕烂的诗歌竟是最不道德的,下面这段话,纵使在哈兹里特笔下,如斯卓绝的文采也是罕见的：

　　这不过是本性，母亲关心儿子，甚过关心整座城，这原是
本性。而这座城理应好生自顾。我们由此看到，看顾国家的职
责不能安全地交付给母爱，抑或交付给贵族人家的好父亲。大
75 人物有其私底的感情，人民和正义的利益必须向之俯首躬让。
他们的兴趣利益殊异于公共利益，双方势必要截然对峙。我们
懦柔，才有他们的权力；我们贫穷，才有他们的富贵；我们的卑
下，才有他们的骄傲；他们的显赫以我们的悲惨为代价；他们的
蛮横以我们的畏附奴役为代价。他们若真的具备归属给他们
的卓异知识（其实并不具备），这知识唯给他们增添如许狰狞，
将他们由神灵化为恶魔。《科利奥兰纳斯》这出戏的鉴戒便是
拥有甚少的人，应该拥有更少；而拥有甚多的人，应当将他人所
有的也一并拿去。人民是贫穷的，因此活该挨饿。他们是奴隶，
因此活该挨打。他们累死累活，因此他们活该不被当作牲口养
活。他们愚昧，因此不应想着自己缺乏食物、衣服或休息，不应
感到被奴役、被压迫，处在悲惨境地。这是想象力和激情的逻
辑，这种思想感情试图夸饰权力和财富，给苦难再添轻蔑，给暴
君再添权威，将暴虐转变为绝对，将原本低微的人压得更低，将
不幸的人整得更惨；将官吏推崇为王，将王尊崇为神；将从属贬
为奴隶，奴隶贬为牲畜。人类的历史是一桩罗曼史、一副面具、
一出悲剧，构筑于诗意公正的原则之上。这历史是贵族或王室
的狩猎，这场狩猎，于少数人是消遣，于大多数人是死亡。在狩
猎场上，围观的人呐喊喧嚣，鼓舞强者对弱者施暴，在追逐场上

> 发出屠杀的呼号，尽管他们并不能分得分毫猎物。我们可以笃定，人们喜欢在书上读的，必定也在现实中去做。

哈兹里特虽是始终不渝的左派、法国革命的知识分子，而这样伟大的批评家，不能看不到诗歌崇拜的是权力，丝毫不会顾虑权力的道德寓意。他的权力诗学还迫使我们懂得，柏拉图惧怕荷马之于社会的影响是极有道理的。诗意的公正与社会的公正恰好相反，想象力的贵族或王室的狩猎，不会使我们成为更好的公民或更好的人，极有可能使我们变得更坏。

三

就真正的文学批评的本质而言，哈兹里特如同之前的约翰逊， 76
以及之后的卡莱尔、爱默生、罗斯金、佩特、王尔德这一浩荡行列，也教给我们一些逆时的真理。文学批评必须来自经验，必须至少是实证或实用主义的，必须源自对批评对象的爱，最重要的是，除了批评家本人的个性，文学批评必须不遵循任何方法。柯勒律治从未停止求索方法，从而遗失批评天赋，马修·阿诺德则叫自己深信欧洲大陆的人更好地处理了这些问题，从而溺死自己的天赋。哈兹里特是文学批评家，而我们当代仿效欧洲哲学的人，也许是人类科学家或意识形态的叛逆，或者任何他们自许的称号，但绝不是文学批评家。休谟的哲学教导批评家诉诸个性，因为怀疑主义摧毁了其他所有可能性。德国思想说服柯勒律治为想象力假设一种“有机的”统一体，而这种机体说及其必然生成的统一体，如今只可看作平庸的虚构。

一如约翰逊,哈兹里特也拒绝将哲学的美学理论应用于批评的实用主义领域。我唯在不得已时才会阅读柯勒律治,但我阅读哈兹里特,是为愉悦和灼见。无论写的是《印度杂耍艺人》,或《论出游》,或《论日晷》,哈兹里特总会提点我们,对他来说,人生与文学是相互交融的现实。

我记得《印度杂耍艺人》,多半因为这段文字栩栩如生地描绘卖艺人的技艺:

> 他身着白袍,紧缠头巾,趋前,就地而坐,这位印度卖艺人的头领开始抛接一对铜球,这是我们当中任何人都能做到的,继而他同时抛接四只球,这是我们当中任何人即便为保命或拼上一生也做不到的。我们看见的只是微不足道的力气活,还是近乎奇迹?这是人类机巧的极致,只能在最柔嫩的婴儿期开始练习,不息地、永远焦灼地练习,及至成人,令身体和心灵的官能顺应这动作,才能成就甚或稍微接近这等技艺。人哪,你实实在在是绝妙的动物,你的门道真真不可捉摸!你能做出稀奇的事,却将这些事看得轻微!思索这卓绝的灵巧所耗费的苦功,会叫你的想象力分神,叫你叹服屏息。而表演者无需本钱,仿佛这是机械的诡计,与他毫不相干,他只是拿眼瞧瞧惊呆的观众,嘴角露出嘲谑。倘若差失毫发,差失最短暂的一个时间
> 77 刻度,便会有性命之虞:动作精确如数学真理,敏捷如闪电。不足一秒钟,连续接住又抛出四只球,又叫它们似有意识般回到手中,叫它们以一定间隔绕他的身体转圈,宛如行星循着轨道,叫它们相互追逐,仿佛飞溅的火星,抑或喷薄如花或如流星,他

> 将它们掷往身后，在颈间缠绕，若丝带或蟒蛇，他戏耍着似乎不可能的花样，做得气定神闲、优美、极不上心，他手中戏耍，瞥一眼飞转的球，露着嘲弄的神情，视线紧随它们，仿佛用眼神将它们镇住，又好似只在察看它们是否与台上的音乐合拍。倘若有人不赞叹这样的神奇，可以肯定这人一生不曾赞叹过。在这里，技艺降服困难，而神奇又战胜技艺。

这一段出色的描述性文字隐含着某种力量，令它最终成为一种文学典范，以使哈兹里特道出这一警辟的评论：“终结于自身的行动不能成就伟大。”《失乐园》的写作正是不终结于自身的行动。哈兹里特睿智地认识到构成正典（canon）的作品能够激发更多不终结于自身的作品。《论出游》开篇建议“旅途的奥妙是自由，完完全全的自由，去思索、去感受，去做欢喜做的事”。数页之后，文章所达到的理解，预示又纠正尼采的思想，照鉴我们不自觉的视域主义：

> 再无比出游更能张显想象力的短浅和无定的。地方一变，我们的想法随之改变，哦，还有意见和感觉。我们自然可以努力回想早已遗忘的旧地，叫景象在心灵里复现，可是我们忘记刚刚离开的地方。看来我们一时间里似乎只能想着一个地方。幻想的画布是有限的，倘若在画布上描绘一个场景，便要抹去所有旧场景。我们不能扩大观念，只能转换观看的角度。自然 78
> 风光敞开胸怀，一任迷醉的双眼去观看，仿佛我们想不出哪里还会再有眼前这样优美或壮观的景象。我们往前走去，便不再记挂这片风光，地平线遮住我们的视野，也将这视野从我们的

记忆中抹去，好似方才那是一场梦。路经荒凉的郊野，我便不能想象世上还有树林和耕地，倒觉得整个世界便是眼前这样的荒凉。在乡间，我们忘记城镇，在城里，又瞧不起乡间。福普林·福勒特爵士说："海德公园之外，全是沙漠。"地图上，凡是我们看不见的地方，便是空白。在我们的狂想里，世界也不比胡桃壳大。实际上，并不是风景挨连风景，郡县挨连郡县，王国挨连王国，陆地挨连海洋，从而构造广大的形象。我们头脑中的空间概念，不会大过我们放眼望见的。余下的地方，只是地图上的名字，算术上的计算。譬如说，那个叫作中国的广大土地和众多人口，对我们有什么真正意义？不过是贴在木质地球仪上一英寸许的纸块，与人们吃的中国橘子一般不足道。在我们近旁的事物，我们看着与实物一般大；而离得遥远的，便缩得只有理解力一般小。我们以自己的观念度量宇宙，连对自己也只能零碎地、逐渐地了解。

《论日晷仪》是怀古的遐想，解释了哈兹里特何以不肯买钟表。在这份简略的怀古研究中，冷不防出现一种出色的浪漫理论，这理论适用于霍桑，也适用于华兹华斯：

诚然，倘若有一种东西，我们不该将之与虚荣和狂妄相搀和，这东西便是时间，万物之中最独立的。所有崇高、所有迷信——附着于这可触摸的宣告时间飞逝的物件，多半是被这种境况所吸引。我们若将时间当作古董或小丑盒，它便会失去其抽象的性质；所预言的警示便不能起作用，好似蹩脚的口技，仅

> 在被提醒时才会说话。时钟述说感伤、教人苦恼的时辰；城堡的大钟，“以其铜喉铁舌，敲得人直往黑夜困倦的耳朵里去”[①]；晚钟“缓慢摇荡，传出阴沉的咆哮”[②]，在美妙的溪流或泉眼上 79
> 飘摇，犹如自别的世界传来的声音，浩荡，伴随不可知的大事。英国许多地方依然保持敲晚钟这一往古风尚，聆听晚钟，极令我心喜。我儿时常听见晚钟。晚钟讲述别的时代的故事。逝去的时光，远去的世代，故乡混杂的林中空地和村落，伐木人的技艺，诺曼底骑士穿戴盔甲上战场或在大厅燕饮，征服者铁的纪律、农夫熄灭的油灯，所有这一切，在洪亮钟声中浮现，令我的心田充满畏惧与惊叹。我承认，现今的一切皆不能吸引我，叫我眷恋的是过去，追忆少年时代的印象，或者更遥远的事，这些事唯在闷燃的废墟或半废弃的习俗里残留隐约痕迹。原该是这样的，如今皆已不再，这样的话语在我心中激荡起最由衷的惊异。我解不开过去的谜，也不会倦于在过去留连。

读过这段话，我们便明白华兹华斯的《颂诗》何以成为哈兹里特的诗中之诗，一如这首诗之于爱默生和罗斯金。哈兹里特绝不是为现世的永生而遗憾，在《谈怕死》中，他以堂皇气势将之打发。哈兹里特的感喟更在于卓异的《有感于青春常在》所暗示的意味：

> 我们初次接触对象之时，这些对象会给我们留下一种单一完整的印象，即它们会极牢固地烙印、铭刻在脑海中，仿佛没

① 出自克里斯托弗·马洛，《马耳他岛的犹太人》。

② 出自约翰·弥尔顿，《沉思颂》。

> 有什么能够来破坏、磨灭。我们以十分的信念与无限的信心，
> 以感官的疏慵看着这些对象。我们沉浸在当前时刻，或者总是
> 回到相同的地方，厮混过多少年少时光，满心以为有时间去挥
> 霍。我们对一些地方的感情，强烈得如大理石一般坚固；我们
> 在昏暗的天主教修道院徘徊，迷失在沉思中，迷失在朦胧的拱
> 廊下；眼前蜿蜒的路如生命旅途般漫长、多变故。时间和经验
> 驱散这幻想；将变故裁减为细节，限制我们的期望。好似人生
> 如戏剧表演，盛装游行已终，演员已除下假面，教我们看见假
> 象，或者教我们相信这一系列事件终归会结束。大多情况下，
> 80 我们没有忙于琐事之时，人生的缓慢与单调更令我们产生这样
> 的感觉。独处时，若没有书籍或更有趣的爱好作消遣，我们便
> 难以“打发缓慢爬行的辰光”，并且争辩道，如果时间总是这般
> 冗长，如同蜗牛爬行，可就永远到不了尽头。我们宁愿略过将
> 我们与赏爱之物阻隔的时光，这些时光惹出不必要的耽搁，叫
> 我们着恼。少年人不能享受时光，因他们有的是无尽的时间；
> 老年人也不能享受时光，因他们所剩不多，因忧虑而再也不能
> 享受这些剩下的。

这一番话注解我们共同的经验，或年少的，或迟暮的，逼使我们跳出幻想与错觉，生起自我认识的寒意。而这也是强有力地间接评判华兹华斯的伟大颂歌，以及华兹华斯几乎全部真正重要的作品。在批评家当中，只有约翰逊和罗斯金在语言上逮及哈兹里特。哈兹里特的长处在于绝不容许我们忘记想象力的权力与人类经验的权力之间阴暗的、对峙的关系。在哈兹里特这里，想象力的获得与经

验的遗失是同一的。与华兹华斯不同，哈兹里特懂得，没有哪一种
知识，不以丧失权力为代价；没有哪一种权力，不以他人与自己为 81
代价。

托马斯·卡莱尔
（1795—1881）

一

卡莱尔早年在《时间之歌》（1829年）里预言，我们的时代将兴起文学文化。宗教、哲学、科学日渐丧失威权，福兮祸兮，文化即将被文学宰治。作为先验论预言家，卡莱尔最初反叛英国思想的主流传统，即自培根至边沁的实证主义流派，只是其反叛不如表面的姿态那般肯定。卡莱尔虽抗议机械时代，实则是尼采在《诸神的黄昏》中所嘲讽的英国无神论者，唯在原则上坚决不肯做真实的自己。

这一评断丝毫无损于卡莱尔作为作家的形象，也许还会复燃人们对他的兴趣，设若他的研究者不再将他渐衰的论战比拟为19世纪早期德国先验主义的夸张的哀恻。对于卡莱尔来说，歌德只是面罩和盾牌，没有这些武器，他便只是迟来的英国诗人，诗风类乎拜伦，散文类乎柯勒律治。对于意欲就其后期散文报复泄恨的人，阅读卡莱尔于1823年至1833年间写作的诗歌，会是十分欢乐的经验：

生命是什么？一块正融化的冰
漂在岸边阳光灿烂的海上；——

我们兴高采烈地航行；它在我们下面融化；
我们沉没，再也看不见。

在《约翰·斯特林传》（1851年），卡莱尔回忆1824年在伦敦拜访柯勒律治，这段描写相当出名，卡莱尔概括他真正的前人，如此绝妙地不公，再没有文字足可比附，也再没有文字更能揭示卡莱尔本人： 82

自然慷慨地赋予此人高尚天资的种籽，却不许他萌芽生长。这位特识之士目光犀利，对于所有善和美俱是极敏感的，真是高天投射下来的一束光芒，而赋性如此柔弱放纵、懒散贪婪，实在是古怪的造物。这又是极高天资与薄弱意志相结合的悲剧。独具慧眼察识上天的光耀与闪电的神性，意志无厌地欲揭开上帝一般的光辉和光明，却无胆略面对炙灼的恐怖，而这是你在永恒之地占据一席位的首要条件。自然拒不赋予他最不可少的勇气。人生蕴藉天才，在他是太伟大、太可怕。他不曾英勇地与他的天才格斗，他逃开了。他托庇于缥缈的白日梦、虚无的妥协、鸦片、抽象哲学。酷烈的苦痛、危险、必然、奴役的劳苦，俱是他极憎恶的。因此天才在尘世窒息，却又是不可熄灭的，只好写些忧伤的诗。凡是杰出的人绝不该逃避苦痛、危险、困难、恒久的苦役，以及命运的种种教人焦灼的指令，以证明他尽忠于自己在世间的使命。确实，天才越高，负荷便越教人厌烦、憎恶，并且设若他忽视他的天才，又会遭受更深重、更悲惨的惩罚。

卡莱尔是勇猛的泰坦巨人，有胆略面对苦痛、危险、困难、持久的苦役。可怜的柯勒律治企图偷潜进天堂，而卡莱尔太精明，不会相信这一过时的逻各斯，嘲讽他的前人自欺的虔诚：

> 你所以为的那不可思议的，是直接来自万能的主——以上帝之名，别再说这些话，切莫信它，对你来说，这太危险。德国人的“理性”与“理解力”交手的花哨招数也派不上用场。在这些领域，这样的企图危险得可怕！

这些领域是实证主义的领域，是培根、洛克、休谟、边沁和密尔
83 的领域。卡莱尔忧惧自己可能变得优柔寡断、自欺，可能变成柯勒律治。卡莱尔没有“最高虚构”这样的观念，唯在早年《谷物法打油诗》（1832 年）中，卡莱尔将其作品所传达的认知称作强力、力量、观看、“某种独创力”。这种认知的终极典范是莎士比亚。在《英雄与英雄崇拜》（1841 年）中，卡莱尔以罕见的洞识阐述莎士比亚。卡莱尔认为莎士比亚的真正力量是认知的力量，这一领悟高明过整个莎士比亚研究史：

> 所以我说，用观察力的强弱来估量一个人是准确的方法。你们若要我来解释莎士比亚的灵才，我就说他是智慧卓绝，这已包括了一切。所谓灵才，究竟是什么东西。我们向来说起灵才，总以为它是分立而可以解析的东西，仿佛一个人的智慧、幻想、想象等等就像他的手、足、臂等类的肢体。其实这是个大大

> 的错误。我们又常听人说什么"智慧性"，什么"道德性"，又仿佛这两者也是可以分开来各自独立的。为语言的需要上，或许不能这样说，我们要说话，非这样就没法子可说。然而我们不能让字眼凝成了事实绝对。我觉得，我们对于这个问题的观念，实在大部分因此而搅出这种绝端的错误。我们应该明白牢记，根本上这种区别只是名称的不同，作一个人内在"生命力"的灵性本质是合一而不可分的；所谓幻想、想象、理解种种，都只是同一"透视力"各别的形貌，彼此都不可解地关连着，形貌上系属着；我们知道了一个，就能了解全体。究竟我们所谓的道德性是什么，那不也是"生命之力"的一方面，一个人借此而存在，而工作的吗？凡一个人的动作都可以说是他的形貌。你看他怎样唱，就能知道他怎样作战；在字句中，就能看出他的勇不勇，正跟眼见他挺枪拔剑时一样的灼然。他是一个整个；只用种种方式来宣布这个自我。[①]

卡莱尔叫我们知道，莎士比亚的认知独创力改变我们所能用语
言表达认知的所有模式，甚至包括如今归功给弗洛伊德的模式。阅 84
读卡莱尔的莎士比亚，我们看到弗洛伊德的心灵图示实是编纂莎士
比亚，将之理性化。卡莱尔以更卓异的文采，唤起莎士比亚之于我
们的最深刻影响：

> 所以我说莎士比亚是最伟大的智慧，我就道尽了他的一切。然而在莎士比亚的智慧中，还有我们看不到的地方。那就

① 《英雄与英雄崇拜》第三章"作为诗人的英雄"，曾虚白译，商务印书馆，1937年，第162页。

> 是我们所谓下意识的智慧，这是他自己也意识不到的品德。诺瓦利斯曾经美丽地批评他，说他的戏剧也是大自然的产物，跟大自然一样的渊深。这句话里有极大的真理。莎士比亚的“艺术”绝不是人工的，他最高贵的价值绝不是从设计与筹划中得来的。它是从“自然”的渊深中生长出来，凭借着这个高贵真诚的灵魂，它就是“自然”的声音。最新一代的人类，在莎士比亚中也能找出更新的意义，对于他们的人生另有一种更新的启示；对于这“宇宙”无极的构造，另有更新的和谐；符合着时代的思想，系属着人类的最高权力与意感。这是值得考虑的东西。他这样变成了“自然”的一部分，这是“自然”给予一个真实简净的灵魂最高的酬报。这种人的工作，不论他用怎样极端意识的努力与考虑去完成它，它总是下意识地从他内在不可知的渊深中生长起来；——像一棵树般地从“地”的怀抱中生长出来，像名山大泽般，做成自己的形态；它的调谐是以“自然”的规律作基础，可以适合一切的真理。谁知道莎士比亚的内在还蕴藏多少东西；他的悲哀，他沉默的挣扎，只有他自己知道；大部分是不可知，大部分是不可言说的：就像树根，就像在地下工作的树汁与活力！言语固然伟大，但更伟大的还是沉默。[①]

关于“无意识的认知”，卡莱尔首先是指心灵最不偏颇之时，或者如他后文所说，最预言之时。卡莱尔企图预言之时，却变得十分偏颇。卡莱尔太强大，以致不肯承认阅读莎士比亚之时所感到的责难，然而卡莱尔又太真诚，不能不觉得心下难安。对他来说，莎士比

① 《英雄与英雄崇拜》第三章“作为诗人的英雄”，曾虚白译，商务印书馆，1937年，第165页。

亚是宗教著作，是一部新《圣经》，一并取代《旧约》和《新约》。我们也能从卡莱尔这里学得，宗教与世俗写作的区别仅是政治的，而不是批评的。在批评意义上，所有写作都是宗教的，抑或所有写作都是世俗的。卡莱尔看到莎士比亚废除这一区别，成为西方第二部《圣经》。 85

二

在19、20世纪，什么是宗教写作？什么可以算宗教写作？以下这两段文字当中，撇开其论战锋芒，哪一段是宗教写作？

> 人们对我说，基督教应当收复在人类社会曾有的自然权力这一设想是做梦。事实就是这样。我从没说过能够做到。我不是政治家，不提议任何法令，只是揭示一种谬误，反对一种虚饰。倘若人们不敢有所抱负，让边沁主义去统治罢。但不要告诉他们要浪漫，然后拿荣耀去安慰他们。别试图叫哲学去做宗教曾经做到的事。信仰掌权可能是不切实际的，而知识的统治是不可思议的。

> 一事无成的人，一窍不通。空坐筹谋，论说头头是道，俱是枉然。站起来，去做事！倘若你真有知识，使将出来看看。去跟真实的**自然**格斗，去试验你的理论，看看它们经不经得起。**去做**件事，在你的人生里，头一遭去做一件事。无论做什么都行，在你的行动里，会生出新的光芒。

我信手拈出摆在案头的这两段话。前一段出色文字真正是虔诚的，且写得十分绝妙，而后一段是宗教写作。前一段摘自纽曼的《塔姆沃思读书室》（1841 年）。纽曼了解真理和自己的心灵，也了解两者之间的关系。后一段摘自卡莱尔的《谷物法打油诗》（1832 年），他只了解自己的认知，并且认为他的认知高于纽曼的两种对立面——宗教和哲学。《谷物法打油诗》成为爱默生的前人文本，因为他懂得 19 世纪的宗教写作须是怎样的，然而单凭这种认识绝不够充分，于是爱默生便添加美国差异，卡莱尔自是不能理解这种美国差异。这种差异极其微妙，再作一番文本的并置比较有助于揭示这一点：

> 自然是如此，人的灵魂也是如此：创造伊始是光。眼睛能
> 看之前，所有肢体皆受着羁束。神圣的时刻降临暴风雨中颠
> 簸的灵魂，犹如曾降临狂野地翻腾的混沌，是这样说的：要有
> 86 光！大哉大哉，亲见如斯时刻的伟人，这正是奇迹，这正是印证
> 上帝？降及最低微的人，便从一些更简单的诗歌里印证这样的
> 时刻。疯狂的混沌旋即静息；支离散乱、乖违的混沌，开辟为天
> 与地：在下的是深邃沉默的大地，在上的是天穹和永恒的星辰。
> 我们拥有的不是黑暗无用的混沌，我们拥有的是繁盛、沃饶、笼
> 括天界的世界。

> 自然不是固定不动而是流动不定的。精神改变着它，浇铸着它，制造着它。自然的板滞和粗糙只表示观看它的人的

精神的匮乏。对纯洁的精神来说,它是流变的,飘忽而顺从的。每一个精神都为自己建起一座房子,房子之外建起一个世界,世界之外建立一个天国。那时你才知道世界是为你而存在的。因为你是一个完美的现象。我们是什么,我们就只能看见什么……人建立在自然之上的王国——人是不可以仅凭双眼就能拥有它的——人现在拥有的对于自然的主权,已远远超出了创造的上帝之梦——他走进其中,没有太多的惊异,一个失明的人在渐渐恢复完好的视觉时所体验到的惊奇要比他多得多。①

这一并置很要紧,因为这两段话很重要。前一段逸想文字出自《拼凑的裁缝》,卡莱尔的托尔夫斯德吕克在这里呼喊永恒的"是"。后一段出自《论自然》末章,爱默生的俄耳甫斯式诗人在吟唱。卡莱尔的观照灵魂对着深渊洋洋得意,直待他能对自己说道:"莫再做混沌,做世界,甚或世界的姻亲。生产!生产!"深渊是束缚,生出来的是自由,却不知为何仍然"奉上帝之名!"姑且撇开爱默生在《论自然》中显然蹈袭卡莱尔的思想,他的观照灵魂所宣告的世界如此变化多端,超越自然的变形,以致使得这个世界的地位本质上先于现存宇宙。因为地球只是盲人的"上帝之梦"的一部分。卡莱尔的想象仍是正统的,并且拒斥混沌。爱默生的观照,超越肉眼的观察,是想象的观照,比德国超验主义更具神智论倾向。自由地想象"你心灵里的纯粹思想",便是诺斯替主义异端的绝对自由,诺斯替主义者将心灵的纯粹思想等同于原初的深渊。在爱默生的美

① 《自然沉思录:爱默生自主自助集》,博凡译,天津人民出版社,2009年,第82页。

国宗教背景里，美国自由确实可以被称作“深渊—光芒”。

现在回到这个问题：在 19 世纪，是什么使得写作是虔诚的。适才我将卡莱尔置于纽曼和爱默生之间相比较，接下来我要引用甚过
87 爱默生的宗教写作：

> 我们只有一段时间，尔后从这个位置消失。在这期间，有人百无聊赖，有人激情澎湃，睿智的人，至少“今世之子”当中最睿智的人，致力于艺术和诗歌。我们的唯一机会便是延长这时期，在既定的期限内，尽可能增加脉搏的次数。

在《文艺复兴：艺术与诗歌的研究》中，佩特的结论无畏地舞弄《路加福音》16∶8 一句话：“因为今世之子，在世事之上，较比光明之子，更加聪明。”佩特仅取福音书反讽意蕴的字面意思，暗指唯有他这一世代的今世之子才是光明之子。艺术延长我们人生的光阴，延长我们在艺术中的时间段或位置，这是隐括布莱克的比喻，这个比喻也令叶芝痴迷。一记脉动之际，诗人写出诗章。佩特宛转地呢喃其信条，在《文艺复兴》其他章节中，则直截陈述这是一种“奇怪的敌对宗教”，以反对交战的各大正统派，适合“那些既不信奉雅威，也不信奉雅威的仇敌的人”。

称爱默生和佩特为真正的“宗教作家”，便是质疑这个词通常所隐含的几近全部意味。更有趣的是，这样一来，便也是质疑艾布拉姆斯在其结实的著作《自然的超自然主义》中提出的移置模式。“不是……删除与取代宗教观念，而是同化与重新诠释宗教观念。”我以为艾布拉姆斯下面这番话触及其底线，而这一底线恰是卡莱尔

与爱默生就美国差异这一问题而相违的地方，也是卡莱尔、罗斯金与佩特及其后来者的分歧处。希利斯·米勒从尼采的语言学或解构学角度出发，盘诘艾布拉姆斯所讲述的故事，因此米勒反对艾布拉姆斯的地方，也正是尼采攻击卡莱尔之时所选择的战场（见下面引文）。不过，另有一种更古老的视角可用来反对艾布拉姆斯的移置图式，即在宗教指导诗歌之前，诗歌是否不曾引导宗教这一论战。在这个论战之外，更有诺斯替主义者批判希伯来人与柏拉图的创世理论，这一批判始终仰赖于原初深渊这一可畏的比喻。

艾布拉姆斯以持续性修辞解释其“移置”论题：

> 我称作“浪漫主义”的作家，其显著特质是无论抱持什么宗教信条，或者没有信条，都志在挽救传统的观念、叙述情节、价值观——这三者构筑于造物主及其造物、创造的关系之上，并且将它们置入主体与客体、自我与非自我、人类心灵或意识及其与自然的交往这一时兴的两分系统，加以重新阐释。它们 88
> 虽从神的领域移置到自然关系的框架，然而关于人性和历史的古老问题、术语和思考方式依然留存，只是转变为微妙的区别和范畴，即便最世俗的作家，也要借由它们才能看到自己和世界。

这种“移置”是颇良性的过程，好似浪漫主义的自然框架与基督教可以彼此同化，或者前者可作为后者的重新诠释。设若这样的诗歌始终是反神学的，抑或维柯所主张的非犹太人的神话，那又该当如何？与马修·阿诺德一样，艾布拉姆斯认为宗教永远在诗歌之中，似乎诗歌是被拯救的选民。不过，诗歌中被拯救的选民也许便是我们所谓的神学的唯一力量？杰弗里·哈特曼焦灼地称神学为“精神诗歌的事件的庞大、复杂的领地”，除此之外，神学还能是什么，又一种逃避的连祷？正如诺斯替主义所理解的，诗歌是原初的向时间撒谎。诺斯替主义者将其辩证法转向窜改诠释，误读《圣经》、柏拉图，甚至荷马。诺斯替主义是最早、最强势的解构主义，因为它废除所有谱系、搅乱所有等级，将每一种微观 / 宏观宇宙的关系寓言化，将每一种神性表现视为无关之物而拒斥。

在我看来，卡莱尔虽把移置观念和“自然的超自然主义”这一书题传给艾布拉姆斯，但在其人生和写作渐趋老熟之时，卡莱尔的自欺感也日渐消褪，我以为这正也解释了他日渐趋升的愤怒。在此，我跟随尼采，在《偶像的黄昏·一个不合时宜者的漫游》的第 12 节，尼采几乎彻底粉碎卡莱尔所谓的楷模人生：

> 这场不知不觉的闹剧，这篇对于消化不良状态的英雄道德诠释。——卡莱尔，一个大言不惭的家伙，一个迫不及待的雄辩家，不断被对于一种强大信念的渴望和无能为力的感觉搅扰着（这便是一个典型的浪漫主义者的特点！）。对于一种强大信念的渴望并不是一种强大信念的证据，毋宁说适得其反。如果一个人具有这样的信念，那么，他可以允许自己享受一下怀疑论的奢华，因为他足够安全，足够坚定，足够自制。卡
> 89 莱尔对具有强大信念的人物大唱崇拜高调。对不太单纯的人大发雷霆，以此麻痹自己心中的某种东西：他需要喧嚣。对自己不断持有一种热情奔放的不诚实态度——这就是他的特色

> (proprium),他因此是并且始终是令人感兴趣的。当然,他在英国正是因为他的诚实而大受赞赏。好吧,这是英国式的;考虑到英国人是地道假正经(cant)的民族,就不但可以理解,甚至是理所当然的了。卡莱尔本质上是一个英国无神论者,但他却以不是无神论者为荣。[①]

我们蹈袭尼采凛凛敛敛的才智,似乎可以公道地说,卡莱尔筹谋着要做宗教作家,却不打算做虔诚的人。他清晰地看到时代的征兆与特征,懂得在19世纪可以做宗教作家。卡莱尔也知道,这其中的负担倒不是无神,而是作为后来人而深受前人的影响。正是这一点迫使卡莱尔(以及爱默生)转向历史。

三

卡莱尔以阴郁的怡悦语调告诉我们,历史是不值得阅读的文本,实是一部"复杂的**手稿**——布满无法辨认、混乱未知的文字——甚而是羊皮纸手稿,曾涂写着先知的文字,依然隐约可辨……"我们可以看出,这番悲观的话为《法国革命》,甚至《过去与现在》打下根基。不过,这是于1830年撰写《论历史》的卡莱尔,还不曾有第欧根尼·托尔夫斯德吕克,以及1833年的《再论历史》。在《再论历史》中,不值得阅读的历史被读作人类共同压抑的自传:"一种相似的记忆和遗忘的无意识天赋在起作用。"这一夸张或崇高的压抑的绝妙范例无疑是歌德。卡莱尔引用歌德的一个对句,作

① 《偶像的黄昏》,周国平译,光明日报出版社,1996年。

为《拼凑的裁缝》题词，诗人非凡的自信回荡在诗行间：

> 我继承的产业，壮哉壮哉，宽阔宏大！
> 时间是我继承的遗产，我的种籽是时间[①]

歌德的壮丽、宽阔、宏大的遗产是时间本身，这块种籽田荣幸地培育出歌德！不过话又得说回来，歌德在母语里没有可仿效的前
90 辈，或者至少没有哪一位前人能令他焦虑。卡莱尔夸耀其德国遗产：歌德、席勒、费希特、诺瓦利斯、康德、谢林。他的英国遗产令他苦恼。卡莱尔在描写柯勒律治之时所抒发的激昂情绪，揭示了一种矛盾不决的关系。卡莱尔不肯承认对于柯勒律治的欠负，处心积虑偏离柯勒律治，决然扎进果断、溢于言表的勇气、接受痛苦、圣化著作，也许这里便潜伏着卡莱尔论述时间之时所表现的悖论。卡莱尔既以诺斯替主义的激情憎恨时间，又崇拜时间，将它看作使得歌德式伟大成为可能的苗床。阅读卡莱尔两篇论述历史的文章之后，转而阅读爱默生《随笔集》的首篇《论历史》，又遭遇美国差异，对我来说，实在不失为一种解脱：

> 这人类的心灵写出历史，而它必须要读历史。埃及的狮身人面兽必须解释它自己的谜语。如果整个的历史是包藏在一个人里面，那么我们完全能以个人的经验来解释它……
>
> 财产也把持着我们的灵魂，包含着伟大的精神方面的事实；真实，我们就本能地用刀与法律，以及广泛复杂的工具来掌

① 对句出自《威廉・麦斯特的漫游年代》的开篇序曲。

> 握它。我们对于事实也隐隐地有些知觉，这种知觉就是我们这一生一世的一线光明，是我们最大的主张；是受教育，求公道，得慈善的口实；是友谊与爱情的基础，也是自己靠自己的行为所有的英勇与庄严的基础。我们读书的时候，总是不自觉地自处于超人的身份——这一点是很可注意的……
>
> 一个学生应当以主动的态度读历史，而不是被动的；将他自己的生活视为正文，将书籍当作注解。①

关于卡莱尔论历史，就说到这里。关于历史，真的就说到这里罢。文本不是可诠释的？可是没有文本哪！只有你自己的人生，我们人生的华兹华斯之光，这光芒来自于自助。爱默生历述 1847 年在伦敦与卡莱尔的争辩，生动地描绘他是如何执守美国差异，不曾顾念二人交情，自此这份友谊不复如旧：

> 卡莱尔……越发不能容忍异议，尤其在谈论克伦威尔之时。我反对他就……克伦威尔的性格所作的评价，他猛地立起，好似北欧神话里的巨人，伸出手指，在桌上划下一道线条，狠狠说道：“那么，先生，这是你我之间的界线，就这么宽，如煤坑那么深。” 91

倘若阅读卡莱尔两年后发表的《黑人问题》，读者便不会猜度这番话是否有些夸张。这篇惊人的文章无疑是针对《基督徒的博爱》及其相关的伪善，然而这本小书极恶劣的伟大之处实则源自不

① 《爱默生文选》，张爱玲译，生活·读书·新知三联书店，第80—83页。

容置疑的疯狂。震惊的读者在文章中看到的不是法西斯主义,而是可怜的卡莱尔患了可怕的性瘾病,因为吃南瓜的黑色人这一非凡的比喻,实是体现被压抑之物重现:

> 在大海遥远的彼端,住着一些被给予万分“自由”的黑色人。他们坐在彼方,美丽的唇吻深埋在南瓜里,吮吸甜蜜的浆汁。臼齿和门牙随时待命,赴往新工作,况且在那温暖的气候里,南瓜跟野草一般价贱,而糖料作物在田里腐烂,无人收作,因为再也雇不到劳工,南瓜那么便宜……美丽的黑色人坐在那里,埋头吃南瓜,忧愁的白色人坐在这里,连土豆也吃不上……
>
> 走运的黑色人,利索地盘算好供需账目,热带地域不那么走运的白色人,可没有这般利索。眼下他的情况可就糟糕了。他本人是不能工作的;他的黑色邻居,有的是南瓜,不会赶来帮他的忙。整个脑袋埋在南瓜里,吮吸糖精般甜美的浆汁,丝毫不急着去创造,他耳听着不那么走运的白色人的“需求”,一点也不急着来供应……
>
> 我也厌恶无所事事的白色绅士,尽管我承认,在我们这个时代,他能做的事确实也不好找。或许他在找,可怜的,可能最终会找到。可是你能说什么呢,看着黑色绅士无所事事,手擎朗姆酒瓶(在德梅拉拉,再多出一丁点钱,就能买到熏鲱鱼下朗姆酒)——手擎朗姆酒瓶,不穿裤子,放开肚皮吃南瓜……
>
> 在西印度群岛能为黑色人长出南瓜之前,在丛林、腐烂和垃圾的野蛮土壤被开垦之前,魔鬼最终被钳制之前,多少欧洲英雄在名不见经传的战场上丧生,在生与死的挣扎里沉

> 没……伟大的护国公也曾在这里洒下血汗，在那些南瓜里面，掩埋着我们英国的灵魂奥利弗·克伦威尔的一些血汗。

我仅从这篇名符其实的南瓜颂略引数段，这一想象的高潮部分 92
是卡莱尔最伟大的英雄推起南瓜，好让不穿裤子的黑色人动用威猛的牙齿。简单的种族主义产不出如此尖刻的幻景，我实在也不能认为这是由于卡莱尔传闻的阳痿。往最坏里说，这一南瓜连祷是卡莱尔的半诺斯替主义，因为在这里，时间不是美好的苗床，而是吞噬一切的时间，克隆那斯像嚼啐南瓜一般嚼啐我们，这也是《拼凑的裁缝·开动》一章里的时间：

> “而我，时间之子，比别的人更不能快乐，时间威胁着吞食年纪轻轻的我。因为纵然我想挣扎，也是逃不脱的，道路障碍重重，脚上镣铐沉沉。”

四

现在看来，卡莱尔最伟大的成就不是《过去与现在》或《法国革命》，而是《拼凑的裁缝》。可叹的是，现在或将来，这部书似乎也注定缺乏读者。倘若将卡莱尔的思想在当前美国社会稍作应用，会产生奇妙的效果。想象众议院和参议院赤身裸体地办公（假设议会大厦的暖气供应充足），立法质量会显著提高，政治辞令会急剧下降。想象赤身裸体的教授给同样赤身裸体的学生授课，理智的水平可能不会上升，但权威问题会有所澄清。想象我们的总统，赤身裸体出现在电视上，一如往常温和地语无伦次，微笑地讨我们喜欢。我们可能不会更感动，但是他会意识到赤身裸体这一事实，而我们也会意识到他所意识到的事实。

托尔夫斯德吕克的定理“社会建立在衣裳之上”，在卡莱尔最快乐的一大奇想里得到卓越的描述：

> “倘若这样的意外果真发生，陛下可怎么办。倘若在现实里，正如在梦中，所有纽扣一齐绷开，结实的羊毛蒸发，会怎么样？哦，上帝！每一个头颅该会如何急急缩进最近的隐匿处。他们的重大国家悲剧变作滑稽的丑角，教人哭泣，这是最蹩脚的滑稽，**预言消散**[1]（据贺拉斯说），整个政府组织、法令、财产、警察、文明社会随之解体，只剩下嚎哭悲泣。”

想象得出赤裸的温德尔斯特劳公爵面对赤裸的上议院演
93 讲么？想象力似在毒气里窒息，畏缩成一团，不敢前行。上议院长、内阁、反对党——哦，说不得！说不得！可是这事为什么不可能？在昨夜，每一个自由守护者的灵魂，或者应当说躯体，“一根分叉的小萝卜，安着刻得希奇古怪的头颅”[2]，难道不是赤裸或几近赤裸，他为何不能像脱光了上床一样走到圣斯蒂芬去——是严峻的命运下过禁令么，在议会里其他类似的小萝卜一道，执掌公正的田地？“同病相怜！”忧郁的托尔夫斯德吕克，人类以前患过这种“身体或心理的疾病”吗？多少人感染这彻底的裸露（我们，甚至我们英国的贵族，因着社会责任的

---

[1] Horace's Ode 1.11: Ask not ('tis forbidden knowledge), what our destined term of years, Mine and yours; nor scan the tables of your Babylonish seers.

[2] 出自《亨利四世》下篇第三幕第二场：a forked Radish with a head fantastically carved。

鼓噪,才肯勉为其难地倡导)。你们是毒恶的不穿短裤的汉子,或者只是发了疯?

“那要检查后才晓得。”硬心肠的托尔夫斯德吕克又道,“稻草人,作为穿衣服的人,在教堂结婚、英国陪审团审判等等这些权利当中,还有哪些不能享受的权利。更甚者,也许要考虑他显赫的功能(他不也是财产守卫者,武装着可怕法律的君主?),赋有某种王族的豁免权和神圣不可侵犯,不过小气鬼和低贱的人不总是乐意赋予他这些权利。”……“哦,我的朋友们,我们(约利克·斯滕说)就像‘被人手拿棍棒赶往市集的火鸡’,或者像有些人,比如在诺福克郡,拿风干的膀胱装豆子,将这玩意儿甩得霹雳啪啦响,连胆子最大的也唬煞了!”

就体裁(或者无体裁)来说,卡莱尔承袭拉伯雷、伏尔泰、斯威夫特的传统,但他不只是讽刺作家,更是怪诞幻景的预言家。《拼凑的裁缝》是骇人的、极端的虚构作品,要求极主动的阅读。书中的隐语便是尼采绝妙地进行批判的悖论——卡莱尔的无信仰的信仰,对此,兹录《自然的超自然主义》卷三第八章的阐述:

“噢,天啊!试想我们每个人不但是要死的,而且是回到上
帝旁边!多么奥妙、多么可畏!这具躯体,这心灵,这燃烧的激
情,是从哪里得来的?它们是尘土,是影子,聚在我们自己周围 94
的阴影,在短暂的人生里,灵魂要在肉身显现。勇士骑着强壮
的战马,双眸炯炯,身强力壮,勇猛无畏。可是勇士和战马只是
短暂的,瞬时即逝的力量,仅此而已。他们庄严地踏过大地,仿

佛踩着坚固的实质。傻瓜！大地不过是一层薄膜，裂成两半，勇士和战马跌落进去，无可测量的深渊。测量？无人会记得他们。他们出世之前，没有他们；片刻后，他们消失，无人记得他们，连灰烬也不存在。

“那么开始是这样，终结也会是这样。世世代代都赋有这样一个人生；自辛梅里安人的黑暗中投射出来，应着上天的使命而生。他赋有力量与火，任他去消耗：有人推动工业的磨坊；有人像猎人，攀爬如阿尔卑斯山一般教人晕眩的科学；有人疯了似的纷争，与同胞作战。尔后上天派来的灵魂被召回，尘世的躯体陨落，旋即便无人记得他。因此这神秘的人类如同天上的雷声闪电，震荡、燃烧，发出际变的壮丽，随即消失进深渊。因此就像喷吐火焰的龙，我们从太虚（Inane）冒出来，暴风雨般急急掠过震愕的大地，又猛地扎进太虚。我们这一生里，眼见大地高山无陵，沧海为竭。大地只是转瞬的异象，可能抵抗更真实的灵魂？有人在最坚硬的岩石上留下脚印，如若一列行军队，尾部的马车看得见先行马车留下的辙迹。可是有什么用？常识不懂，宗教信仰也不懂，唯有神秘与神秘、上帝与上帝才能懂得。

‘构成我们的**料子**
也就是那梦幻的料子；我们的短暂的一生，
前后都环绕在酣睡之中。’”①

卡莱尔的《自然的超自然主义》大概是把我们的人生看作戏剧

① 诗句出自莎士比亚《暴风雨》第四幕第一场。

性诗歌，并且认为这是好的。但是在这段激情澎湃的断言里，可有任何认知力量？莱昂内尔·特里林将自然的超自然主义称为一种新的信仰形式，或“世俗灵性”。然而正如我前文所说，这实则是最 95
古老的异端诺斯替主义的痕迹。诺斯替主义的一大独创超越所有悖论，因为它是泛神论的灵知（gnosis），而且每一种古老的诺斯替主义都设定一个外在神，完全脱离我们的宇宙。离奇的是，卡莱尔将外在神引入自然，同时又疏离人类。这样一来，我们实则看到卡莱尔颠倒布莱克的世界末日人文主义。我们成了几乎不可救赎的实体，对抗无须救赎的自然。

卡莱尔主张自然的价值高于布莱克所谓的“人形神性”，这一特质预示着他后期的衰退。卡莱尔怀持深沉的焦虑，志在推翻将宇宙视为巨大机器的实证主义观念，于是便神化自然，贬低人类。倡导20世纪的法西斯及其神秘地提升政府、抹灭个人的同情和权利的先驱是卡莱尔，而不是他的批判者尼采。卡莱尔后期不能摆脱这重阴影，纵使作为撰写《黑人问题》（1849年）、《穿越尼亚加拉瀑布，以及之后？》（1867年）的作者，以及作为奥利弗·克伦威尔、腓特烈大帝这些铁腕人物的崇拜者，也是无能为力。对我们仍然有意义的是1828年至1843年这十五年间写作的卡莱尔。在我们眼里，《时代的征兆》（1829年）和《特征》（1831年），《拼凑的裁缝》（1831年结稿）和《过去与现在》（1843）的作者依然是圣贤，哺育罗斯金，启迪爱默生，激发威廉·莫里斯的社会预言。倘若时间使得卡莱尔日渐黯淡，时间也显示他赋有一些不朽价值，一个仍然从旷野传来 96
的声音。

拉尔夫·沃尔多·爱默生
（1803—1882）

一

爱默生是经验批评家、随笔作家，不是超验主义哲学家。这个显然的事实总是需要重申，也许眼下比以往更有必要，因为文学批评深受当代法国思想的影响，而当代法国思想又是德国理想主义或超验哲学传统的后裔。爱默生是我们这个国度的思想，是诗歌、批评、实用主义后哲学的美国差异的主要本源。这一事实不甚明显，不论现在或将来，也需要反复申说。爱默生不是最伟大的美国作家，他是作家，但可能更是倡导精神生活的演说家，是继后所有美国作家都无法逃避的理论家。自他生时及至我们的世代，美国作家或承袭他的传统，或承袭源自驳难他的反传统。即便在极少有人阅读爱默生的时代（譬如约 1945 年至 1965 年间），情形也是如此。过去二十年间，爱默生回归，来埋葬他的送葬人。T.S. 艾略特曾说："爱默生的随笔已成负累。"诸如此类的审判宰治艾略特时代的文学界，而如今黯淡为古老的符咒。

其他审判的批评家，包括伊沃·温特斯、艾伦·泰特，则将美国文学里令他们厌恶的种种，甚至在一定程度上令他们厌恶的美国生活，通通地归咎于爱默生。我们时代最杰出的在世诗人罗伯

特·佩·华伦在其俊诗《飞往纽约的夜航，膜拜爱默生》，将艾略特
和泰特的反传统论战推至巅峰。华伦坐在“阴郁的增压舱”，阅读爱
默生的随笔，看着炫目的书页宣告：“没有罪孽，甚至没有错误。”只
有在超验的高度，华伦的心灵才能抽象得足以接受康科德的圣贤的
思想，“因为在三万八千英尺高度，爱默生绝对地正确”。在地面，爱 97
默生“原谅上帝的一切”，因为“爱默生想到意义穿透万物而闪耀”。

罪孽、错误、时间、历史、外在于自己（self）的上帝、儿子继承父亲犯下罪孽：这些是艾略特及其南方追随者的文学宇宙的主题，对于这一些，拉尔夫·沃尔多·爱默生没有丝毫兴趣。关于爱默生，我不禁要引用博尔赫斯评价奥斯卡·王尔德的话：“他总是对的。”不过，爱默生自己总是说得更好：

> 这是我还给我自己的最好方式。一个斯多葛的信条——服从你自己——使我油然而生一种升华感。那种向我表明上帝就在我心中的宗教使我心灵上的力量顿然增长，那种对我说上帝在我之外的宗教给予我的是一块肿瘤和一个树疣，我的存在不再具有必然的理由。一种过早来临的湮没我的力量在我头上盘旋，我将从此永远萎缩下去。①

有人可能说《圣经》、莎士比亚、弗洛伊德将我们的生存境况描述为陷于精神冲突，在精神冲突中，我们需要自我完善，同时恐惧自己什么也不是。爱默生驱散恐惧，主张自己必须单独实现全然自主，必须在不吞食自然或其他自我的前提下成为一个宇宙。他希望使

---

① 《自然沉思录：爱默生自主自助集》，博凡译，天津人民出版社，2009年，第135页。

我们自助，尽管在这个世代看来，他这些学说，是教授人们已经深懂的东西，因为时兴的说法是我们生活在自恋文化里，我们笑容可掬的总统便是这一文化的典范。在那个里根时代，谈论美国政治的所有局限性之时，理应一概引用爱默生：

> 我们要责难一个政党，还不如去责备那捉摸不定的风霜。因为政党的成员大多数无所谓站在哪一边，只是为了支持自己的利益。……政党总是为个性所腐蚀。我们可以不把欺诈的罪名加在整个政党身上，却不能宽容地原谅政党的领袖们。他们利用了他们领导下众多成员的驯服和热情……对于现在主持着我们的两大政党，我觉得他们一个怀着最好的目标，一个拥有最杰出的人材。哲学家、诗人和有宗教气质的人当然愿意投民主党的票。他们支持自由贸易，广泛的公民投票，废除刑法中的各种野蛮刑罚，以及在各方面让年轻人和穷人们有机会获得财富和权力。但这个所谓的受广泛支持的政党所提出来推行的这些自由政策的人选，却很难为人所接受。民主之所以
> 98 得名，是因为它的目标蕴含着希望和美德。可这些候选人在内心深处，并不怀有这种目标。[①]

1840 年代早期，爱默生论述民主党人和辉格党人（我们现代共和党的前身），那时他还相信丹尼尔·韦伯斯特（“至善”第一人）永远不会倡导奴隶制这一最恶劣的主张。爱默生的政治主张虽被归类为“超验无政府主义”，但他曾是纯粹权力的信徒，道德法的先知，

① 《爱默生散文选》，姚暨荣译，百花文艺出版社，1995年，第117—118页。

这种显然的自相矛盾，早先激怒了伊沃·温特斯，新近又惹恼耶鲁大学校长吉亚玛提。然而正是这种睿智的前后不一，使得爱默生在诗歌上欣然接纳惠特曼，一如出于同样的理由，他曾在政治上为丹尼尔·韦伯斯特喝彩，直至韦伯斯特在1850年发表《三月七日的演讲》，震得爱默生迸出一生中最狂暴的言辞。约翰·杰伊·查普曼在论述爱默生的出色文章中写道，在攻击韦伯斯特之时，爱默生是“野蛮的、毁灭性的、私人的、决意死战的”。诚然，再无哪个美国政治家遭受过如此程度的谴责，如韦伯斯特这般被爱默生挞伐：

> 韦伯斯特先生大抵只是遵行他的气血和性格的法令。我揣度他的宣誓在他自己也不是自然的。他这样的人，靠着记忆过日子；他是活在过去的人，不是抱持信仰和希望的人。他血管里每一滴血都长着朝下看的眼睛，他精巧地发展的理解力，只有代表动物的善——也就是财产之时，才能真正地、完全地运用。

他血管里每一滴血都长着朝下看的眼睛。这个辛辣的比喻，持久力甚过韦伯斯特本人说出的任何话。很多现代历史学家辩护韦伯斯特在1850年妥协案中所扮演的角色，当时，加州成为自由州，而北方誓在执行《逃奴法》。这桩辩护认为韦伯斯特帮助联邦政府得以再维持十年，在此期间增强联邦政府的权力——林肯是这个意识形态的极致。爱默生虽为韦伯斯特找尽借口，却被韦伯斯特支持《逃奴法》这一举措激怒，冲出书房，跑到公共场所讲演：

我们庆幸终于有了明白无误的例子，知道我们应该反对的是什么。这不是干涉别人的事，这是阻止别人来干涉我们。99 这不是十字军远征去弗吉尼亚和乔治亚，追逐奴隶，据称他们在那里颇安适——那个温和的主张一败涂地。这是在我们自己州里，在我们自己的农庄上，对一个冒着生命危险逃离压迫者的人尽一些人情美意。这个人冒着被枪毙，被活活烧死，被投进海里，被饿死，被关在木盒里闷死这些危险，这个人为了自由，吃尽苦头，逃了数千英里，逃到这里来，可法令说，你们麻省人该去追缉他，捉拿他，把他遣回逃脱的狗笼去。在19世纪里，会读书写字的人，竟能立下这样肮脏的法令。我以上帝之名起誓，我绝不遵从。

及至1843年间，爱默生视韦伯斯特为权力化身的热挚还不曾消褪："他不是圣人，而是野生的橄榄树，未经嫁接。"韦伯斯特拥护《逃奴法》之后，爱默生连风仪也弃掷不顾："韦伯斯特先生嘴里的**自由**，如若交际花嘴里的**爱**"。我臆度爱默生的深切愤怒，如此不符他的性情，大半由于韦伯斯特的举措违背他欣然无涉道德的权力辩证法。《生活的准则》文集中，《论权力》这篇卓绝的文论貌似崇拜单纯的强力或欲望，然而爱默生总是狡黠地将权力置于跨越之处，置于过渡时刻：

历史上的伟大时刻，总是在野蛮人停止野蛮的行径，多毛身躯中佩拉斯吉族的蛮力引他看向美的感觉之时。你看，伯里克利和菲狄亚斯，他们都出现在没有进入科林斯文明之前的时代。自然界和世间的一切美好皆出现于转变的瞬间。野性依然从自然界汩汩涌出，而人伦和人性已化去其中的苦涩或辛辣。

大约十年前，在《论自助》里——大概是他最重要的文论，爱默生阐述同样的权力辩证法，不过其中的论辩更激昂：

> 人的生命只是为功利而存在，而不是踏实地活着。一旦它
> 静息下来，其力量也就马上停止，它存在于由过去向一种新的
> 状态过渡的中介性的瞬间，存在于疾速跳一条大沟和向一个目
> 标冲刺的短暂的过程中。这一事实是为宇宙所憎恶的，而人的
> 灵魂逐渐与它同流合污。这种为功利而存在的生活方式永远
> 在败坏着过去，把所有的财富都变成赤贫，把所有的名誉都变 100
> 成耻辱，把圣人与恶棍弄混，把耶稣和犹大相提并论。那么我
> 们为何要喋喋不休哓哓不休地谈论自助？由于灵魂是现在这
> 个样子，所以作为生死相依的密友的力量将不复存在，存在的
> 只有作为为了一时的利益而跟你合作的经纪人的力量。谈论
> 被依靠的东西是可怜而不着边际的，倒不如谈论依靠者，因为
> 它毕竟发挥着作用而且存在着。[①]

华赡的文辞，然而纵是1850年的韦伯斯特，也保有佩拉斯吉族人的蛮力，纵是那样的韦伯斯特岂不也在行动？爱默生的冷酷答案会是：韦伯斯特走不过跨越。我以为爱默生仍是美国唯一的权力理

① 《自然沉思录：爱默生自主自助集》，博凡译，天津人民出版社，2009年，第181—182页。

论家——不论是政治的、文学的、精神的、经济的领域，因为他敢冒险仅为过渡本身而升华过渡时刻。说实话，在爱默生的影响之下所生出的产物当中，我更乐意看见惠特曼的《轮渡布鲁克林》，而不是爱默生的第一个产物亨利·福特。不过爱默生足够精敏，预料会有这样两个门徒。他的宇宙核心是浩漫的寒凉，并且将它们一道留给我们，寒凉和宇宙：

> 但自然不是感伤主义者，不会纵容或娇惯我们。我们须得知道世界是粗暴的、乖戾的，十分乐意溺死个把男女。吞下你的船，就如咽下一粒灰尘。寒冷，这天气本身绝不会在乎你的感受，刺痛你的血，麻痹你的双足，冻僵一个人，就如冻僵一只苹果。

这段话摘自《生活的准则》首篇《论命运》，这篇壮美的随笔在一个出离愤怒的疑问中达到顶峰："为什么害怕被野蛮的东西摧毁，我们岂不就是由这同样的东西做成的？"在《论命运》另一处，爱默生道："神意的方式有些粗暴"，而在《论权力》里，他重申妥协的法则是"没有付出就没有收获"。爱默生也不是感伤主义者，而是可畏的人生或文学的理论家，教人疑惑的是人们为何看不到这一点。但话得说回来，他的个性也教人迷惑。他是真正的美国精神领袖，建立了我们现有的美国宗教，那便是做非基督徒的新教徒。这个随笔作家就是爱默生本人，抑或仅是我们这位不可逃避的圣贤所创造的角色？

二

爱默生的传记充其量可算一种赘述，因为爱默生与蒙田一样，几乎总是自己的主题，尽管不是以蒙田的模式。爱默生绝不会说： 101
“我自己就是我写作的主题”，但是爱默生撰写《论历史》，更像是在论述他自己，而不是论述历史。爱默生几乎从未以自传形式写作，然而他最好的思想即是真正的主观性极难企及，而所谓的客观性不过是沦为别人的自我与意见的合成品这一失败。他虽属于口头传统，而他真正的体裁不是演讲，也不是布道，固然不是随笔，尽管除了十来篇强大的诗歌之外，这些随笔是他唯有的正式成就。他的日记是他真正的著作，在我看来，所有选集都没有做好遴选工作。大概日记原不该被压缩，因为爱默生的读者须得潜入日记，随其浮沉，亲身体验奔流的睿智，继而总又堕进怀疑主义。他的日记不息地往复于潜在的狂喜与可能的狡黠之间，同时始终明白，神性强烈抑或世故的反讽皆不能单独构成智慧。

1830 年秋，爱默生在一则日记里写下关于自助的最初思想，写到他拒做“次要的人”，不仿效任何人。彼时爱默生二十七岁，一生的思想精义崭露在这一年的日记中。一年后（1831 年 10 月 27 日），我们得知爱默生提出**读者的崇高**，主张他人的写作或言语中感动我们的东西，必是我们自己之内最古老的东西，这些东西不是创世的一部分，实则便是我们自己之内的上帝：

> 你可曾受过睿智、宏辩的人指导？那么，想一想，令你浑

> 身一凛，热血沸腾，战栗或欢喜的词语，不是听着如你自己一般古老？不就是你从前知晓的真理，牧师或他人的话，若非简单的真理，又怎会叫你感动？从来不是。那是你自己之内的上帝回应外在的上帝，抑或肯定别人口中说出来就是自己的言语。

1832年10月28日，波士顿第二教堂勉强批准爱默生向唯一神教会提出的辞职申请，传言这是源自争执主的晚餐仪式，但是潜在的问题（至少对爱默生来说）实是称颂自己为上帝。在出色的《爱默生：一部有机的文集》（仍是最好的爱默生独本选集），斯蒂芬·惠彻编辑了爱默生在1832年10月间的相关笔记。我们在文集中看
102 到爱默生承受神性启示，宣称："它是光。你不会点起蜡烛去看日出。"显然耶稣是蜡烛，爱默生是日出（正如爱默生的许多早期文章，这里也预示了尼采的《查拉图斯特拉如是说》）。爱默生关于上帝的神性启示，最强大的例子是《论自然》里著名的透明眼球，这个比喻如今依然备受嘲弄。这段话是基于1835年3月19日的日记，不过，我摘录《论自然》的定本：

> 在薄暮时分，我穿越一片布满了雪坑的荒地，头上是密云笼罩的天空，此时，虽然我在思想中没有什么特别幸运之感，但我却实实在在体验到一种欢乐之情。站在恐惧的边缘，我感到快意……在那里，我感到生活中没有什么不祥的东西——没有丑恶，没有自然制服不了的灾难（令我万分惊恐的灾难）会降临到我的生活中。站在空旷的土地上，我的头脑沐浴在清爽的空气里，思想被提升到那无限的空间中，所有卑下的怎么都消

> 失了。我变成了一个透明的眼球。我是一个“无”,我看见了一切,普遍的存在进入我的血脉中,在我周身流动。我成了上帝的一部分。[①]

在这段话中,自然这个词,一如这册薄书的题名《论自然》,是颇违反常理的用法,因为爱默生指的绝不是“自然”的任何习见意义。他的“自然”是指人,并且不是自然人或堕落的亚当,而是原初的人或未堕落之前的亚当,这就是说,正如布莱克的阿尔比恩,在超验意义上,美国就是人的未堕落形式。爱默生的原初的人——他自己也融入这一原初的人——只有眼睛,看见最早的一切,好似之前的欧洲人、古希腊人或希伯来人都不曾见过这一切。这中间也有个人的哀切,爱默生的当代读者不太可能知晓这件事。爱默生家族虽有结核病遗传,族人常常夭逝,但比起死亡来,他更惧怕失明。大学时,爱默生曾有一段歇斯底里的失明,这段记忆虽被压抑,却仍萦绕着他的写作。弗洛伊德的身体自我这一艰深的“前线观念”——这一观念多半源自内投幻想——主张思考能与任何感觉或身体部分相联系。爱默生将透明眼球奇异地内投为身体自我,似乎将思考和观看看作同样的活动,一种最终臻极自我神化的活动。

爱默生作为倡导精神生活的演说家的力量正是来自这种自我神化。没有付出就没有收获,成为“上帝的部分或微粒”的最严重的实用主义后果,也许便是你势必不再那么需要他人。透明眼球这 103
段话继而展现自我疏离亲近的人:

① 《自然沉思录:爱默生自主自助集》,博凡译,天津人民出版社,2009年。

> 最亲近的朋友的名字听来也是陌生的、不相干的。兄弟、熟人，主人或仆人，只是草芥和纷扰。

这段话肯定也叫爱默生自己伤心，做“兄弟”的人，绝不会只是“草芥和纷扰”。在他三次痛失亲人中，一是早夭的兄弟查尔斯，卒于1836年，《论自然》出版前四个月。二是第一任妻子艾伦·塔克，婚后年余，于1831年去世。还有第一个孩子沃尔多，于1842年1月夭折，男孩仅五岁。爱默生的心灵强韧得异乎寻常，但是在伟大的随笔《论经验》中，写及沃尔多的夭折这段著名的文字，却教人极难解释：

> 一个我们无法航行其上的海洋用无声的波浪在我们与为我们所关注并和我们保持联系的事物之间激荡着。悲伤还将我们迁就为一个理念主义者。当我死去的时候(这已是两年前的事了)，我觉得我失去了一份美好的财富，一份不可能有比他更有价值的财富。我不能使它与我稍稍亲近一点。如果我明天得知我的主要债户破产了，由此引起我的财产上的损失将可能在以后的许多年间都给我带来很大的不便。但是它将给我造成的不便正如它曾经提供给我的好处一样，既不能使我变好，也不能使我变坏。前面说到的这种灾难也是如此。它没有触及我，我所幻想的就是我的一部分，当它从我身上被撕扯下去时，我不可能不被撕扯，当它增大时我也不可能不增大，当它从我的身上掉下来时，我身上不可能不留疤痕。[①]

① 《自然沉思录：爱默生自主自助集》，博凡译，天津人民出版社，2009年，第253页。

也许爱默生该撰写题为《悲痛的经济学问题》的文章，不过也许他的所有随笔都隐含了这一副标题。毕竟爱默生的难解悲痛可能就是他的力量，是他拒绝哀悼过去的隐秘原因。自助（他缔造的美国宗教）说服孤独者改宗，以坚定的姿态对抗历史，包括个人的历史。爱默生主张没有历史，只有传记。也许正是因为如此，才不可能有真正的爱默生传记。约翰·麦克阿力的传记机巧地避开爱默生的陷阱，即爱默生只知有传记，这一知识使得个人历史成为多余。那么，爱默生的传记作者又当如何？

诸如拉尔夫·L. 腊斯克、盖伊·威尔逊·艾伦，这些可敬的实 104
践家竭力将事实塑形为人生，然而爱默生一一逃过他们之手。如斯巍然度过精神生活的人，公共和私人事件的简单记载又怎能捕捉他的风仪。相反地，麦克阿力将所采撷的事实，赋形为爱默生与朋友、熟人间的一系列交往。遗憾的是，爱默生与他人的交往，不论是兄弟、妻儿，抑或超验主义以及其他知识分子战友，并不能比他所遭遇的事件——不论是沃尔多的夭亡或是南北战争——更能揭示他的精神世界。纵使麦克阿力倾尽耐力、才能、学识，也不能攻克这位圣贤天才地守执着的孤独。爱默生的传记，与尼采的传记一样令人疑惑，尽管两人的人生毫无共通之处，当然有共通的思想。尼采认可爱默生，满怀景慕与诚挚，但他可能没有意识到爱默生的思想究竟如何彻底地预示着他的出现，尤其在动摇自我地位的同时，宣称即将出现更大的超我。

三

爱默生的批评家也不比传记作家容易，因为爱默生（又与尼采一样，并且也酷似弗洛伊德）预知他的批判者，预先替他们做好工作。爱默生肖似他所崇拜的蒙田，也就是说，你若跟他对战，便不能不被他感染。T.S. 艾略特研究帕斯卡尔徒然与蒙田争衡之时，抱憾地说，跟蒙田作对，就如将手榴弹扔进浓雾。爱默生是美国的化身，更像恒久的气象——雾霭重重，而不只是转瞬即逝的雾。企图记载爱默生气象中无常的风向秩序是枉然的，而爱默生的最好批评家，如约翰·杰伊·查普曼、弗金斯、斯蒂芬·惠彻、巴巴拉·帕克、理查德·波伊莱尔，明智地放弃按顺序罗列他的思想。在这里，最有效的追踪法是将他视为作家和个人，沿途识别他处处标注的原则：你从别人那里所能获得的永远不是指导，而始终是挑衅。

只是在精神生活里，什么是挑衅？爱默生坚执他只是召唤你面对你的自己，而不是面对其他任何理想。对于爱默生来说，正如对于后来的尼采，权欲是被动的，而不是主动的；是接受，而不是掠夺；也就是说，它是诠释的欲望。爱默生传授的是诠释，但绝
105 非用他的时代或我们时代流行的任何欧洲模式，眼下这些模式堕至渊底，年轻的乌合之众自诩废除了个人读者或个人批评家这一概念。集体批判，就像集体性事，并不是新观念，然而每当怀抱宏愿的知识阶层被怨愤操控之时，这个观念便会复活。伴随怨小非而起的是问罪，仿佛社会压迫便源自我们如何阅读，于是就有了那些学术巫会，类似爱默生在 1838 年的日记中写及“慈善活动和

宗教集会”，如今它们的名字叫作“马克思主义文学社”、“拉康理论学术圈”：

> 在我看来，慈善活动和宗教集会这些场合实在肤浅得很。说话的人，彼此吹捧，相互抬举，言辞动听，时时动用最高级形容词，嘴唇颤抖，双眼润湿，新来的人看在眼里，不禁要说，这里燃烧着真正的火焰。集会里的人，随时准备殉难，这样的精神，对于社会具有不可抗拒的影响力。然后他们分头走散，去逛街、去跳舞、去睡觉，一个小时后，他们便漠然不顾这个理想，倘若稍加诱惑，人人都会否认参加过这样的集会。

耶鲁大学校长吉亚玛提说，爱默生“像带刺钢丝一般可爱”，近来约翰·厄普代克也独立地作出这样的评断。是的，爱默生无疑赋予我们的政治以其特殊的权力观念，正如吉亚玛提的感叹，然而有什么样的国家，就有什么样的圣贤，我们是这样的人民，就该有这样的爱默生。他禀赋悬绝的辩证天才，令他成为永远不会成熟的成人的新左翼与永远不承认在传教的传教士的新右翼的先驱。美国的自助宗教是卓异的文化宗教，但是其政治、经济和社会的影响——不论展现在左翼或右翼——匡辅这个国家演变得不可能再出现政治的文学讽刺，因为现实如此诞妄，再天才的讽刺也想象不出。据称，纳撒尼尔·韦斯特的《冷酷的百万》所描写的夏格泼克·惠普尔，实则嘲弄卡尔文·柯立芝总统，只是下面这个说话的人是夏格泼克·惠普尔，还是里根总统？

> 美国是机遇之地。她眷爱诚实、勤劳的人，只要人们既诚实又勤劳，她就不会辜负他们。这不是意见，这是信仰。哪一
> 106 天美国人不再相信这一点了，那一天美国就没有了希望。

不幸的是，爱默生相信必然性，包括相信“某些人更优越”，并且他又有胆识写下这样的文章，比如《论自助》里一段话，帮助解释里根何以赢得大量雅皮的投票：

> 别像我今日遇见的那个好人那样告诉我，我有义务帮助穷人过好日子。他们是我的穷人么？我告诉你，你们这些愚蠢的慈善家，对于那些不属于我，我也不属于他们的人，我不肯掏一元钱、一角钱、一分钱。确实也有一班人，因着精神的亲缘，我完全拥护他们，若有必要，会为他们去坐牢，而你们这些花样翻出的时尚的慈善事业，招收蠢人的大学，数不尽的林立的教堂，接济酒鬼，千千万万的救济会。我羞耻地承认，有时我确实也屈服，捐出一元钱，可那是邪恶的一元钱，我要学着坚定起来，绝不再掏出一元钱。

是的，爱默生所说的“一班人”，是亨利·梭罗、琼斯·维瑞、威廉·艾勒里·查宁司铎，并不是夏格泼克·惠普尔、罗纳德·里根、杰瑞·法尔维尔司铎，但是原是关于内心生活的自助，被改变面目应用到市场，便很难与时下的自私宗教区别开来。这种自私宗教近来在达拉斯达到极恢宏的成就。[①] 作为精明的北佬，爱默生

① 请详见1984年美国共和党在达拉斯召开的全国代表大会。

定然不肯做种种可疑后嗣的父亲。他的精神精英主义所能遭遇的只有误解,但他根本不在乎被误解或误用。尽管无数人欲将他拉进左翼,别扭地称他为“民主的哲学家”,但是关于爱默生的政治思想,约翰·杰伊·查普曼的非凡警句才是最贴切的概括:“如果民主捕捉到一个灵魂,将它碾压,直待它叹出一声呻吟,那是爱默生的呻吟。”

四

现在话题转回——我不由得略松一口气——作为文学先知的
爱默生,与伊沃·温特斯相反,在我看来,爱默生的影响也是辩证
的,但归根结底是无害的,又是不可避免的。自他的时代及至我们
今日,爱默生的影响有助于解释我所说的文学的美国差异,不仅在
诗歌和批评领域,而且延及小说和故事。就后者而言,确实颇为讽 107
刺,因为最轻巧地说,小说令爱默生感到不安。真正惊人的是这种
影响的深度、广度、持久度,尽管很多人隐匿,甚至更多人规避爱默
生的影响。你若要理解美国作家,最好去阅读爱默生,而不是我们
当代的作家,因为连惠特曼、梭罗、狄金森、霍桑、梅尔维尔都只是在
阐释他。在这里,重要的问题不是“如何”,而是“为何”。学者们总
是展示“如何”(虽然还有很多没有展示),但是批评的一大功能应
该是揭示鲜少探索的“为何”。

爱默生在早年备受争议,而在晚年,只能用被普遍接纳这样的话来形容(当然除了南方)。在文学的现代主义时代(约 1915 年至 1945 年间),爱默生的荣耀渐趋黯淡。如前所说,在学院新批评的

盛期或艾略特时代(约1945年至1965年间),爱默生的地位完全泯灭。然而过去二十年间,纵然吉亚玛提校长提出人文主义抗议,约翰·厄普代克发出教会执事般的呜咽,也奈何不了爱默生的复兴。我预言,爱默生,而不是马克思或海德格尔,才是我们将来的想象文学和批评的指路灵魂。在我的预言里,"爱默生"所代表的不仅是拉尔夫·沃尔多的理论姿态和智慧,而且也代表尼采、沃尔特·佩特、奥斯卡·王尔德,以及大半弗洛伊德,因为爱默生关于更高个人的精英主义胸襟与他们如此相契。个人主义,撇开其美国式的粗犷给政治和社会经济施加怎样的伤害,史无前例地成为诗歌的唯一希望。当人们开始厌倦仍被称作人文学科的法国战后哲学思想之时,爱默生(深谙文学和批评的唯一方法在于个人本身)势必又成为一种必然的源泉。

至于爱默生何以曾是且依然是美国文学的最主要影响力,刘易斯·芒福德的《黄金时代》(1926年)仍是最好的指南:"爱默生可以随意支配过去的绝多资源,所实现的却是赤裸。"芒福德通达地判识爱默生具备"完整浑然的思想境域",从而是达尔文之前的达尔文主义者,弗洛伊德之前的弗洛伊德主义者,继而经典地表述了爱默生的力量:"对于爱默生来说,过去不是治疗处方,也不是负担,更是一种审美经验。"在爱默生眼里,因为过去是已赋成的诗,过去便不是强力,已失去威势,因为对他来说,力量仅在于跨越之际,在于实际的过渡时刻。

不论在美国社会,还是在美国文学,皆可历然看出压抑来自过去的强力是相当危险的。在我们的政治经济上,我们遭受重复之重复的强力。里根精湛地在现实中上演韦斯特所讽刺的柯立芝,从而

打败纳撒尼尔·韦斯特这个讽刺作家。我们如今也同样感觉这其 108
中的起起落落，它使得我们伟大的作家都变成危机诗人。这些作家都在回应（不论怎样的无心）爱默生关于断裂的主张，见于怪诞虚幻的随笔《论循环》：

> 我们的情绪相互疑惑。我今日满怀思绪，纵情抒写。我没有理由怀疑明日便不再有同样的想法、同样的表达力量。写作之际，我所写下的，似乎是世间最自然的东西。可是我眼前看到无数东西的地方，昨日却只瞧见枯燥的虚空。我毫不怀疑，一个月后，我会纳闷写下这许多纸页的人究竟是谁。呜呼，这个薄弱的信念，不会顽强起来，这广阔浪潮的起起落落！我是自然的上帝；我是墙角一棵草。

从上帝到野草，又从野草回到上帝，这就是从惠特曼的《我自己的歌》到《当我与生命的海洋一同退潮》的循环，并且也是之后所有爱默生和惠特曼的追随者的循环。如果你将一切置于赤裸的美国自我，就会开启从自我神化到绝对虚无主义的所有想象空间。爱默生深知这一点，并且也看到我们若要避免在西方文化史上来得太晚这一困境，便再无别的选择。没有付出就没有收获。爱默生在今日，一如在一百五十年前一般正确。1834 年 11 月 21 日，他在日记中写道："当我们失去传统的上帝，脱离修辞学的上帝之时，当此时，愿上帝显示真身启示我们。"彼时或此时，我们传统的上帝，如爱默生和尼采所宣称地死去。在生活里，上帝属于政治家般的牧师和牧师般的政治家；在文学里，上帝属于次要的人。我们的修辞学上帝

属于学术界，在那里沿用高卢人的造物主之名——语言。美国人的
想象力从而得以一如既往地自由，向爱默生祈祷里的第三个上帝敞
109 开自我。

索伦·克尔凯郭尔

（1813—1855）

我们又要去相信存在超验方面的可能性之时，我们所体验的便是克尔凯郭尔所说的“重复”。这一体验危险地类似大多人口中的“爱上某人”这一永恒的自欺，因此要是你喜欢的话，可以将克尔凯郭尔的“重复”简化为弗洛伊德的死亡冲动的强迫性重复。与弗洛伊德一样，克尔凯郭尔是伟大的色情讽刺家，这两个伟大头脑的相通之处也仅在于此。“讽刺是畸形的生长……其目标是杀死个人。”克尔凯郭尔的思想区分两种重复，这一做法使这位丹麦思想家称赞忠贞的已婚男人为重复的真正英雄：“他在日常琐事中找到永恒。因此生活在现实中，他听得见客厅的钟声，而时辰并非缩短反而延长他的永生。”

这种“重复”实是反讽地窜改黑格尔的“调解”比喻。设若黑格尔的基督是伟大的沉思者，那么克尔凯郭尔的基督便是重复的大师，用重复来教导我们的场景。在我看来，克尔凯郭尔不但是宗教作家，更是诗意的思辨家，他的一大重要思辨领域便是教导的过程。我并不是说克尔凯郭尔最感兴趣的是思辨哲学，在他看来，思辨哲学是黑格尔的思辨沉思。在克尔凯郭尔这里，真正的思辨事业所关注的是在表面十分基督教的社会里极难做一个基督徒。一如济慈志在成为强大的诗人，克尔凯郭尔永恒的争衡是成为基督徒。至于

导师，济慈跟从华兹华斯、弥尔顿和莎士比亚。而克尔凯郭尔寻找更孤标的独创力，多半是自学，以及仿效基督——教导场景的绝对
110 创始人。

现在将话题转到克尔凯郭尔作为教导场景的伟大理论家，这一点尤其彰显于其出色的论文《哲学片段》（1844 年）。这册薄书的扉页印着三大诘问："永恒灵魂可能有历史起点么？除却单纯的历史意义，这样的起点如何才能赋有其他意义？能否将永恒幸福建立在历史知识的基础之上？"克尔凯郭尔意在截然区分基督教与唯心主义哲学，借此驳难黑格尔，不过这三重问题也完全适用于诗人的创造力和诗歌的影响力这一世俗悖论。因为影响的焦虑源自年轻诗人所宣称的永恒、伟大灵魂，尽管这个灵魂的历史起点实则在于文本之内的较量，更重要的是在于对伟大前人的诠释或误读行为。年轻诗人必定纳闷，这样的起点究竟如何才能赋有超过历史的兴趣，而不是诗的兴趣？年轻诗人还要更焦虑地纳闷，在这些前贤的影响之下，如何构筑迟来的强大诗人所要求的诗歌不朽（这是唯一相关的永恒幸福）？

《哲学片段》中有两章最契合诗意的教导场景的困境。其一是想象的文章，标题是"作为导师和救世主的上帝"，其二是极具天才的章节"成为当代使徒的条件"。前一章暗藏攻击锋芒，指向黑格尔派的左翼施特劳斯和费尔巴哈，后一章公然驳斥黑格尔。为了反驳黑格尔派左翼，克尔凯郭尔将作为导师的苏格拉底与基督相比较。苏格拉底和他的学生都没有能够教给对方的东西，没有能够说出来的 davhar 或词语，但为彼此提供通向理解自己的途径。而基督用不着学生帮助，便理解自己，他的学生只是接受他的无可比拟的爱。

为了反对黑格尔，克尔凯郭尔将历史与必然性相分离，因为基督教的真理不是人类的所有物，黑格尔唯心主义则认为它是人类的。上帝是导师和救世主，其当代门徒“不与荣耀同时，丝毫不能听见、不能看见那荣耀”。我们能借以与神性同在的即时性并不存在，经由克尔凯郭尔古怪变化的“重复”的悖论在此起作用。通过研究这一重复，我们可以将克尔凯郭尔的论战机巧置换为对于教导场景的思辨，同时又可揭示弗洛伊德关于强迫性重复以及这种强迫与起源的种种关系的理论缺陷。

克尔凯郭尔的“重复”，至少可以回溯到他的文学硕士论文《论反讽概念》（1841 年）第十二、十三论题。论题十二攻击黑格尔所 111
定义的反讽仅考虑现代的形式，而没有思及古时的苏格拉底形式。论题十三也是针对黑格尔，这一章是所有诗歌的误读研究的奠基格言：

> 反讽不是冷漠，不是被脱剥灵魂里所有温柔的情感；相反地，反讽更像这样一种苦恼：别人也想要它渴望得到的。

对克尔凯郭尔来说，真正的重复是永恒，因此只有真正的重复才能拯救我们免于反讽的烦扰。而时间里确实存在永恒，即“从日常生计中企及永生”。这确实是克尔凯郭尔的思想核心，并且必然也是他的影响焦虑的中心，即担心备受他讥谤的前人黑格尔会影响他，因为克尔凯郭尔的“重复”实际上只是替代黑格尔的“调解”比喻，即辩证的过程。克尔凯郭尔的辩证法，由于更内在化，注定会更主观。克尔凯郭尔力图将这一局限性表现为哲学的进步——颇合他的作风。如果重复首先是再次肯定成为基督徒的持续可能性，那么在辩证法上，其美学替代也能再次肯定成为诗人的持续可能性。这样一来，便没有哪位伟大诗人的当代弟子能够真正地与前人比肩而立，因为这种荣耀永远不能企及。通过重复的调解，借助于回归源头，回到原初的教导场景所能惠赐的不可比拟的选召之爱，在那个起点，才能企及荣耀。诗的重复，重复一种原初的压抑，作为导师和救世主的前人，抑或作为有死之神的诗歌之父，必定要施加这样一种压抑。重复前人的图式的冲动，并不是趋向轶越享乐原则，以求抵达诗歌的前轮回的惯性，抵达布莱克的无纷争的安谧之地，而是一种试探，寻找创造、启发灵感的权威。诗歌的重复（当然它不认为自己是在做这样的事）求索前人的调解智慧，因为这样的调解敞开永恒的可能性——现代人的崇高、蒙召被选入真正教导者的王国的可能性。

那么克尔凯郭尔是否也有前人的调解智慧？噫呼，答案只能是黑格尔，调解的始创者。克尔凯郭尔不是叔本华或爱默生或尼采，纵使黑格尔从未写下一句话，从未作过一堂讲演，他们仍会是眼下这个样子。克尔凯郭尔却是在黑格尔之后，深受黑格尔的影响，正如我们在弗洛伊德之后，深受他的影响。我们别无选择。弗洛伊德
112 在这里，叫我们都受他的影响，叫我们为他作注解，不论我们是否心甘情愿。黑格尔原可以影响克尔凯郭尔的，然而一如爱默生和尼采，这位丹麦思想家拒做次要的人。创造性误读的模式是不可尽数的，而绝大多数模式皆沦为反讽。颇为反讽的是，“重复”是克尔凯郭尔借以逃避反讽的道路，免得自己掉进反讽的反讽，从而丧失所有创新。饶是如此，克尔凯郭尔最创新的时刻必然还是反讽，在其中，

“时刻”被摧毁，同时代这一观念永远消亡。这便是“成为当代使徒的条件”的真正文学成就，因为这一章展现了真正的激情始终朝向过去，只有过去才能成为诗人或基督徒的恋人。未来属于重复，属于与人造之物的联姻，属于构想的欢乐。过去是自发的欢乐，自发性并非重拾从前拾过并且必须再拾起的可能性。在克尔凯郭尔及其真正后嗣卡夫卡看来，真正的激情是感官的狂喜，摒除未来。

克尔凯郭尔付出至重代价，成为现代最强大的诗人之一，这又酷似卡夫卡或尼采。创造性误读需要牺牲当前时刻，因为教导场景仰仗将所有的爱投入过去。克尔凯郭尔诡黠地说：“爱预设爱。得到爱便是预设他人的爱。充满爱意便是预设他人也充满爱意。”然后却又说道：“若无重复，人生会如何？谁愿作这样一块写字板：每一瞬间，时间在上面写下新的题词？或者只是过去的纪念碑？”

克尔凯郭尔的尼布甲尼撒二世回忆起自己作为牲畜吃草之时，默思希伯来人的上帝，领悟唯一不受教导场景约束的是这位万能的神。[①] 尼布甲尼撒替克尔凯郭尔传话，叫我们看到创造性误读在何处触及底线，成为基督徒的困难在何处终于得以解决：“无人知道他的任何事，谁是他的父亲，他如何得到他的权势，是谁教给他这万能的奥秘。” 113

① 尼布甲尼撒二世的故事可参见《但以理书》第四章。

亨利·大卫·梭罗
（1817—1862）

一

我们所有人，不论多么特立独行，自始便生在这样的世代——以前的世代多方决定我们的立场和判断，远超过我们可望理解的程度，直待我们在篡改的道路上走得太远，才能获得第二次诞生。阅读《瓦尔登湖》时，我尚年少，不久又读了《论公民的不服从》与《没有原则的生活》。而上大学之前，我极少或不曾阅读爱默生，对他所知十分有限。中年之际，处于人生危机，我开始耽爱于阅读爱默生，自此不能罢读。爱默生帮助我改变对于大多事情的看法——人生、文学，以及我自己，甚至超过弗洛伊德于我的影响。在爱默生的著作中浸淫二十多年之后，回头阅读梭罗，是一种怪异的经验。我的一位同辈，杰出的美国哲学家，历述他所经历的相反的阅读过程，在深入阅读梭罗之后，再接近爱默生，他坦承起初以为爱默生似乎只是“二流的梭罗”。我无意称梭罗为二流的爱默生，因为梭罗在罕见的最佳状态，还是强大的作家，以满怀的激情和慧黠窜改爱默生。但是比起爱默生对于沃尔特·惠特曼以及之后所有赋有感性的美国人的影响，爱默生对于梭罗的影响更巨大，也就是“父亲”这一隐喻，自我理想的实用主义形象，不可规避的前人，文学英雄，美利坚合众国的头脑。

我的文学世代须得重新发掘爱默生，因为我们所承袭的那些批评家，都是追随 T.S. 艾略特的典范与意识形态，宣称“爱默生的随笔已成负累”。我记得与布莱克默谈论爱默生，他告诉我说，爱默生
不足一提，充其量是美国的孤立、灾祸的新教文人的极端范例，这种 114
宗教摧毁了欧洲的拉丁文化。艾伦·泰特更是简练地对我说，爱默生便是魔鬼。在我们唯有一次的交谈中，思想精悍的伊沃·温特斯补充了这一判断。我与罗伯特·佩·华伦交游多年，与这位诗人仅有的争执皆涉及爱默生。华伦对于爱默生的看法极端顽固。由于这些人都是宰治 1945 年至 1965 年间美国文学界的批评家（只有莱昂内尔·特里林缄口不谈爱默生），爱默生在那个时代消失，也是不足为怪的。自 1965 年至今，爱默生复兴，正如他必定、必将复兴，因为他是我们的文学文化的实用主义渊源。沃尔特·惠特曼、艾米莉·狄金森、罗伯特·弗罗斯特、华莱士·史蒂文斯、哈特·克莱恩、伊丽莎白·毕肖普、约翰·阿什贝利写下我们这个时代气象的诗歌，而爱默生曾是且仍是这一气象[1]。

在当下重新发掘的爱默生的气象下，该如何阅读梭罗？或者这一问题本身便有失公允？我承认重读梭罗的《瓦尔登湖》和一些重要的文论，确实产生与初读梭罗的诗歌之时相异的体验，但并非不同类的体验，而是不同程度。作为诗人，梭罗淹没在华兹华斯的阴影里，在这重阴影下，他的驱魔能力微弱得教人忧伤。作为散文家，从概念和修辞上说，梭罗在无法直接窜改爱默生之时，便奋力寻找

① 请参见史蒂文斯的《我们气象的诗歌》，布鲁姆在《争衡》中说及史蒂文斯的气象，“指的是我们在内心中生成的气候，以及我们写作的文本”。

规避的途径。然而在这场不息的争衡里，最终胜出的是父亲的形象，殊异于惠特曼的争衡，抑或狄金森、亨利·詹姆斯对于爱默生的微妙颠覆。重读梭罗，我或是清晰地听见爱默生的声音，或是疑心自己能够察觉史蒂文斯所说的“头脑中所掩埋的思想的嗡嗡营营”。

二

1945 年至 1965 年间，也就是当时所谓的“新批评”盛期，在梭罗的所有著作当中，只有《瓦尔登湖》未遭非难。我从来不能理解新批评何以容忍了《瓦尔登湖》，或许是由于其中些微牵强的文化爱国主义，或许是作为报复爱默生的致命手段。爱默生这位先知号召人们拥戴约翰·布朗，攘除支持《逃奴法案》的丹尼尔·韦伯斯特，他因为南方的思想观念及其在南北战争期间的行径而震怒，从而耗竭心力，过早地衰老。梭罗对约翰·布朗的狂热不逊于爱默生，同样地以启示录般的姿态反对南方，却不知为何竟逃出泰特、华伦及其同党的怒焰。也许是因为梭罗被神话般地看作美国的圣雄甘地，在丛林里从事本土艺术和手艺活，托尔斯泰式隐士。简朴，听闻
115 还很天真，这样的家伙貌似无害，不似那个狡诈邪恶的康科德圣贤拉尔夫·沃尔多·路西法，妨碍美利坚合众国获取南方和拉丁的文化。

真实的梭罗已被美化到如此地步，若要探讨这个人，我们最好先阅读里昂·埃德尔这篇明锐的文论，开篇温婉地为我们美国的纳喀索斯祛魅，写得十分可读：

关于19世纪中期活跃在马萨诸塞州康科德的大人物,我们或许可以这样说:霍桑爱人类,但自觉地与人疏离,爱默生爱思想甚过爱人类,梭罗爱自己。作为艺术家,梭罗逊于霍桑,作为思想家,逊于爱默生,但是梭罗是将人生构筑为丛林的传奇,唯一与自然密切往来的人。他是美国文学界的怪物,在我们这里,这样的怪物是鲜见的。英国人惯于容忍怪物,用以丰富他们的国民生活。美国人经常混淆民主与附和,看不惯不附和的梭罗,并且有充分的理由。他的性情极不讨喜,且爱滋事。他毫不融通。梭罗曾放火焚烧康科德森林——他的传记作家们皆轻巧地打发这桩希奇的插曲。他确是十足的“乖戾”,文学史从未充分地研究他的邻居们多么困难地迁就他的淘气。然而在其他方面,他是天才,尽管是他自道的“畸形的天才”。

霍桑的女儿有一段十分生动的描写,一个冬日午后,康科德这三位名人在河上溜冰。霍桑裹紧斗篷,“如同一尊自行往前的希腊雕像,又庄严又肃穆”,正如我们所能期许《大理石牧神》的作者原该赋有的面貌。爱默生佝着背,“显然倦乏得撑不住自己”,往前倾,“半伏在空中”。梭罗极擅长溜冰,踩着“酒神赞歌般的舞步,巴克斯式跃跳”,自个儿迷醉。各人的溜冰姿势,符合各人的性情和气质。

如同照镜子一般地,梭罗戴着自赏的面具表演——首先 116
是为感化自己。他是脆弱的纳喀索斯,化身为平常的新英格兰人。他的人生短促,1817年生于康科德,长于康科德,1862年萨姆特堡的枪声打响之后不久,殂于康科德。他是浪漫主义时代的孩儿,也曾屡屡尝试去世间冒险。他去过缅因州,去过斯

> 塔顿岛，去过科德角，还去了明尼苏达州，寻找养病的地方，但最后总绕回康科德的梭罗祖宅，回到嚣悍又哓聒的母亲跟前。如此宽阔的思想，如此高翱的心灵，通达古希腊、印度河，直抵英国与欧洲大陆最深的根源，却困在如此狭小的一方土壤，这是绝无仅有的。大都市生长的亨利·詹姆斯说："他不光是乡下的，简直是教区的。"

我们无须介意埃德尔的詹姆斯式轻慢，因为埃德尔是詹姆斯的忠实的传记作家，余下的评价倒准确得可爱。这位伟大的自然保护论者放火焚烧康科德森林；这位爱默生自助观念的典范，却在黄昏从瓦尔登潜回，向莉狄亚·爱默生要晚饭吃；沃尔特·惠特曼（梭罗极敬仰他作为人和诗人的风度）认为这人"病态地厌弃人类"——唉，这就是真实的梭罗，相对于梭罗的本体论自我。及至今日，梭罗的自我神秘化，继续迷惑着几乎所有梭罗学者，我赞同埃德尔的判断，关于梭罗的最佳评论莫过于出自爱默生、詹姆士·罗素·罗威尔、罗伯特·路易斯·史蒂文森。虽说爱默生的悼词雄劲奔放（又微妙地平稳），罗威尔备受嘲弄的随笔无比灿烂，但是史蒂文森的评论仍是无与伦比的："诚然，他和鱼儿如此亲近，于他的性情是再适宜不过的。"

罗威尔虽能理解爱默生，却缺乏想象力去纵容爱默生这个更极端的弟子，梭罗：

> 绝对的独创力这一观念——好似人们能够就此申请专利——是荒谬的。正如人不能逃避语言，人也不能逃避过去或

现在的思想。恰如无人发明词语,语言却仍借由普遍的贡献和必然性而产生,思想也是如此。在我看来,梭罗先生似乎在公开场合主张回到燧石与黑铁的时代,而他的兜里却揣着一盒火 117
柴,必要的时候也知道如何熟练地使用。独创力是消化、吸收思想的能力,以使思想成为我们的人生和资产的一部分。譬如,蒙田是最具独创力的作家之一,他虽竭尽所能四处寻找思想的灵感,但这些思想化作血液,陶染他的风格,令他的面容焕发光彩,永远迷人。在梭罗这里,大多东西仍是异物,不曾消化吸收,呈现消化不良的症状。他鼓吹自然,然而我们时或察觉,在他悻悻然的斯多葛外套下,掩藏着属于诡辩家和感伤主义者的某些东西。我绝不是暗示他有意这么做。然而一个人唯以自己的观念去度量之时,更容易制裁自己。要是梭罗多跟普通人亲近,于他会有无上的益处,可以使他看到人类共有许多美好的品质。他的人生理论的偏激弊端便在于将自己同他人的身体距离,混淆为精神疏离。倘若一个人能使自己免于他人的弱点,便已做得够好。倘若他拒绝同享他人的优点,那么这不只是孤介,更是消极的隐退。考利说:"孤独只适宜且只属于寥寥数人。他们必深谙人世,看得见世间的虚华,并且具备相当的德性,看破这虚华。"未经过审判,便裁定人世是空虚、无价值的,察知自己天性里的弱点,从而本能地逃避,并且驳斥这天生弱点的控诉,虽则除了他自己,尚无人犯下这些弱点,这诚是一种病态的自我意识。对于心智健全的人,世界是不息地迎战机遇。梭罗先生没有健全的心智,否则便不会如此热衷于开处方。他一生寻找医生。往昔的神秘主义者更智慧看待世界的

> 价值。他们要求人们严格地学习礼法，就是为了借此得到自由，从心随欲地掌控礼法。雅各为娶拉结劳作七年，得到的却是利亚。又一个七年的忠诚，最终赢得他们灵魂的真正新娘。对于这些神秘主义者来说，只有严格地学习礼法才能引领他们走向从心随欲的人生。

怪哉，罗威尔攻击爱默生的自助观念，却将矛头指向他的门生，
118 而不是导师本人。纵然如此，正如《演说家爱默生》这篇佳作所充分展现的，罗威尔被这位伟大演说家的气度慑服，他个人魅力如谜一般，几乎得到普遍称赏。罗威尔对于超验主义者的“孤独”这一驳难，倘若直接指向《社会与孤独》的作者，而不是《瓦尔登湖》的顽抗作者，也许会更中肯。罗威尔的文章虽偏颇，但因其准确，甚至因其对于梭罗的极端判断而留存。

> 我们说过，他的思域虽狭隘，但大师就是大师。他的英语得自活泼生动的源头，得自世世代代最杰出的诗人和散文家；他的文学涵养浩博、深奥；他的引述俱是最精纯的金矿石。他写下文辞无上完美的语句，澄若水晶的思想；他的隐喻和意象，皆散发新鲜的气息；他注视自然，一如侦探立在法庭上。阅读他的文章，我们似觉自然万物都在记载日志，变作其自身的蒙田。

成为自然万物的蒙田，对于任何一个人来说，理应相当了不得，而爱默生坦承，对这个突兀、棘手的弟子，他确实有过更大的期许：

诚然，他的德性时常趋向极端。他绝不通融地在所有一切当中要求切实，为这种态度推原究因是容易的；但这等苛责使得这位遁世者越发孤僻，超出他的初衷。他是正直至极，对他人也这般要求。他憎恨罪恶，世俗的成就未能略掩那些罪恶。他善于识破推诿，不论是体面富有的人，抑或是乞丐，一并加以谴责。他行事待人坦率得危险，欣赏他的人称他为“那个可怕的梭罗”，好似纵然他一言不发也似议论风发，离去之后如同依然在场。我以为这是因为他苛刻的理想作怪，令他蔽固不通，不肯与人交往。

写实主义者惯于在事物里寻找与其表象相反的一面，这使他说话前后矛盾。他的早期作品被某种抗拮的习惯丑化——后期也不曾摆脱这种修辞把戏，以截然相对的词语或思想指代通俗的词语、思想。野山与冬日的霜降，他赞颂它们驯良的气息；雪与冰，在他眼里是酷暑，说荒野相当于罗马、巴黎。 119
“干燥如斯，尽可称之为濡湿。”

这个哲学家的天性喜欢夸张当下的时刻，在眼前一个对象或一个组合里览尽自然的法则，在那些不同于他的人看来，当然是滑稽的。在他眼里，并无小大之别。池塘是小小的海洋；大西洋是大大的瓦尔登湖。他在每一个细微的事物里看见宇宙的法则。他虽想持论公正，却似乎被当下一种慢性的预设所困扰，即今日的科学伪称已完成一切，可他恰巧发现一些特识之士不曾区分某个植物品种，不曾描述其种子，或数清其萼片。我们答道：“那就是说，那些傻瓜不是生在康科德；可是

> 谁说他们是呢？他们真不幸，生在了伦敦、巴黎、罗马；不过，这些可怜的家伙，试想想，他们是尽力了，当然也实在可怜，从没见过康科德郊外的巴特曼斯池塘、九亩角、贝琪史多沼泽。况且，上天派你到世间来，不就是为了加上这些观察的？”
>
> 倘若他的天才仅是沉思的，他便是适宜这种生活的；但是他的精力这样旺盛，又有实践的能力，仿佛天生要担当大事，要叱咤风云；然而他丧失了这份稀罕的行动力，令我深感遗憾，我不得不说，他的过失在于没有大志。因为没有大抱负，他不为整个美国运筹，而是领队去采浆果。倘若剥豆子供应士兵的伙食，这也是好的，可是你若只是在剥豆子，那又有什么用处！

爱默生的讽刺，一如既往的妙绝，而言外之意完全是誉美梭罗。亨利·福特是爱默生的狂热、张扬的信徒，他为所有美国人运筹、制造。正如我们当中很多人，爱默生显然也是偏爱梭罗，而不是福特，偏爱采浆果队，而不是汽车工厂。

三

梭罗偏离爱默生之处在于将自然当作书籍，将书籍当作自然的一部分，从而规避所有文学传统，包括爱默生的著作。可惜梭罗实在不是反对派或辩证的思想家，在这一点上，他与爱默生一样，虽则
120 他具备逆反性格，而通达又圣贤的爱默生并不具备。梭罗还是精英主义者、道学先生，这又殊异于爱默生，并且始终没有学会爱默生的脱略的写作习惯：不道明出处地引述，构造朗吉诺斯式的文章。自

我意识总来干涉梭罗，却极少干涉爱默生，除非爱默生意欲要它前来。可是你若不能在引文里寻得自由，不能毫无愧疚地将他人的财富化作己用，那么你所要求的书籍与自然万物交换属性，究竟又意味着什么？《瓦尔登湖》虽有不竭的威力，却通常是拘滞的，因为其中存在一种未言明的存在，抑或可视为存在的永恒缺席。梭罗在日记里道明这个缺席的人物：

> 爱默生看待事物，不是看它们的本质效用，而是部分、相关的重要效用，大抵是看作艺术品。他的探究总是偏离事物重心。他只是有选择地夸张，而不是夸张整体。

这番话固然是无端责难，只可算作薄弱地误读爱默生。这实是将梭罗所窜改的爱默生归给爱默生，因为将万物看作书籍的是梭罗，而不是爱默生。在爱默生看来，事实是对上帝的顿悟，上帝又只是我们自己之内最古老的部分，追溯到创世堕落之前。正如不甚和蔼的卡莱尔，爱默生可算得诺斯替主义者，而反叛者梭罗仍在追随华兹华斯，在自然界寻找本体的自我连续性的证据，而自然根本提供不了这东西。

因此，凭借《瓦尔登湖》的《阅读》一章，足可指控梭罗是不真诚的，因为在此沉思中，正如在别处，爱默生——康科德的柏拉图——以缺席而在场，也许因为被压抑而更缺席：

> 我希望认识一些比康科德这片土地上出生的更要聪明的人，他们的名字在这里几乎听都没有听到过。难道我会听到柏

拉图的名字而不读他的书吗？好像柏拉图是我的同乡，而我却从没有见过他——好像是我的近邻而我却从没有听到过他说话，或听到过他的智慧的语言。可是，事实不正是这样吗？他的《对话录》包含着他不朽的见解，却躺在旁边的书架上，我还没有读过它。我们是愚昧无知、不学无术的文盲；在这方面，我
121 要说，两种文盲之间并没有什么区别，一种是完全目不识丁的市民，另一种是已经读书识字了，可是只读儿童读物和智力极低的读物。我们应该像古代的圣贤一样地美好，但首先要让我们知道他们的好处。我们真是一些小人物，在我们的智力的飞跃中，可怜我们只飞到比报章新闻稍高一些的地方。

并不是所有的书都像它们的读者一般愚笨。可能，有好些话正是针对我们的境遇而说的，如果我们真正倾听了，懂得了这些话，它们之有利于我们的生活，将胜似黎明或阳春，很可能给我们一副新的面目。多少人在读了一本书之后，开始了他生活的新纪元！一本书，能解释我们的奇迹，又能启发新的奇迹，这本书就为我们而存在了。在目前，我们的说不出来的话，也许在别处已经说出来了。那些扰乱了我们，使我们疑难、困惑的问题也曾经发生在所有聪明人心上；一个问题都没有漏掉，而且每一个聪明人都回答过它们，按照各自的能力，用各自的话和各自的生活。再说，有了智慧，我们将领会慷慨的性质。在康科德郊外，有个田庄上的寂寞的雇工，他得到过第二次的诞生，获有了特殊的宗教经验，他相信自己由于信念的关系已经进入了沉默的庄重和排斥外物的境界，他也许会觉得我们的话是不对的；但是数千年前，琐罗亚斯德，走过了同样的历程，

> 获有同样的经验；因为他是智慧的，知道这是普遍性的，就用相应的办法对待他的邻人，甚至据说还发明并创设了一个使人敬神的制度。那末，让他谦逊地和琐罗亚斯德精神沟通，并且在一切圣贤的自由影响下，跟耶稣基督精神沟通，然后，“让我们的教会”滚开吧。①

康科德这片土地出生的最智慧的人，其名字无须道明，尤其是唯有这个人能与梭罗相拮抗，较量谁是柏拉图的竭诚读者。引文的第二段实则改自《在神学院的演讲》，但添加了梭罗典型的偏取书籍权威，而不是爱默生的偏离书籍。在爱默生看来，读者或学生应当将自己看作文本，而将所有阅读过的文本仅看作单独个人的注释②，正如《社会与孤独》一书中同名随笔预言了华莱士·史蒂文斯，宣
称所有书籍只为这一个人而写。梭罗最深重的文学悲哀，也许就在 122
于只有退而求助于书籍权威——无论这文本多么深穆，抑或多么远离规范文化，才能脱离爱默生，宣告自己的独立。

《瓦尔登湖》最伟大的凯旋在于驰辩非凡的《结束语》，我们可以从中看到梭罗挣不脱的羁缚：

> 我们身体内的生命像河中的水。它可以今年涨得高，高得空前，洪水涨上枯焦的高地；甚至这样的一年也可能是多事之年，把我们所有的麝鼠都淹死。我们生活的地方不一定总是干燥的土地。我看到远远地，在内陆就有些河岸，远在科学还没

① 《瓦尔登湖》，徐迟译，上海译文出版社，2009年。

② Scholar of one candle，烛照学者，出自华莱士·史蒂文斯《秋日极光》，也可参见《屋里寂静，世间祥和》。

有记录它们的泛滥之前，就曾受过江河的冲击。大家都听到过新英格兰传说的这个故事，有一只强壮而美丽的爬虫，它从一只古老的苹果木桌子的干燥的活动桌板中爬了出来，那桌子放在一个农夫的厨房中间已经六十年了，先是在康涅狄格州，后来搬到了马萨诸塞州来，那卵还比六十年前更早几年，当苹果树还活着的时候就下在里面了，因为这是可以根据它外面的年轮判断的；好几个星期来，已经听到它在里面咬着了，它大约是受到一只钵头的热气才孵化的。听到了这样的故事之后，谁能不感到增强了复活的信心与不朽的信心呢？这卵已几世代地埋在好几层的、一圈圈围住的木头中间，放在枯燥的社会生活之中，起先在青青的有生命的白木质之间，后来这东西渐渐成了一个风干得很好的坟墓了——也许它已经咬了几年之久，使那坐在这欢宴的餐桌前的一家子听到声音惊惶失措——谁知道何等美丽的、有翅膀的生命突然从社会中最不值钱的、人家送的家具中，一下子跳了出来，终于享受了它完美的生命的夏天！

我并不是说约翰或者约纳森这些普通人可以理解所有的这一切；可是时间尽管流逝，而黎明始终不来的那个明天，它具备着这样的特性。使我们失去视觉的那种光明，对于我们是黑暗。只有我们睁开眼睛醒过来的那一天，天才亮了。天亮的日子多着呢。太阳只是一颗晨星。[①]

这里第一段呼应（大抵是无意的）爱默生最有力的随笔《论经验》开篇的重要隐喻，但是梭罗决然颠覆爱默生的主张，认为超验

① 《瓦尔登湖》，徐迟译，上海译文出版社，2009年。

冲动是不可抑制的，纵使一个人要特意开展《论经验》中的实验，即遵循实证主义的原则，直待这些原则将他抛掷到不可忍耐的、极端的怀疑主义，甚至虚无主义的陷阱。《瓦尔登湖》的结语强劲得窘急，诚可说赋有启示般的超验主义。这结语多方责难《论经验》中已是太尼采的爱默生，拒斥爱默生（以及尼采）的辩证反讽。然而《瓦尔
登湖》优美简洁的尾声仍然回到爱默生，清晰且无疑地、不自觉地 123
指向《论自然》的逸想结语。阅读《瓦尔登湖》的结语，不论读者多么专注，总能听见（或者无意间听到）爱默生式尖锐反讽。我们若想成为超人，挣脱超我，尼采规劝道“尝试把这当作清晨一般地活着”。尼采十分清楚，这是他最像爱默生的一句话。然而梭罗宏辩地呼喊：“太阳只是一颗晨星”，他在这里不是呼应而是否定爱默生的奚落——用不着点起蜡烛去看日出。也许太阳之外确实还有太阳，正如布莱克、D.H. 劳伦斯，以及其他英雄的生机论者所坚信的，但是梭罗太谨慎，或可能太新英格兰，做不了生机论者。《瓦尔登湖》的结语响起洪亮的钟鸣，传出的却是另一个人的声音，一个令梭罗
不能接受又不能释怀的人。 124

约翰·罗斯金

（1819—1900）

无数树当中的一棵树，
我眼望过的一片原野，
都在说着那已过去的，
我脚边的三色堇
也讲述一样的故事：
梦幻般的光焰去了哪里？
荣耀与梦想去了哪里？[①]

1819年2月8日，罗斯金出生于伦敦，与维多利亚女王同年诞生。他的父亲约翰·詹姆斯·罗斯金是爱丁堡破产自尽的酒商的儿子，后来与多梅克雪利酒庄合作经营致富，渴望爬出中低阶层出身，虽则追求财富之际，他只得放弃对文学艺术的爱好。罗斯金的母亲玛格丽特·考克斯是约翰·詹姆斯·罗斯金的表亲，因要他在伦敦发际，等了九年才成婚。约翰·詹姆斯·罗斯金充满活力，十分精明，而在福音派狂热信徒的妻子面前，却十分驽弱。她天性刻板，宰治独子的成长年代，显然也正是她将约翰·罗斯金教养得心灵扭曲，令他的情感生活成为一系列灾难。儿子尚未出世，玛格丽

① 华兹华斯，《颂诗：忆童年而悟不朽》，第四章。

特·罗斯金便将他献给上帝，意欲要他做牧师。自然却另有意图，甚至将罗斯金宝宝塑成审美幻想家，痴迷于形式和色彩的世界。四岁至十四岁这十年间，这个孩子每日与母亲一道阅读《圣经》，从而开启了他的语言世界。十年间反复阅读《圣经》，使得罗斯金成为 125
如弥尔顿或布莱克一样浸透了《圣经》的作家，并且为典型的罗斯金散文风格打下基础：雕琢丰腴的措辞，预言般的节奏，卓绝的情感境界。

与约翰·斯图亚特·密尔一样，罗斯金不幸被逼成少年天才。七岁便成了诗人，多半时间接受家庭教育，稀有伙伴来玩耍，母亲严苛的挚爱，父亲只会纵容、称赏，由于这一切，十三岁生日之前，罗斯金便被毁了。我要补充一句，说他被毁，我指的是断送了他作为完全个人的潜能，而不是摧毁独禀的天分，这种特有的家庭教养倒更有助于滋养他的天分。

十三岁生日，罗斯金得到的礼物是塞缪尔·罗杰斯的长诗《意大利》，钢版雕刻插图版，包括 J.M.W. 特纳的二十五幅版画。罗斯金辄被特纳虏获，从而在他的影响下成为艺术家，不过他的绘画，一如他的诗歌，最终俱是次要的，特纳的持久影响是要印证这位天才的批评天分。作为所有文学艺术和社会的批评家，罗斯金曾是且仍是欧洲文化传统里绝无仅有的人。从根本上说，这份独特性是一种独特的感性，并且不能脱离感性的历史而理解。

罗斯金看到的自然界，多半是由他的浪漫主义的思想境界所创造，这种思想境界虽造始于他的个人感性，但是他的伟大且重要的导师是华兹华斯和特纳，那个世代的诗歌和绘画的统领人物。一如之前的雪莱，罗斯金生平也无法摆脱华兹华斯伟大的《颂诗：忆童年而悟不朽》。《颂诗》和《丁登寺》的精湛思想，契合罗斯金最重要、最具决定性的人生时刻。德里克·里昂试图阐述罗斯金复杂的宗教经历之时，便是（也许不是刻意地）套用《丁登寺》：

> 终其一生，罗斯金的真正信仰是艺术家和诗人的信仰：他赖以存活的食粮，意识完全清醒的稀罕时刻，此时心灵超脱世俗，着意静憩。此时，着意压抑平常的唯我主义，情感官能涤尽人的所有欲望和哀伤，沉静、欢欣地回应外在世界的奥秘和美。

罗斯金在晚年回想儿时的性格，复认识到自己与特纳、华兹华
126 斯、雪莱声气相通，尽管他也毫不迟疑地更喜爱自己这种失败的诗
人，胜过那些成功的诗人：

> 我又要重提，就算在同类孩子当中，我也与别的孩子不同，倒不是感受的真正性质有所不同，而是感受的混合。我的小陶罐——形象地说，通常是满满的药水瓶，盛装着华兹华斯的敬畏、雪莱的感受力、特纳的准确，三合为一。在我眼里，就像在华兹华斯眼里，一片雪花也是登山宝训的一部分；但我绝不会为地黄连写一首十四行诗，因为这种植物粗糙、黄色、外形有缺陷。我和雪莱一样爱蓝天、爱蓝眼眸，但我绝不会混淆天空与我那可怜的小灵魂（Psychidion）。特纳式构图将敬畏和激情安放在本分的位置，但我不会因此自扰，祈愿雏菊能看见自己美丽的影子，我会自己尝试准确地描画那个影子。

这一番自我致敬,叫我们知道华兹华斯、雪莱何以成为诗人,而罗斯金只是成为批评家,虽是伟大的批评家。敬畏、感受力、准确,三者同为批评的神学品行,然而三者的结合也可消融创造力。作为诗人,罗斯金九岁之时胜过二十岁,虽然二十岁时他获得牛津大学纽迪盖奖。九岁时,罗斯金写出华兹华斯式好诗,可能比 1828 年的华兹华斯写得更好:

> 斯基多峰,你的山头阳光明亮,
> 可是只有一霎,就让给
> 一朵快乐的云,它在你的眉头
> 顽皮地跳耍,又在空气里飘走,
> 在你的高岗投下影子,
> 你的绿侧面一时暗下,
> 不过倒给你添了些美,因为
> 太阳又出来,影子使阳光更亮。

然而至 1839 年,罗斯金的想象力再没有耐心侍候韵文的拘束。他懂得真理,或者真理的众多分支,选择用先知的风格来传达。幸运的是,真理始终是诗人的真理,并且罗斯金自幼熟悉真理所仰赖的诗歌想象经验的源泉,并在特纳的作品中找到视觉对等物,从而
印证这一真理。 127

罗斯金的一生,自特纳的启示到不幸的婚姻,是一个自我发现的持续过程,其进展是确定的、“自然的”。同父母出国旅行,激励他细致地观察自然,研究地理学和植物学,不停笔地画速写、赋诗。即

便他对初恋阿黛勒·多梅克——他父亲的合伙人的女儿——的单相思,也不曾扰乱他的心绪,写一首伪拜伦式诗歌,便吐尽了衷肠。1837 年 1 月,他进入牛津基督学院,但是家庭的亲密关系不曾受影响,因为罗斯金太太不动声色地搬到牛津,令儿子每日傍晚回家吃下午茶,罗斯金的父亲则周末自伦敦赶来。虽有家累,罗斯金在牛津颇有成就,念本科时,便开始写作第一部著作《建筑诗学》。然而他的肺结核复发,令他不能如期完成学位,而是去国外疗养,新的境遇改变了他的事业。他回到霞慕尼谷,面对壮美的勃朗峰,心头复激荡起十五岁时初见这座山峰时生起的崇高感。罗斯金重温华兹华斯《丁登寺》的诗意想象发展,并且为他于 1842 年 8 月再作霞慕尼谷之旅打下铺垫。正如《序曲》中的任何"时间点",**那个**华兹华斯式重温时刻,孕育了《现代画家 I》。罗斯金回到英格兰,放弃接受圣职的计划,致力于根据批评家本人的诗意想象经验作艺术批评这项事业,拥护特纳的天才的浪漫主义风景画。

1854 年,罗斯金不得已再度往霞慕尼谷疗养,当时他在批评界已有声望,私生活也稳步走向毁灭。他已出版《现代画家 II》,《建筑的七盏明灯》,《威尼斯的石头》,于 1848 年与尤菲米娅·格雷成婚,他最好的传记家也捉摸不透这桩婚事的动机。他们没有圆房,1854 年这位女士逃回娘家,婚姻便也废除。她嫁给前拉斐尔派画家米莱——罗斯金的朋友、受惠人。既而流言四起,罗斯金只字不提这桩事(自传《过去》没有写及婚姻),愈加耽溺于工作,写作领域
128 逐渐自艺术批评转到社会预言。自 1854 年至 1860 年间,罗斯金是罗塞蒂、卡莱尔、勃朗宁夫妇的朋友,是大不列颠视觉艺术界绝无仅有的阐释者,是诣力卓越的散文诗人,将人类的所有关怀当作写作

对象，似是实现了他自己。1856年，《现代画家》第三、四卷出版，引得乔治·艾略特说出这样权威的评价："他酷似华兹华斯最壮美的部分。"1860年原该是罗斯金的巅峰时代，在某种意义上，也确实是，但不是在连续意义上，因为及至1860年，他处于转折关头，进入一生中伟大又悲剧的年代。

1860年，在《给那后来的》这部著作里[①]，罗斯金是披坚执锐的先知，这是他最雄劲有力的著作。他的重要人生经历引领他走出华兹华斯的寂静主义，将他带回诗意想象的《圣经》源头。人的"理论官能"，我们进入《丁登寺》所描绘的审美沉思境界的能力，如今须得以希伯来人和新教徒的教义来表达，个人的拯救不能依靠中介，而要在上帝启示的诗歌中去感受。在《给那后来的》里，罗斯金如常地驰辩，并且臻至修辞力量的巅峰。若要指出这部著作的核心段落，这段话便是：

> **只有人生才堪称财富**。人生，还有人生中所有爱、欢喜和欣赏的力量。养育无数高贵快乐的人的国度，是最富庶的。

同年出版的《现代画家Ⅴ》（即末卷）蕴涵启示录般的渴望，这渴望之后潜伏的正是这股道德力量。当年的敏锐读者大概会认为罗斯金站在创造时期的门槛上，这一时期类似在他之前的英国浪漫主义诗歌的伟大世代。罗斯金在60年代的创作固然不致令这份期许落空，尤其是《经济学释义》（1863年）、《芝麻与百合》（1865年）、

① 该书名有译为《留给这个后来者》。Unto This Last，出自《马太福音》20：14：拿你的走罢，我给那后来的和给你的一样，这是我愿意的。

《空气女王》（1869 年）这一系列著作。但是从根本上说，这个年代是绚烂的式微，随后两个年代的写作更趋颓势，直待《过去》最终展现瞬时的奇思壮采，尔后罗斯金只能沉默。

审视罗斯金自 1860 年以来的生活，便可清晰地看见颓衰的泰半缘由。那一年，罗斯金四十岁，遇见不满十岁的罗斯·拉·图切，开始二人这段拔乎寻常的爱恋。1860 年以前，在规范意义上说，罗斯金没有宗教信仰，理性上是不可知论者，尽管他的气质仍颇接近福音派信徒。十岁的罗斯则是狂热的信徒，感性已然绽露备受折磨
129 的迹象，以致落下病根（至少大半精神病因），二十五岁时要了她的性命。二人间虽有种种显然的阻碍——年龄和信仰的差距，罗斯的母亲（似无意识地自许罗斯金）的强烈反对，罗斯十七岁生日时，罗斯金向她求婚。罗斯言辞含糊，拖延一年之多，直至罗斯金的前妻给拉·图切夫人的信中透露他传闻的阳痿。继而二人间生出纠葛不已的反目，陆陆续续地修好，1874 年最终言归于好。当时罗斯的精神病情已趋严重。1875 年，罗斯去世，罗斯金也走上漫长的下坡路。他开始沉迷于唯灵论，将对罗斯的记忆比拟为但丁的碧翠丝、圣乌尔苏拉。一位仁厚的传记作家把 1870 年代末的罗斯金称为病态的道学先生，这话不无道理。及至 1878 年，罗斯金相信自己是失败者，爱情事业两相失败。由于这个苦涩的信念，罗斯金也患上精神病。自 1868 年以来，他执教牛津美术学院的斯雷德教席，但是他与惠斯勒之间的争执，以及 1877 年间的官司，迫使他辞去这个极具影响力的位置。1883 年，他重执教席，但已不能有条理地讲演，只得再次辞职。罗斯金形容此后便生活在积雨云下，整个存在淹没在梦魇的美和恐惧中，撒旦纠缠着他，从前便挡拦他的所有欲望，如今

现形为孔雀和猫来祸害他。罗斯金多半依靠华兹华斯式回归童年，将自己救拔出怖惧，撰写了《过去》。罗斯金虽仍痛恨因信称义这一观念，却也回到某种宗教信仰，在人生最后时日，他的人生观似乎更是天主教的，而不是新教的。时或颓然安宁，时或与世隔离，罗斯金度尽暮年，殁于 1900 年 1 月 20 日。

罗斯金有三大成就：艺术、社会和文学的批评，这篇文章仅谈论其中一大成就。我宽泛地理解“文学批评”一词，因为诚可说，作为批评家，罗斯金预示了我们这个时代的许多文学批评流派。罗斯金是“神话”或“原型”批评的先驱之一，倘若不说唯一先驱。或者更确切地说，他是过渡人物，接合文艺复兴式老一辈寓言批评与新一代批评，诸如诺思罗普·弗莱或 W.B. 叶芝的批评。纵使不曾占据这个独特的历史位置，罗斯金依然能够跻身 19 世纪英国屈指可数
的大文学批评家的行列，尽管他的重要性因作品被误解而黯淡。文 130
学批评史大抵给罗斯金贴上“道德”批评家这一标签，这个标签只在罗斯金的语境里才是恰当的，而绝不是“道德”的任何传统意义。在 1870 年一堂牛津讲演里，罗斯金明白指出他所谓的艺术道德的特殊含义：

> 你须得先有正确的道德境界，否则就不可能有艺术。然而一旦有了艺术，艺术的反映行动便能提升、完善它从中而来的道德境界，最重要的是艺术向具备类似道德能力的人传达这种提升。比如说，声乐艺术最朴素的完美大师——云雀。从云雀那里，你能学到什么叫作为欢乐而歌唱。你须得先有道德境界，单纯的欣喜，然后赋它以完善的表达，并且这种表达是自我完

> 美的，足以同能够享受这种欢喜的人们分享。准确与正义的主张、纯粹的情感相平衡，才有可能产生美术。你不可能画成或唱成好人；在画或唱之前，你得先是好人，色彩和声音自会完美地传出你最好的一面。

在这段话里，“正确的道德境界”与“做好人”二词包含传统的道德态度，但是罗斯金举证道德境界的例子只是云雀，“单纯的欣喜”。罗斯金的言外之意是华兹华斯和雪莱在云雀般的诗里，坚持诗人的欢欣，坚持诗歌必然记录最好的、最快乐的心灵之最好的、最快乐的时刻。罗斯金的文学理论原是华兹华斯式，从而便也酷似此后所衍生的理论，及至华莱士·史蒂文斯以其驰辩的才气，佩特式地坚执“诗人的赫然、沛然气象的道德性，便是正确感觉的道德性”。作为批评理论家，罗斯金的道德是审美沉思的道德性，一如《丁登寺》的道德性。在内容上，这种道德并不是福音派的道德，尽管其中的狂热将它烙印为错位版福音派。正如华兹华斯的诗歌，罗斯金的文学批评也有明确的道德目的，但是这个目的不曾损毁诗歌，也不曾损毁批评。若要理解罗斯金的批评，我们不但需要研究他的人生和事业，还要研究他的整个感性所体现的极端浪漫主义。文学批评鲜少传达批评家本人的文学经验，而罗斯金几乎始终传达个人
131 的文学经验，从而触及那不可传达的。罗斯金不相信想象力能够创造真理，但确实相信想象力是传达、诠释真理的主要官能。尽管作为批评家，罗斯金的判断有欠稳定（曾称赞勃朗宁夫人的《奥萝拉·莉》是最伟大的英语诗歌），但他重要的审美经验如斯强大雄浑，使他成为近乎神异的中介，从而使得审美感受力不逮于他的人

通过他而触及想象力的真理。在这方面，正如在无数其他方面，他酷似华兹华斯。说及哥特代表我们普遍的童年之时，罗斯金说所有人：

> 在追忆里，把童年看作最快乐的时光，因为那是最惊奇、最简单、想象力最活泼的日子。天才与常人的全部差距……前者多半还是孩子，睁着孩子的双眼观看，永远带着惊奇，意识不到多少知识，反而意识到无涯的无知，又有无限的力量。在他体内，不朽地泛涌叹赏、欣喜、创造力的泉水，与周遭可见、可控制的海洋相交汇。

倘若这就是创造想象力的源泉，那么可以悲剧且又实用主义地得出这样的结论：成熟的想象力必须做抵偿工作，因为艺术必定是从失落中来，在失落之后，才会有对光辉日子的回忆。华兹华斯的每一个读者都熟悉这种图式，而无人能比罗斯金说得更好。罗斯金给基督学院的导师沃尔特·布朗的信中（1847 年 9 月 28 日）说起他的主要人生经验，便是直接借用《颂诗》的文辞：

> 曾有一些时日，眼望陡峭的山冈，掩蔽在松树下，衬映蓝天，我心头会涌起无法言喻的情绪，倘若我想要表达这其中的真理和强烈，必得求助于渺远、虚妄、梦幻的形象。现在我能冷眼看待这样的山冈，切实地观察。我看到坡度是 20 度或 25 度，我知道松树其实是云杉，属于这种或那种植物群系；土壤是
> 这样的或那样的；天气是晴朗的，天空是蓝色的。所有这一切， 132

我能够一下子用无数词语表达，而这一切也正是眼睛必然看见的。但这一切不是全部真理：那里还有其他可看的东西，至于那些东西，我只能在特定的心境下才能看到，也不能指给旁人看，只能把旁人也放到那种心境里去看，我的写作追求，倒不是细致地描述眼前的景致，而是借助不论哪种方式，使听众的心灵生起同我的心灵一样的激情。

作为所有艺术种类、社会和自然的批评家，罗斯金的行动是实现“写作追求”的探索。他之所以成为悲剧批评家（倘若能容许如此古怪的说法），是因为他抱持后华兹华斯、后特纳的现实感。沃尔特·布朗回信建议用华兹华斯的方式弥补所失落的对于自然的鸿蒙欣喜，罗斯金的回信（1847年11月27日）堪当《颂诗》的后记：

> 您说，我失去曾在自然界能够感受的欣喜，我就愈能走进与他人的群体友情。是的，可我觉得这种友情是盲目的。大概在黑暗里，我倒更能紧握别人的手，可那有什么用？去不了任何地方，只能领他们踩进阴沟。确实，缺乏这些想象和印象，世界便只是一幢膳宿房子。我写作之际，身旁的大海是咸水，并且只是咸水。而它曾是我的朋友、同伴、主人、老师。这是对**真理**的增益还是撤销？我之前也没有忘记或忽略它是咸水。要是愿意的话，我可以这样去思索。而我看它、感觉它不只是咸水，这是拥有更高的真理，并且不妨碍我对物理事实的理解。

失落感萦绕着罗斯金的批评，直至最终在后期作品——自《现代画家V》(1860年)到《过去》(1885年至1889年)——演变为启示录般的想望。肯尼思·克拉克十分中肯地评述,罗斯金是天生的印象主义者,我们还可以附添一句,启示录般的印象主义者是无比古怪的。我们很难想象倘若《启示录》是普鲁斯特撰写的,那会是怎样一部书,而先知罗斯金给予我们的正是这样的作品。就专注于表象,将表象看作终极现实这一点来说,罗斯金始终忠实于华兹华斯和特纳。然而,即便在诗歌的崇高模式里,华兹华斯懂得如何避开启示录的成分,特纳跟济慈一样,认为只要有大地和太阳就足 133
够。若说罗斯金于1860年的遽变具有核心的意味,那便是他从描述转向预言之时,却拒不捐弃外在世界或艺术——经年来他已学会精确地审视此二者。相反地,罗斯金对自然和艺术提出更多要求,甚至超过从前,他的审美感受力势必遭受的失落从而变得更可怕。倘若华兹华斯在1805年的危机时刻——《皮尔堡》是这个危机时刻的翻案诗——容许自己保留人和自然之间的爱的辩证关系,一切照旧,那么他也会成为积雨云下的罗斯金。

这是罗斯金作为批评家所赋有的可怕的艺术感伤力,再无人能够在想象力经验之内如此强烈地描写失落。回想儿时看过的景象,罗斯金说:“在我眼里,积雪下的阿尔卑斯山,山中人的人性,赋有同样的美。为他们,也为我自己,我只想要这些岩石,而不要任何天上的宝座,只想要这些云,而不要天上的任何圣灵。”这种原始的人文主义从未离开罗斯金,而它最终遗弃年迈的华兹华斯。这完全是因为罗斯金更纯粹的华兹华斯主义才得以存留的。一如诗人约翰·克莱尔,作为诗意幻想家,罗斯金胜过华兹华斯,总能看到这位更出色的诗人只能偶然瞥见的东西:

> 我最喜不受察觉地观察，要是能隐形，就再好不过。我对人和他们的行事方式很有兴趣，不亚于我对土拨鼠、小羚羊、山雀、鳟鱼的兴趣。倘若它们立着不动，不钻进洞里、跑上山坡，让我尽情地看看它们，那会有多好！活生生的世间栖息地，吃草的、筑巢的，空气、岩石、水的灵性，置身其间，为它欣喜、惊叹，我多么乐意再帮它一下，要是它不再需要我的帮助，我就更欢喜。我现在能做些有用的事，学会些有用的知识，完完全全来自我对自然的深爱。

如果我们将罗斯金这些思想称作自然或自我的神话观念，那么这一归类需要限定，因为罗斯金不认为他对这两者的看法是他自己的创造力的产物。华兹华斯与后来的大多浪漫主义者，寻找过去与将来的自我之间的连续性，不惜以当前时刻为代价。在活生生的时
134 刻直面自然，确实令华兹华斯哑然，而罗斯金，一如布莱克，歌颂血脉的搏动、理解的灵光——诗歌便在其间产生。罗斯金又如同布莱克，强调**观看**，认为观看是想象力独有的标志。与华兹华斯不同，对罗斯金来说，最深刻的诗歌意象是自然的有限表象、艺术的毫末细节。在诗歌里，华兹华斯最推崇"销铄了事物、泯没了界限的辞句"。就艺术或自然而言，罗斯金却从未闭眼不看结实和肯定的轮廓、最微妙的细节。与华兹华斯不同，罗斯金不会为追求连续性而牺牲自然风景或当前时刻。罗斯金自然十分清楚，华兹华斯作出这般牺牲，得到的酬报是巨大的，因为再没有哪个诗人令人们在当下重新发现过去，令人们重新发现自然。罗斯金是卓越的心理学家，尽管多半

是不自觉的，并且也不相信借助研究心理残象能够治疗个人的意识。然而他想要相信，频频以华兹华斯的笔调写作，并且正是倚仗华兹华斯的榜样，借助于历叙想象力的衍变过程，罗斯金才达到自传的最终思想境界与支离破碎的最后清醒时刻。若说罗斯金成为浪漫主义耸立的废墟之一，甚或其牺牲品之一，那么他也成为其中一位独有的大师，足有权利宣称“人类灵魂在世间所能做的最伟大的事，就是去看，然后用简单的话说出看到的。在能开口说话的数百人当中，至多只有一个会思考的人，而在数千能思考的人当中，至多只有一个会观看的人。清晰地观看，实是诗歌、预言、信仰合而为一”。然而对于罗斯金来说，清晰地观看最终没有带来救赎，只给他疯狂般的失落感，自我与自然的双重失落。

罗斯金从未放弃主张所有艺术——包括文学——都是崇拜，但是这一主张并没有使他成为“宗教的”或“道德的”文学批评家。表面看来，他的宗教信仰从福音派新教转到不可知论的自然主义，最后私底信奉原始天主教教义。罗斯金所实践的始终是华兹华斯式“自然虔诚”，审美与精神的经验在其中是浑融不可区分的。钦定版《圣经》深刻地影响罗斯金的文学趣味，超过其他任何著作，因此他自始便将诗歌表现与虔诚的价值相联系。在这一点上，他支持伟大的浪漫主义者，其想象力理论皆是移位的、偏激的新教理论，阐发在上帝面前的灵魂之赤裸。

罗斯金的想象力理论显然得自柯勒律治，有种主张认为罗斯
金仅为这位导师的理论添加不必要的实体。然而罗斯金确实为柯 135
勒律治的理论增添想象力的自主能力这份自信，而柯勒律治本人不曾拥有这样的自信。被传统的道德和体制化的宗教观念所扭曲的

实则是柯勒律治的批评理论，而不是罗斯金的。罗斯金不可能写下“它愉悦神意，理应以诗歌的**形式**为我们揭示宗教的神圣真理”（笔者标的着重字体），或者“不虔诚的诗人是发了疯的——取此词的本意，不虔诚的诗人是不可理喻的”。因为罗斯金不像柯勒律治这般疑惑，进而能够容许自己在柯勒律治的范畴上加以发挥，在这些范畴里，他认为没有必要令想象力徇从更高或更强力的官能。若说这些阐述不曾发挥影响，其本身却仍是有意味的，并且指出倘若不似罗斯金这般用宗教束缚自己，略为放纵的浪漫主义仍可在何处挖掘素材，用以写作诗歌。

根本上说，罗斯金钟爱两类诗人，一是历陈人类自创世到世界末日整个命运的诗人，诸如但丁、斯宾塞、弥尔顿、华兹华斯；一是他年轻时代赏爱的诗人，诸如司各特、拜伦。作为批评家，罗斯金的伟大力量在于第一类诗人，因他倾向于袒护儿时的挚爱。不过，若是出自罗斯金这般驰骋的激情与绝妙的眼力，那么批评中也是有袒护的高贵位置。

今人将罗斯金看作重要的批评创新者，主要在于他所审察的文学结构的更大的轮廓。因他深谙《圣经》和古典的象征学，以及这种象征学的传人但丁、斯宾塞、弥尔顿，罗斯金从而发展了一种赅备的文学理论。他从未完全地阐述这个理论，而是在批评里一以贯之。这个理论的一大前提是所有伟大诗歌都是寓意的；并且诗歌的寓意是普遍人的本源神话，他从天堂堕落，寻求能令他重返天堂的启示。在 1860 年代，在《空气女王》和《芝麻与百合》这两部著作里，罗斯金便以最显明的方式展露这一神话。

罗斯金虽在晚年才沉迷于这个神话，但是这种意识始终贯穿他的批评，这是因为他自始便依靠在自然中体验华兹华斯式宗教情绪。年高的罗斯金将华兹华斯的连续性原理、人与自然之间的爱的辩证关系，普及到儿时阅读《创世记》至《启示录》一路所遭遇的具有普遍意义的《圣经》形象。《现代画家Ⅴ》、《经济学释义》、《芝麻与百合》、《空气女王》里的象征，大多出自《圣经》，即便在《空气女 136
王》这部烦琐的神话化著作中，罗斯金稽考雅典娜的众多化身，也是沿用《圣经》的象征。伊甸园、蛇或龙、未堕落的少女——替代母亲夏娃并成为救赎的至上希望，这些都是罗斯金的神话制造的主角。这种神话制造极易被精神分析的简化所利用，而这正是罗斯金在今日所遭遇的。在《空气女王》里，这一幻想杂糅了非凡的骋游，涉足植物学、政治经济学、原始的民间传说，这部著作从而要求读者具备相当丰沛的学识，而罗斯金的学者多半力有不逮。

《空气女王》的一个特征是类似伊丽莎白时代的神话学，诸如亨利·雷诺兹的《神话诗法》，不过布莱克的诗歌和散文中还有更接近的例子。一如罗斯金，布莱克两相比照古典和《圣经》的神话与自己想象的故事，而他的想象故事蓄意窜改弥尔顿所描绘的堕落与救赎。与布莱克不同的是，罗斯金似没有虚构“巨人”或泰坦般的人物，但他在虚构、探究存在的状态之时，采用类似布莱克的方式，尽管他不似布莱克冠之以范畴的名称。罗斯金的雅典娜最终是他制造的女神，这个女神从而成为维多利亚时代的一大神话制造。

罗斯金的早期文学批评更倾向华兹华斯，主要关注风景问题，同样地，他的后期批评关注救赎的象征人物。《现代画家Ⅲ》（1856年）蕴含罗斯金进入神话阶段之前作为文学批评家的主要成就，但是这一成就总是被误解，而这种误解多半源自误解罗斯金的著名理论——感情误置。感情误置理论是从浪漫主义内部批评浪漫主义，以求挽回浪漫主义将自然人性化这一运动因为自我的过度放任而走向毁灭。在浪漫主义传统里，罗斯金最早认识到必须为华兹华斯主义偿付高昂的精神代价，即用人类的失落换取《丁登寺》所称颂的“丰盛的弥补”。

用时下流行的话来说，罗斯金是自然现象主义者，甚至远超过大多艺术家和批评家。或者简单地说，事物向罗斯金述说，而他一生“为我们描述事物的平常、适宜、真实的表象”。罗斯金知道，作为一个人，作为一个艺术家，他所亏欠、所相契的是他所谓的二等诗人，“反省或觉知”一族（华兹华斯、济慈、丁尼生），而不是一等诗人，
137 “创造”一族（莎士比亚、荷马、但丁）。罗斯金阐发感情误置，用以描述二等诗人的特征，其本旨不是诋毁华兹华斯的诗歌，而是指出其中关键的局限性，他深知自己也不能避开这局限性。

华兹华斯及其追随者认为心灵状态“使我们以为我们对外部事物的印象是虚假的”。最明达的罗斯金文学批评研究者鲍尔认为感情误置理论有乖于罗斯金的想象力理论，这也许有些道理，不过倘若确有乖违，那也只是表面的。罗斯金深知浪漫主义诗歌及其想象力理论立足于感情误置理论：赋予对象世界以生命。相信在我们之内与之外只有一种生命，便是愈合启蒙时代将意识分歧为心灵与外物的宇宙，而罗斯金这个直观的现象主义者深懂且憎恶为这一愈合所偿付的代价。对于华兹华斯及其追随者——包括罗斯金，神话的连续性源自同化人类的感觉—经验。而这种同化只能源自简化。精神科专家范丹伯在其迷人的著作《变化：历史心理学的原理》

（*Metabletica*）[1] 中将这种简化追溯到笛卡尔。笛卡尔将对象看作局部的空间、广延。华兹华斯有志于突破所有二元论——包括笛卡尔主义——寻找出路，然而讽刺的是，华兹华斯及其流派不经意间蹈袭笛卡尔，把当前简化为繁琐的过去，把将来仅看作过去的结果。罗斯金的感情误置理论言近旨远地抗议19世纪的同化，尤其是风景的同化。也许这只是我这个酸丁的刻薄话，不过在我看来，华兹华斯确实看不见眼前的风景，只能看见他所想象的风景。

罗斯金正是反对疏离事物，反对浪漫主义倾向于简化的习惯，尔后把这种简化推崇为牵强的人性化狂喜。范丹伯沉痛地说，人与外在世界的联系日渐不受重视之时，浪漫主义的内在自我便成为不可缺少的。罗斯金将浪漫主义的神话制造视为感情误置理论而加以捐弃，也展显了对华兹华斯的自我意识的类似怀疑，然而罗斯金晚年搁下这些怀疑，成为维多利亚时代浪漫主义的主要神话制造大师。罗斯金的美学悲剧在于诸如《芝麻与百合》和《空气女王》这样的著作实是硕大的感情误置，不过这些著作所融汇的壮美与废墟反而令它们更能代表后浪漫主义艺术及其困境。罗斯金大概是浪漫主义所孕育的最主要、最原创的批评家，也是浪漫主义最值称颂的一大化身。 138

① 英文译作*The Changing Nature of Man: Introduction to Historical Psychology*。

沃尔特·佩特
（1839—1894）

这支歌或这幅画，生活或书中这个妙人，于我是什么？究竟对我起着怎样的作用？给我欢喜？若是如此，什么样的欢喜？我的天性如何因它的出现、因它的影响而改变？

——佩特，《文艺复兴》前言

诗的意义岂能不随表象的改变而变化？或者说，诗的意义岂能不随我们认识到平常的人生经验便是独特的经验而改变，我们认识到原以为在另一时刻、另一地方的更高、更幽独的审美经验，实则是平常的人生经验。

——史蒂文斯，《二三个思想》

审美批判

在19世纪，如佩特这般出色的批评家是常见的——柯勒律治、兰姆、哈兹里特、德·昆西，以及居首的罗斯金——在20世纪却是鲜见的。这类批评家难以界定，但皆具备同一种突兀的特质。他的重要性既不是精湛地诠释文本的意义，也不是准确地判断作品和作家的好坏。他以独有的感性，为我们展现艺术的思想境界，并且他的文章模糊批评与创作之间所谓的区别。我说“所谓的”,是因为又有谁能就这种区别摆出教人信服的道理?借用雪莱关于诗歌与宇宙之间的关系的思想,我们可以说,由于重复阅读一首诗歌,心灵疲 139
于重复的印象,从而抹杀了这首诗,而批评令诗歌焕然一新。罗斯金或佩特的批评所欲重现的不是一件具体的艺术品,而是重现心明眼亮的读者或观者的适当意识。这不是说这些伟大的批评家是感受谬误的典范,或者倾向形式主义的文学史家就此可以正当地称罗斯金和佩特为印象主义批评家。奥斯卡·王尔德出色地鄙薄这两位前贤,称他们的著作为“仅将艺术作品当作新创作的出发点”。马修·阿诺德断言“批评的目的是从对象中看见其原貌”。数年之后,佩特间接地托附于罗斯金以反驳阿诺德,狡黠地附加道:“若想在对象中看见其原貌,首先要知道我们的印象的原貌,然后进行甄别,进行认识。”王尔德试图完善他的导师,略作改笔,翕变为芊丽的主张:“批评家的首要目的是从对象中看见不是其原貌的东西。”在阿诺德的自欺与王尔德的巧智之间产生佩特,犹豫迟疑地强调一种殊怪的诗意思想境界,认为所有审美经验便在其中。

佩特创辟了“审美”一词在当代的特有用法。佩特在《文艺复兴》前言谈及“审美批评家”,《论鉴赏》将莫里斯和罗塞蒂的作品称作“审美诗歌”,将此词从哲学的束缚中解放出来。在这里,佩特复遭奔放的弟子王尔德的庸俗化,还有吉尔伯特和沙利文用喜剧《佩辛丝》里的班索姆嘲弄王尔德,马洛克用小说《新共和》里的罗斯先生嘲弄佩特本人。佩特只得忍受“审美家”这一贬抑的称谓,我们也依旧忍受。佩特想要我们始终记着一个被忽略的事实,即“aesthete”源自古希腊词 aisthetes,“在感受的人”。那么“审美的批评家”只是指在感受的批评家，或者真正的文学批评家，“审美诗歌”正是当代最有感受力的诗歌，即被认为最真实的诗歌。

作为批评家，佩特的关键词是“感受”和“感觉”，后者回应前者。一如布莱克，在佩特这里，“诗意想象”便是柯勒律治或华兹华斯的“想象力”，佩特更进一步仿效布莱克，求索现象的“精神形式”，以拮抗“物质形式”。根据《文艺复兴》直可惊天地的宏大结语，这样的“形式”“时时刻刻……在眼前在手里完美起来”。在《论鉴赏》绝妙的《补遗》（即《论浪漫主义》），佩特追溯形式的始初：

140 ……有人天生是浪漫主义者，从本真的、未曾尝试的、仍然浑融的东西入手，栩栩然，他们生动地孕育，坚持把它看成作品的真髓。正是凭借理解力的生动和灼热，他们迟早会涤尽所有非天然适合它的东西，直待整个效果得以呈现清晰、有序、对称的形式，这个形式辄成为经典的形式。

生动与**灼热**涤尽浪漫主义思想中所有非形式的东西，审美家或敏锐的人若具备坚持净化的强韧心力，所得的奖赏便是形式。“到头来，审美被无力的观察者彻底摧毁，因为他自己先被摧毁，对审美不再有任何感觉。”这句沉重的话语出自华莱士·史蒂文斯，佩特的唯美主义（不情不愿的）继承人。关于这位审美家的挫败，更准确的判断出自另一位同样伟大、更有意识、更心甘情愿的继承人，认为佩特的影响力导致他这一世代的诗人企图“走过绷紧在宁静天际的绳索”，从而注定要失败。然而叶芝仍是走到了 90 年代的另一端，并且在《在月亮友善的寂静中》和《幻象》中将佩特鲜活地带到

20 世纪。关于佩特的形式的诗意想象,叶芝在《幻象》的第十五宿发挥得淋漓尽致:“现在沉思和欲望结合为一,栖居在这样一个世界:在这个世界,每一个被爱的形象都赋有具体的形式,每一个具体的形式都被爱着。”但是对佩特来说,这个获得的形式要求净化,要求一种 askesis(下面再仔细道来),他犹疑着不肯认同叶芝式浪漫主义盛期的绝对。

若要理解佩特,理解被他所影响的史蒂文斯和叶芝,还有乔伊斯、艾略特、庞德,以及 20 世纪的众多作家,须得将佩特放置在其俄狄浦斯背景,放置在其时代的文化境况。我阅读佩特之时感到万分乐趣,但是佩特的重要性远胜过趣味,并且最终在比重上远胜过其可观的文学成就。佩特所承袭的传统,待到他这一世代已太昌盛,不能再有扩展或演变。他便窜改传统,将维多利亚时代所延续的浪漫主义盛期转变为浪漫主义后期,抑或“颓废主义运动”,这一时期的延展具有种种名号:现代主义、后浪漫主义,或者自欺地称作“反浪漫主义”,这正是庞德《漩涡》的艺术成就。佩特虽殊异于维多利亚时代的伟大的散文先知,也许还不甚相当,但他做到了卡莱尔、罗斯金、纽曼、阿诺德做不到的——开创未来。佩特原是愁苦、极内敛的人,连自己的心气都能放弃,但他是 19 世纪后期对于 20 世纪 141
最广泛的(虽也日渐消隐)文学影响。在这影响扩散的过程中,尤其在美国,佩特的影响力酷似尼采和爱默生的思想的影响力,这样的情况不会令人讶然,但也极少有学者去研究缘由。叶芝所宣告的“人类的世俗完善”,抑或庞德、史蒂文斯所主张的诗人是水晶人的意象,俱是将佩特与尼采、爱默生的思想相结合(佩特似乎无视此二人)。“只要再往前一步,”尼采敦促道,“以神恩爱你自己,你便不再需要神，你便能自己上演堕落和拯救这一整出戏。”唯信仰论者爱默生建议“在至高时刻，我们自己便是异象”。佩特的第一篇随笔《透明》于 1864 年在牛津一个文学圈朗读，在文章中，他将艺术家看作无上完善的透明或水晶形象，阿波罗式英雄。在现代诗歌里，我们频频听见这些思想倾向的杂糅，及至今日，当世诗人竭尽超凡努力，以求维系如此崇高的诗意境界，在其间，他们时或自我陶醉，时或自我弃绝。佩特虽是狄俄尼索斯式理论家，但他规避尼采英勇的生机论、爱默生半神圣的自助理论，不肯把自己看作先知或雄辩家。正如任何一位禀赋感性的前人，佩特对艺术的巴洛克式沉思带有僧侣的克制，显明地解释了众多现代大诗人何以具有这般摧毁力量。

优先时刻

佩特的文本造始于他唯一的前辈——罗斯金。罗斯金的影响通贯佩特的著作，频频以否定形式出现。佩特在《论风格》中说，在现代世界，文学散文取代诗歌的大半地位，从而必然地（我认为是有意识地）预设后启蒙时代诗歌的典型弊端，年轻诗人对于深受前人影响的焦虑，在从真实世界转移到想象世界之际，前人的优先性已然成为威吓的精神权威。在佩特看来，罗斯金是 19 世纪主要的“审美批评家”，姑且撇开他彪悍地将一切道德化的骛外癖好。佩特的风格多半得自斯温伯恩，但是对于诗人或文学随笔作家来说，要紧的债务不是风格，而是姿态。斯温伯恩下面这段话，语调如佩特，但终究不能唬着他：

> 所有善与恶的神话，所有生与死的惊奇，躺在他们的手中
> 或脚下。他们知道事物的究竟，并殊为不悦。世间致命的劳作，
> 张开大嘴、吞噬一切的坟墓，叫嚣着、露出饿相，过眼人生的所 142
> 有恐惧和热望，确实向他们降服，被他们踩在足底，然而纵使万物向一二人揭开秘密的源泉，敞露整条水道，却并不因此削弱其固有的悲哀和陌生感，恶与善逆流，悲痛与欢喜更迭，生与死难解难分，变迁势不可免，命运不可逾越。

斯温伯恩说的是米开朗基罗、埃斯库罗斯、莎士比亚，这些崇高美的大师的驾御力不能削弱“悲哀和陌生感”。佩特仿效这一笔调（塞西尔·朗揣度斯温伯恩摹拟戈蒂埃的散文风格，戈蒂埃确也影响了佩特早年），但这其中的姿态，乍看颇似佩特，实则与这位伊壁鸠鲁派的逸想家相去甚远。斯温伯恩所思考的是知识与无力，而佩特只关心感受，只想再看到米开朗基罗、埃斯库罗斯、莎士比亚**曾经看见的东西**。对于深受希腊文化熏陶的佩特来说，罗斯金的《圣经》风格算不得是负担，但是罗斯金的批评姿态，对于这位弟子来说，起初是一种救拔，却终成负担。下面这段话是佩特的福音书，而这是罗斯金的宣言：“……人类灵魂在世间所能做的最伟大的事，就是去看，然后用简单的话说出所看到的。在能开口说话的数百人当中，至多只有一个会思考的，而在数千能思考的人当中，至多只有一个会观看的。看得明白，实是诗歌、预言、信仰合而为一。”佩特不关心用简单的话说出看到的，然而这种对于观看的颂扬令他激荡。

作为观看的先知，罗斯金虽强大得殊绝，但是一如佩特所深知

的，强调观看是罗斯金的时代所共有的精神。英国浪漫主义后期的观看理论的主要渊源是华兹华斯，华兹华斯虽畏惧双眼的独裁，传给门生的却不是对于视觉的畏惧，也不是（及至更晚）其壮美的诗意想象，而是以新的方式遭遇可见自然而重新发现自然的纲领。卡莱尔是华兹华斯与罗斯金之间的必要纽带，将诗人的英雄气概等同于“观看之眼”。只是有一个难题，在华兹华斯与柯勒律治之间便已显露，在罗斯金的诗意想象理论中得到更充分的发展。《现代画家Ⅲ》（1856年）做出了区分：“事物向我们呈现的平常、固有、真实的表象，我们受情感或奇想的影响之时看见的非凡、虚假的表象，这两者之间是有区别的。我要说的是，虚假的表象只是我们赋予对象的，因为它完全无涉于对象的任何实在的力量或特征。”这种赋予对象世界以生命的做法，罗斯金称作“感情误置”，并且判断为“我们对
143 于外界事物的虚假印象”。罗斯金宣称，诗人中最伟大一族，“创造”一族（莎士比亚、荷马、但丁）不会落入感情误置，而在“反省或感受”一族（华兹华斯、济慈、丁尼生），这是通病。罗斯金是十足的华兹华斯主义者，并无意诋毁反省一族（或浪漫主义）同人，而是指点其中必然的局限性。正如之后的佩特，罗斯金的人生和写作俱被华兹华斯的《颂诗》所萦绕，此诗将这两位批评家的孤哀无靠、与儿时所赋有（或相信自己赋有）的想象力相疏离的可怕感觉客观化。佩特和罗斯金皆以华兹华斯式诗人起家，继而转写文学散文，多半源自华兹华斯在二人身上所引发的影响的焦虑。

罗斯金的感情误置理论，拮抗华兹华斯的弥补想象理论所牵连的人类失落。罗斯金的批评从而预示华莱士·史蒂文斯的冬日景象，从《雪人》到《一个特例的过程》。史蒂文斯简化为最初理念

之时，便是回到“事物向我们呈现的平常、固有、真实的表象”，随后却发现人生若只有这些表象，实是抹灭心性。罗斯金晚年也发觉这一点，并且展现在《芝麻与百合》这部烦琐的神话化著作以及相关著作，以及终结一生工作的华兹华斯式自传《过去》。华兹华斯称作“时间点”的东西，便是印证心灵的力量凌驾于双眼的独具荣耀或优先时刻，罗斯金早年将这些视为感情误置的可疑胜利而加以捐弃。佩特颠覆罗斯金，回到他们共同的前辈华兹华斯，诚可说他的批评基础是视觉的优先时刻，或者用乔伊斯的斯蒂芬·代达罗斯（又一佩特追随者）的话来说，是“顿悟”（epiphany）。

我们已不太相信“顿悟”，然而诗人普遍地将它当作起点，借助它将自己的真实体验写成诗歌，或者至少从中认识到自己无力写作诗歌，从而接受局限性：

> 也许有天生卓越的时候，
>
> 也许有觉醒的时刻，
> 极端、偶然、私人的时刻，在其间
>
> 我们无比清醒……

正如在《最高虚构笔记》里，史蒂文斯的好时刻倒退得更远，甚至退过佩特所提出的作为优先时刻的修正版华兹华斯主义，或者被
擢升为感受胜利的感情误置。因为罗斯金的“感受”诗人是佩特的 144
“审美”诗人，他们不是二等诗人，而是死亡宇宙——我们如今栖息

的浪漫主义世界——唯一可能的诗人。乔伊斯的斯蒂芬将顿悟看作“最纤细无常的时刻”，实是重拾佩特的“唯从那一时刻”焕发的艰难狂喜。从霍普金斯到艾略特再到奥登的新正统派，徒然欲将佩特的“时刻”复归入宗教领域，却只给予我们艾略特坚称他的诗歌不会有的东西，诸如“强烈的时刻 / 隔绝，没有以前与以后”，《四个四重奏》，甚至《荒原》的真正艺术成就便在于此。佩特仍是顿悟的最忠实记载者，对它们的要求极少，正如《文艺复兴》中论述诗人约阿希姆·杜·贝莱这篇文章：

> 猝然一道光亮，改换琐屑事物的面貌，风向标、风车、连枷，谷仓门板上的灰尘，一霎间，事物消失，因它是纯粹的效果，但留下余味——如此意外或许会重现的热望。

“他曾研究怀旧”，正如他的追随者史蒂文斯所展现的有局限的思想境界，佩特不相信我们能够借由快乐的意外而得灵感，便赋有创造力。但他提出真正净化的方案，远超过浪漫主义盛期胆敢尝试的：

> ……绘画和诗歌……选择、描绘特殊的情境，令这种情境得以提升或美化——尽管其自身并没有诗意的美。描绘这一情境，在寒冷空虚的气氛里，原本苍白无力的光，在画面聚焦、燃烧。

这段话摘自佩特早年撰写的《论温克尔曼》，在此顿悟初露头

角。在《马利乌斯——一个享乐主义者》最重要一章《作为视觉的意志》,顿悟显出精义:

> 马利乌斯在客店歇息之时,有些马具坏了,不能按时上路。他在橄榄园坐下,周遭的一切,他的内心,沉入遐想……一只鸟飞来,落在篱笆架的野蔷薇上鸣叫;捕食的动物潜得更近;饲养这只动物的小孩安静地看着;环境与时间一道谋划,他 145
> 原以为这些只是不关己身的旁人,然而在眼前变作万物均有生动、亲密的灵魂的征兆……
>
> 在这一稀奇的、优先的时刻,他的躯体——好似他才认识到他所有的能力——如此完全地为他所宰治,哦!实则正是他自己,是被外在的、深渺的物质力量系统所决定……并且理智岂不也是如此,虽说更亲如他自己的,如这躯体,只是一个时刻、一次冲动或者一系列冲动,单个过程……?想到这些时刻是短暂的,这些念头多么频繁地糟蹋他从这些时刻得到的最自然的乐趣……至少在今日,在这优先时刻的稀奇的清澈之中,他似乎领悟……一个亘古之地……
>
> 他——他的感觉和思想——再不曾如那天一般强烈,然而因为那份体验,他比以往更富庶……他清晰地理解他的道德或理智的需要,他的灵魂对于能力的索求——不论那些是什么能力,至少这些能力令他成为眼前这样一个人……

在这一段话里,佩特的思想袒露无遗。华兹华斯嗟悼失去的韶光,终究还是因为这份荣光堪比真实的不朽感。他称颂"时间点",

并不是因为它们恢复拯救感，而是期待它们能够印证他的精神力量超越衰亡的现象世界，并且谦卑地暗示一些不朽的模式。罗斯金变得软弱之前（他自己的话），坚执像荷马一样凝视汪洋大海的力量，眼里绝无连续性的象征符号，只有纯粹的物理自然：“黑暗或清澈，波涛汹涌或泛紫的泡沫，始终是冰冷的咸水，再无别的。”佩特在华兹华斯与罗斯金这两种自然的视野之间做出妥协，这个存疑又温存的妥协便是他的马利乌斯。“稀奇的、优先的”，或者用史蒂文斯的话来说“极端、偶然、私人”，罗斯金的“纯粹的物理自然”蕴含对幻想的驯化，它非但接合过去与现在，而且将过去仅是趋向崇高的潜能承接为未来的可能性。佩特知道，自我只是简化为“感觉和思想”（《马利乌斯——一个享乐主义者》的副标题），知道它的期望短暂，
146 甚至更强烈地知道它不可能加入不朽的灵魂，但仍相信凭它自身的操守能够融入外在力量体系。佩特的殊怪成就在于将华兹华斯揉进卢克莱修，调配出一种掺杂修正唯物主义的理想自然主义。佩特去除顿悟的理想化，使未来的时代可以利用它。在那个时代，心灵既不知有自身，也不知有对象，只知两者之间骇人的深渊。

历史主义：文艺复兴与浪漫主义

佩特自 1858 年开始阅读罗斯金，当时十九岁，八年后，写下第一篇重要的文章《论温克尔曼》。自此及至身后发表的著作中，佩特对这位前人虽始终抱持窜改的姿态，却终生忍受被罗斯金影响的苦楚。佩特衍化出一种片面、迟疑、迂回的修辞，替代罗斯金的完全、预言，甚至威迫的修辞，只是因此生成的风格仍如他前人的一般繁

复。佩特深掩罗斯金的较然影响，仅在一封信中提及罗斯金，声言在英国人当中，他比罗斯金早两年发现波提切利[迟至1883年，罗斯金仍（错误地）否认这一点]。佩特的著作和文章从未提起罗斯金，然而罗斯金的影响无处不在，尤其在《文艺复兴》（1873年）最昭然，因为佩特这首部著作旨在回应《威尼斯的石头》（1851年，1853年）和五卷本《现代画家》（1843至1860年）。罗斯金嗟叹文艺复兴（并将文艺复兴归置在14至16世纪的意大利），称颂中世纪盛期，佩特蹈袭英国浪漫主义主流，颂扬文艺复兴（并且将文艺复兴的源头归置在12世纪的法国，从而预示了日后的研究）。不过在这部著作抑或别处，佩特针对罗斯金的论战俱是隐匿的。佩特的一位朋友曾说，提起罗斯金的感受力量时，佩特怫然作色："我就不信罗斯金在圣马可大教堂看到的比我多。"1885年，罗斯金辞去牛津美术学院斯莱德教席，佩特自荐接任，校方聘任的却是赫伯特·冯·赫尔科默，而不是臭名四溢的《文艺复兴》的作者，佩特的怨恨从而更是盛极。佩特与罗斯金的最大分歧在于以更阴沉的、享乐主义的人文主义反对他的审美前辈毫不掩饰的道德人文主义。

佩特对于文艺复兴的想象，以叶芝所谓的存在统一为中心。在1860年代，佩特用《诗篇》的题词，暗示审美的人得以从英国基督教的碎陶片中拯救出来："你们安卧在羊圈的时候，好像鸽子的翅 147
膀镀白银，翎毛镀黄金一般。"（《诗篇》68：13）这个审美的人，周身环绕着从作为神学家的柯勒律治那里因袭的衰残的绝对，接受唯我论与隔绝的真理，接受道德性与感觉变迁的真理，为自己殊绝的古怪沉思禀性而感到荣耀。佩特会把自我协调与自我接纳教给这审美的人，从而使他获得存在统一。在文艺复兴的伟大人物身上，尤其在波提切利、米开朗基罗、莱奥纳多身上，佩特所展示的便是审美沉思的统一这个形象。作为批评家，罗斯金胜过佩特，但是即便在诸如《空气女王》这样的幻想著作中，罗斯金也不曾将审美沉思的可能性过于理想化。佩特窘急地要超越罗斯金，竭力要从艺术得到更多，这既是他与罗斯金相形之下彰显的弱点，也是他对后人的更大影响——不但在 1880 年代、1890 年代，而且贯穿 20 世纪。

佩特的文艺复兴理论，继承英国浪漫主义特有的历史主义，这种历史主义的源头在英国文艺复兴，而这一文艺复兴自诩复兴了那个**文艺复兴**。在浪漫主义盛期与佩特之间，理论备受种种失落，其间达尔文理论所索求的失落最深重。《文艺复兴》已是达尔文式著作，一如《威尼斯的石头》仍是柯勒律治式著作。佩特的道德试探必然地反映他自己的深沉压抑，包括他对异性爱的憎恶，以及他心灵里十分清晰的自虐倾向。但是佩特这种怀疑的伊壁鸠鲁主义哲学辩护，建立在纽曼与牛津运动时代普遍盛行，甚至被及宗教辩护的怀疑主义基础之上。无论是基督教历史主义的进化论，抑或达尔文的进化论，皆使言不由衷的佩特赋有正当理由将其禀性投射到时代困境这一大环境。他的后期作品（留待后言）在前苏格拉底和柏拉图那里找到主导的辩证法，用以支撑他的怀疑主义，不过在《文艺复兴》里，这种个人投射更直接，并且产生更即时的影响。

《文艺复兴》前言历陈复兴这一观念的循环，从“askesis 的魅力，即年轻人劳形苦心克制欲望”的早期新鲜到“都雅的颓废自有的微妙甘甜”。希腊词 askêsis（或 askesis）原意是嗜爱运动，不过这个词在古时也频频转换意思，转指精神净化的修炼。佩特的
148 askesis 不是升华（至少在前言首次出现之时），而是审美的自我抑

制，也就是放弃一些力量，以求达到更独创的自驭。伊壁鸠鲁主义或享乐主义的askesis，这一说法只是表面的自相矛盾，因为在佩特孜孜以求的卢卡莱修的境界里，它占据中心位置。对于卢克莱修来说，真理总是呈现在表象，心灵是感官图式的流动，道德的善总是直接关涉愉悦感。但是强烈的愉悦，正如伊壁鸠鲁所教导的，远逊于拥有宁静的性情。在《文艺复兴》里，佩特的伊壁鸠鲁主义走得更极端，尤其在论述莱奥纳多和温克尔曼的文章里，犹疑地要称颂准同性爱和享乐的人文主义。

在《两个早期法国故事》这篇文章里，佩特将其“中世纪文艺复兴”等同于“其唯信仰论，其抗拒时代的道德与宗教思想的反叛和起义精神”。佩特的唯信仰论是其出色的首部著作的统一元素，正如他反复申述“一种古怪的偶像崇拜，一种古怪的敌对宗教”，用以对抗罗斯金的福音派信仰、牛津运动所复兴的正统派。在论波提切利的卓绝文章（实则更是意气飞扬的散文诗）中，佩特把波提切利的圣母看成“既不支持雅威，也不支持雅威的敌人”，波提切利暗示一种虐恋的悲伤，他正是借此构想他所选择的便是藉此想象愉悦的宇宙。评述莱奥纳多的文章可能是佩特最精妙的诗歌，文中论及《蒙娜丽莎》的这段名声昭著的（又美轮美奂）文字企及想象境界的中心。叶芝精敏地将这篇文章判为第一首现代诗，继而将其选入《牛津现代诗选》（1936年），以韵文形式印在首篇，从而糟蹋了这篇文章。在导言中，叶芝提出一个颇有见地的问题，实属反问：“佩特是否预示这样一种诗歌和哲学：在其中，个人无足轻重，埃兹拉·庞德的《诗章》所说的变迁，没有轮廓的对象……人类的经验不再拘禁于简短的诗行，……变迁……在我们心灵里，丰富自身，再梦想自身……？”

弗洛伊德研究莱奥纳多之时，在《蒙娜丽莎》中看到孩子为抗拒自己过于爱恋母亲，便将自己看作她，像母亲爱自己一般去爱能令他看见自己的男孩。在最贻害的一大灼见中，弗洛伊德阐述所有思想源自性爱的理论，这种理论只为天纵之才摆出两条出路：其一，强迫地、不懈地沉思，但沉思的所有理性好奇仍然源自性；其二，成功地升华，思想在某种程度上从性起源解放出来。那么在《文艺复兴》通篇，尤其在《莱奥纳多·达·芬奇》和《结论》两篇文章中，佩特只是魅惑的、强迫的沉思者，还是已从多元决定的性本质中解救
149 了他的思想？新近一些研究将佩特贬抑为前一种可能性，但这是低估这个无比幽微的心灵。下面这段要紧的话，并不是在雕镂章句，而是称颂这个心灵主宰超我的强迫：

> 这生命如此诡异地浮现在水边，表达千年来人们所向往的一切。她的面容，“令所有世间一切付出皆成为值得”，她的眼睑有些疲倦。这样一种美，从体内琢炼到皮肉之外，这样的美，一个细胞一个细胞地，用奇思、异想、精巧的激情自内塑造出来。把她摆在大理石希腊女神或往古的美人旁边，她的美会叫她们多么困扰，她的美蕴含着灵魂及其所有疾患！人世所有思想和经验俱铭刻、熔铸在这面容上。这些思想和经验赋有力量去提炼、表达外在的形式、希腊人的自然主义、罗马人的欲念、中世纪的神秘主义及其精神野心与幻想的爱恋、异教世界卷土重来、波尔基亚家族的罪孽。她比身旁的岩石更古老；如同吸血鬼、她已死过多次，深知死亡的奥秘；她曾潜入深海，懂

> 得其过去；她曾向东方商贩购买奇异的织物；就像丽达，她是特洛伊的海伦的母亲，就像圣安妮，她是玛丽亚的母亲；在她眼里，所有这一切，只是里拉琴和笛子的乐音，仅存在于微妙一瞬。正是这微妙造就她的生动轮廓，晕染她的眼睑和双手。幻想永恒的生命，聚集起千万种经验，原是古老的幻想；现代哲学表述人类所有思想和人生的所有模式。丽莎夫人固然可以成为古老幻想的化身，现代思想的象征。

粗略地说，这是佩特关于玄秘女神的最完备思想，这女神就是布莱克的“女性意志”，古时俄耳甫斯主义者的Ananke，意为“必然”。佩特忌惮她，又渴望她，抑或可能是在忌惮中渴望。在这里渴望占优势，因为看见她便是一个优先时刻，便是佩特真正膜拜的唯一神性的顿悟。在下一篇文章《论乔尔乔内画派》中，佩特说“意蕴深长的意义和栩栩如生的时刻，也许是一个简单的姿势、一种表情、 150
一个微笑——短暂却具体的刹那，然而漫长历史的所有动机、所有兴趣、结果，皆要浓缩在其中，而且它也似乎将过去和未来融进当下的强烈意识”。丽莎夫人是我们寻求所有失落东西的过程中必然的对象，而她本人便是朝向终极的熵，表达我们与曾经亲近的对象世界的所有疏离，不论是童年的，还是历史的。她所代表的太多，既是为了她自己，也是为了我们。文明的轮回，我们的意识所承受的负担，使得我们所有后人备受影响之苦，唯有丽莎夫人，永远烙着可怕的优先性封印。当然，她拥有存在统一，但她似乎嘲笑佩特希望这种统一所能得到的偿报。段末以惊人的哲学形象收尾，将文学不朽的古老梦想、活过所有人生、达尔文主义（“现代哲学”）做出有力的并置比较。丽莎夫人是死里还生的肉身，同时也是现代人接受**必然**的象征，我们这个物种的非神性进化。这是人类不敢想望企及的。佩特十分清楚，丽莎夫人点破《文艺复兴》以及所有浪漫主义、后浪漫主义艺术所寻求的无望的热望。

不过伴随无望的是至上的佩特式顿悟这一古怪奖赏。里尔克说圣母丽莎身后的风景是“正生成的自然……遥远又陌生，荒僻又乏意趣，完全自满自足……”心理学家范丹伯追随里尔克，将外在风景的疏离感联系到前所未有的内向与离群的自己：

> 内在人生犹如鬼魅的房屋。不过还能是什么模样？它包含一切。一切无关的东西都在其中。个人的整部历史。个人必须包含先前属于每一个人的一切，包含每一个人活过的世界中共同拥有的一切。岂能指望这些东西在内在自己中安宁相处。

这样一来，跟里尔克一样，范丹伯赞同罗斯金，而不是佩特，因为这里暗含的争端是浪漫主义的内在自己为唯我论的疏离偿付过重代价。但佩特是言不及行的人，他通达世情，不能容许自己成为浪漫主义晚期的道德批评家。他关于《蒙娜丽莎》的理论，是一种
151 理想，也是一种警诫。他说，这是我们的缪斯，存在统一的女主。90年代的诗人，包括年轻的叶芝，选择只看到理想，而无视警诫。《文艺复兴》之后，佩特的著作显示这位审美批评家接受自己的警示，避免自毁。

我们不得不承认，《文艺复兴》的《结论》这寥寥数页文章，甚

至在今天，书成百年之后，似乎仍然具有威力。在当时，《结论》的尖刻批评极骇人。佩特也忧心这番言论会引发的后果，非但在再版时撤去，第三版再收入时又将批评语调缓和（我在注释中指出了他的修改处）。《结论》的怀疑主义雄辩，极大地妨碍佩特在牛津的晋升。约翰·华兹华斯（诗人华兹华斯的牧师侄孙）在1873年给佩特的出色的指导书简里，忿然将《结论》一言论之："既无宗教又无道德的固定原则可视为确定的，唯一值得为之而活的是倏忽即逝的享乐，并且在死之后，灵魂可能或肯定消散为元素，注定永不再聚合。"若要驳难这位不足道的华兹华斯，我们可以引用一句传言为佩特的牢骚："我真希望他们别叫我享乐主义者。叫不懂希腊文的人听了，要会错意的。"

佩特早年以这等极严肃的态度，在这些绝妙的书页间将感觉之流、抱持对艺术的信念而死去的必要性阐发得淋漓尽致，以此作为《文艺复兴》的结语。这篇文章写于1868年，原是评论威廉·莫利斯的诗歌，后来改写为这篇压抑的《审美的诗歌》。这篇文章令佩特本人面临一个难题，即他的写作如何担当起如斯悍然的自我要求："始终与这宝石般猛烈的火焰同燃，守持这份狂喜，便是人生的成就。"

虚构的自我

按照他早期的标准，佩特的人生聊算略有些成就。在《文艺复兴》之后，他的著作可分为三类，而这三类作品在首部著作中已初露规模。第一类是"想象的肖像"，这是一种古怪混杂的体裁，小说

《马利乌斯——一个享乐主义者》可算作最重要的代表作，另有四种出色的作品：半自传体《屋里的孩子》、题为《想象的肖像》一书中两篇作品、《希腊研究》中一个古典例子。佩特的第二类作品是批
152 评随笔，大多数收在《论鉴赏》，我随手引用的便出于此。第三类是古典研究，与余下研究不甚相关，在这篇文章里也极少提及，文末再仔细道来。

在佩特这里，“想象的肖像”几乎是一种不能形容的体裁，但是这种体裁背后隐含勃朗宁和罗塞蒂的独白、兰德的《想象的对话》，可能还有圣伯夫的《当代人物肖像》。正如《文艺复兴》和《论鉴赏》，这些作品也是随笔或半随笔；正如《屋里的孩子》，这些也是半自传体；但也不能因此便将《塞瓦斯蒂安·冯·斯多克》、《德尼·奥塞瓦》或者《蒙面纱的希波吕托斯》看作随笔抑或遮遮掩掩的自白。这些作品也不是传奇片段，虽说相对于短篇故事，倒更接近传奇。也许最合适的称谓是叶芝所谓的他的佩特故事，“神话”或“传奇神话”。或者更通俗、更简单地称作“逸想”，因为纵使文字极绮丽瑰异，这些逸想却极循规蹈矩，即便是冗长的《马利乌斯——一个享乐主义者》，也算不得历史小说，而是历史化逸想。“Reverie”源自法语rêver，“做梦”，早在音乐中用来形容梦幻般的器乐。佩特的逸想所赋有的威势和威胁，源自这些逸想总是徘徊于愿望实现的门槛前。在这一点上，我揣度佩特最亲近的前辈是勃朗宁，尽管罗斯金始终隐伏于佩特的美学批评。正如勃朗宁虚构自我，借以规避早期在韵文传奇——诸如《波琳》、《帕腊塞耳萨斯》、《索尔代洛》——所展示的雪莱式主观性倾向，于是佩特转向“想象的肖像”，借以规避《文艺复兴》的《莱奥纳多·达·芬奇》和《结论》中泛滥的主观自白。

如是观之,《文艺复兴》是佩特版的雪莱的《阿拉斯托尔》,抑或济慈的《恩底弥翁》,是极个人化的浪漫主义散文诗,旨在求索欲望的形象,而佩特便是将《蒙娜丽莎》看作这一欲望的形象。佩特转离如此深切的自剖,抵达个人倾向较弱的逸想、有意识的虚构。

佩特没有叙述天赋,也不擅长戏剧或心理描述,也自知这一些。跟勃朗宁不同,佩特连半个世界也捏造不出,更不消说布莱克这等神话制造大师所打造的完整世界。佩特尤其敬服这两位诗人,然而在描绘里,则引用浪漫主义最难规避的诗人——华兹华斯。佩特评论华兹华斯的文章,在其所有严格意义的文学批评里是最好的。在几近同样出色的文论《柯勒律治》中,佩特中肯地称赏华兹华斯是比柯勒律治更至性的诗人。他称赞华兹华斯的"无瑕禀性……维持他在感情或直觉的限制之内对于自然隐含灵性的坚信,将这坚信约束在完美艺术所容许的秀美怡声的辞章里"。佩特着意在描绘中追 153
求本性,而不是智性,期望借此避开戏剧和自我意识。遗憾的是,他无法一直跟随华兹华斯,也深知这一点,因为他虽分享华兹华斯早期的自然主义,却缺乏托尔斯泰式原始力量,正是这种力量支撑起诸如《废毁的茅舍》、《迈克尔》、《康伯兰的老乞丐》这等诗歌。然而他向往这种力量,若能找到这种必备力量,他会成为华兹华斯式小说家,一如乔治·艾略特和哈代。然而这份热望虽痛切地弥漫于这篇论述华兹华斯的文章中,实则更是绝望地企望华兹华斯的反面。华兹华斯活在自然,佩特活在梦里。佩特憧憬大地的神圣,在诸如罗塞蒂、莫里斯这些幻想诗人当中找到真正的同道,他的嫡传是叶芝和悲剧的世代。若要理解佩特,"想象的肖像"是至关紧要的,但是其艺术成就不是划一的,虽风仪堂皇,却又言不由衷。

影响的焦虑

佩特不是英国浪漫主义孕育的最好的批评家——为此殊荣角力的是柯勒律治和罗斯金，但是在我们的时代，他无疑是19世纪最受低估的大批评家。他胜过老对手阿诺德，也胜过其弟子王尔德，但现今二人得到的颂扬却胜过佩特。然而即便作为文学批评家，佩特也惯用遁辞，是逸想而不是叙述的大师，遑论分析，他于分析是门外汉。这一特征成为他殊怪的批评优势，转而要求我们具备叙述和分析的能力去理解。

《论鉴赏》以明明赫赫的《论风格》开篇，这篇文章是佩特作为文学批评家的信条。正如文章敦促我们不可忘记词语的根义，我们也要记着"style"原指古时在蜡板上书写的工具，一端尖细，用来刻字，另一端钝头，用来揩擦字迹、磨平蜡板。我们也该记着"appreciations"原指"评估"（appraisals）。佩特评估华兹华斯、柯勒律治、罗塞蒂、莫里斯、兰姆等人之前，先向我们摆出他的风格态度的思想境界，锐厉又粗朴。佩特最好的研究者伊恩·弗莱彻提点我们，佩特把风格看作"一种感受模式，一种全然回应整个性格的姿态"。在所有英语批评家当中，佩特的风格最具个人色彩和自我意识，因此这其中意味教人迷惑。佩特试以这种方式写批评，好似要做风格的烈士，做另一个福楼拜，并且他所执守的askesis，自我抑制的修炼，似乎有乖于整个性格的全然回应。阅读佩特之时，我
154 们不会相信这种风格就是佩特这个人，并且略观他的信笺，乏味得教人难以置信、毫无见地，更印证我们的疑惑。佩特的风格虽当得

起王尔德和叶芝的导师，实则却是一副面具，因此佩特的风格理论对立于其真实的风格。佩特一如既往地期望我们懂得这一点，《论风格》这篇文章的中心便是这一分化。

在佩特看来，散文既是音乐的对立面，又能翕化为音乐，在其中，形式和内容似乎彼此消融。佩特的主题始终是艺术性格中彻底个性的奥秘，他的风格竭力奋斗，为他自己赢得个性这一奖赏。因此，不论在内容或风格上，佩特势必深怀文学影响的恐惧，因为对于如此窘急地追求个性的人，纵是最微弱的影响也是过度影响。佩特的主题无异于罗斯金和阿诺德；佩特的风格无异于斯温伯恩，或者说无异于斯温伯恩的众多风格之一。爱默生和尼采拒把自己看作后人，佩特与此二人不同，他的整个思想境界是后来人渴望复兴，渴望在想象的往昔重生。《论鉴赏》潜隐的主题是影响的焦虑，佩特的主要处方是 askesis 理论。《论风格》敦促自抑、克己，即要求俭约的风格，然而就佩特的行文风格看来，似乎更是俭约的理想，因为他已不能相信他的前人所深信的众多理想。令佩特骇然的前人罗斯金文风华丽，并且深信众多理想，是强调的大师，是神性的崇高风格的大师。在罗斯金这里，**风格就是**这个人。佩特在《论风格》里规避罗斯金，转投福楼拜，企求硬造一个父亲，用来取代这个嚣凌危险的审美父系。然而佩特不能摆脱负疚感，在这篇文论的漫长结论中，焦虑最终探出头来。结论中一番话似要推翻前文郑重强调的一切，颇令人愕然。佩特忧伤地抱怨："好艺术，可不一定是伟大的艺术。"遽尔又向我们保证，伟大并不取决于风格，而取决于内容，随后列出清单佐证：但丁、弥尔顿、钦定版《圣经》、雨果的《悲惨世界》——在这份气象崇高的名单上，这部作品似颇失于藏拙。就形式而言，雨果远逊于福楼拜。若论在人类阅读生活中寻找席地的考验，雨果确实先于福楼拜，罗斯金先于佩特，丁尼生（佩特私心里瞧不起）先于罗塞蒂和莫里斯。风格大师的终极 askesis 便是在他消受不起的普通生活面前，否定自己。

在《论华兹华斯》这篇文章中，佩特倚仗 19 世纪诗歌中最伟大的居间人物，有福得以触及常人。阿诺德笔下的华兹华斯，反对阿诺德的卜瑞黎笔下的华兹华斯，都深刻地影响着现代种种对峙的华兹华斯的诠释流派，佩特却毫无影响力。但是阅读比较这三篇文
155 章，足可彰显佩特的过人之处。佩特的华兹华斯既不是阿诺德的**自然的**诗人，也不是卜瑞黎的**崇高美的**诗人，而是本性的异教徒诗人。华兹华斯若读到佩特的随笔，定然会气愤填膺，并且绝大多数现代学者认同佩特的华兹华斯确实酷似佩特的马利留斯，而不是华兹华斯本人。为了反驳这一点，我引用佩特描述华兹华斯**作为诗人的**真实宗教：

> 宗教情感神化人类心灵的深情与天生的遗憾，尤其是对会衰老病亡的泥捏人类的可悯敬畏和关切。而遗物崇拜无非是末流陋习，泰半源自风土，源自依附眼前景象和地方的思想。这样的宗教情感普遍存在，尤其在僻远的山谷，世世代代不挪席地；正是在这里，华兹华斯最深切地理解宗教。认同当地的神圣感情，将一处土地上的岩石和树木与人生大事相联，直待矮墙、苍绿的山丘、字迹磨灭的碑文弥满声音，一种自然的神谕，山里人的宗教，似乎正是他们与土地的另一条纽带，是地道的自然宗教。

对佩特来说，最意味深长的是来自矮墙、苍绿的山丘和墓碑的声音。这些依然是华兹华斯的东西，完全异于我们的自己，而它们所散发的却深深打动我们。佩特被它们感化，皈依这种他唯一由衷信奉的宗教，“地道的自然宗教”。正如“时间点”给予华兹华斯的不是**神性**感，而是关于他的心灵宰治外在感觉的确凿知识，对于佩特来说，他在艺术作品中所找到的时间点，令他确凿地认识浪漫主义重新发现这一恢宏纲领的有限效用。浪漫主义者不是自然诗人，而是思想力量的典范，一种对抗客观世界或死亡宇宙的力量。对于这一点，佩特深有体悟，而阿诺德蒙昧不知。一如罗斯金，也如叶芝、史蒂文斯，佩特是浪漫主义的浪漫批评家。不论佩特写的是乔尔乔内或温克尔曼、狄俄尼索斯的神话或柏拉图和变化学说、罗塞蒂或王尔德，俱是有意识地作为后华兹华斯主义者写作，他的真正题材是艺术战胜感觉之流这一局部从而也是悲剧（因其短暂）的胜利。 156
佩特的弟子叶芝由此跨出一步，坚守艺术惨败的悲欣，在蛮荒的最后时刻，称颂感觉之流，在变化学说里狂喜。

在《马利留斯》和《论鉴赏》里，佩特不再拥护赫拉克利特的流易，令他激赏的是华兹华斯的静谧、洪荒的强力，“驰骋的沉思”的本能，佩特在《柯勒律治》这篇纵横雄辩的文章中，开篇承认柯勒律治缺乏这种力量，继而批驳柯勒律治在神学上依赖蔽旧的绝对。更惊人的是，佩特率先批驳柯勒律治所推广的自然的类似。在论述柯勒律治的文章里，佩特奉行的宗旨诚可说出自尼采：“可我叫你们作植物或鬼魅么？”佩特暗示柯勒律治叫我们做此二者，从而“模糊了艺术的真正兴趣”。艺术的真正兴趣是称颂、嗟悼我们作为易朽死之神这一荣耀难当的处境。

作为19世纪的文学批评家，佩特坚定地辩护艺术的尊严，抗拒形而上学和宗教的绝对，在此之外，他的高尚和独特源自他坚持19世纪晚期的诗歌应该“创新”，正如诗人（如佩特本人）完全意识到自己逃不脱影响的悲哀。作为后来人，这样的诗人在晦暗中漫步，跟从歌德、华兹华斯、布莱克、雨果、济慈、雪莱、波德莱尔、勃朗宁这些前贤的硕大新鲜的踪迹，一如佩特跟从德·昆西、兰姆、哈兹里特、柯勒律治、阿诺德、不可规避的罗斯金，以及斯温伯恩，还有不曾提及的爱默生和尼采。佩特依然是前拉斐尔诗派最好的批评家，多半由于他深谙罗塞蒂自知而莫里斯不自知的影响的焦虑。论述莫里斯的出色文章《审美的诗歌》，酷似《文艺复兴》的《结论》——因为这篇文章自前文修凿而来，展示佩特最率性的诗歌经验的思想境界，从而也势必要抑制：

> 在僻远、赋有不同寻常的美的人们中间，情感的奇异花卉怒放，梦游般、荏弱、雌雄同序，光芒几欲将它们照透……色彩陆离、恍惚，若“猩红百合”的颜色。夏日的影响，如同血液里的毒素，令生命和万物遽然衰颓……一种激情涌动，宣泄的出
> 157 口皆密封，致使神经紧张，此际，可感世界率同增进的辉煌和解脱而来——所有的红变成血，所有的水变成泪……审美诗歌赋有的异教精神，具有一种特征……死的感觉和美的欲望：死的感觉激励美的欲望……

佩特诡谲地暗示，虐恋的渴望与作为一种传统的晚期代表人物

的焦虑是密切相联的，也隐指莫里斯和罗塞蒂（以及佩特本人）要付出更高代价来抵偿失度至毁灭程度的性欲自我意识。因为人的本性受了迷惑，可感世界变成幻景。佩特这般謦乎大哉的批评家，懂得风格的辩证法，无需心理分析学的简化，如论述莫里斯、罗塞蒂的文章所展示的。《论鉴赏》影响王尔德和叶芝、乔伊斯和庞德，更隐微地影响桑塔耶纳和史蒂文斯，而对于现代学界的批评却影响甚微，不过我们可以预言这种影响终归会产生的。佩特在给年轻诗人阿瑟·塞蒙斯的信中（1888 年 1 月 8 日），回顾罗塞蒂的绝妙名言："思想，孩子，**根本的脑力活**，艺术的所有差异便从这里来。"佩特提起这句话，个中契合的意图是激励塞蒙斯，以及他那一代的其他诗人——叶芝、道森、利奥纳尔·詹森，要凭借必需的根本脑力活，克服影响的焦虑，将诗歌创新。下面这一预言是给悲剧一代的佩特式诗人，庞德与他的现代主义者志在履行的：

> 我以为当前的时代于诗人不利，至少在英国是这样。年轻诗人生在这样的世代，一流的诗歌比比皆是，还有数不尽的二流好诗。你知道我极推重散文，视之为一种艺术，因此望你莫以为这是我的鲁莽，倘若我说你的韵文中令人称赏的品质也是文学散文的品质；因为在我看来，勃朗宁的俊诗也是如此……

这番庞德式格言，韵文当如散文一般精妙，原指勃朗宁式韵文和佩特式散文，正如庞德的早期韵文和散文所展现的。我们越发可以怀疑，现代主义文学从佩特这个源头出发之后，是否果真走得远了；并且我们也可以思索，现代批评是否已追上佩特的步伐。 158

离心的与向心的

佩特将评论浪漫主义这篇重要文论用作《论鉴赏》的《补遗》，他在文中坚持道："艺术家的素材、灵感的原动力，尚未枯竭……"但他思索如何"在我们的知识和经验、科学和历史、希望和幻灭的扭曲、失调的累积中导入秩序……"《柏拉图与柏拉图主义》（1893年）、身后面世的《希腊研究》（1895年）这些著作的原动力似乎便是导入这样一种秩序。沃尔特·佩特的柏拉图是蒙田的柏拉图（可能也是雪莱的柏拉图），他们的柏拉图是体系的怀疑主义规避者，甚至规避他自己的所谓体系，他的秩序观便是辩证法："正是此处，这种方法的效用便在于此——在对话里，无休无止地，与你的自己对话。"显然这更像佩特，而不像柏拉图，并且我们无需纳闷佩特何以深爱这部书，胜过其他著作。在《柏拉图的天才》一章（录在后文），佩特为我们展示另一种逸想，一种理想化的想象肖像，其中描绘的是他希望中的佩特所能具备的头脑。比较佩特与爱默生的柏拉图（也是受蒙田影响）颇有助益，因为《代表人物》里的柏拉图被批评为缺少"接触"，而这正是爱默生的一种品质，略似"自由"或野性。与《对话篇》的作者柏拉图不同，沃尔特·佩特所想象的人物确实缺少"接触"，正如佩特也严厉地要求自己缺少"接触"。

佩特让我们看到《理想国》的作者是"预言家，对不可见的东西赋有感官的爱"，并且其神话般力量将不可见的拉近成可见的。这样解读柏拉图并不愚蠢，甚至可能不是孤立无援的，不过这柏拉图更像费奇诺、皮科·德拉·米兰多拉，而不像柏拉图，因为他在这里不是形而上学家，而是思想的诗人，不是理想主义者，而是唯我论的现实主义者。最重要的是，这柏拉图是佩特的“水晶人”，是叶芝所想象的对立的救世主的圭臬，是比俄狄浦斯更伟大的，用以替代基督，预示一种比欧洲人见识过的文艺复兴更伟大的复兴。

佩特受黑格尔和达尔文的影响，发展了一种古怪的历史辩证法，并在《希腊研究》中完全地阐述，使用“离心的”和“向心的”这对术语，作为一种始终拙于综合的过程的正题和反题：

> 在整部希腊史上，在希腊人思索的每一个领域，我们可以
> 追溯两种对立趋向的行动——离心的和向心的……其一是离
> 心的、爱奥尼亚的、倾向亚细亚的，飞离中心……在未受牵制的 159
> 想象力的不休游戏里，向外抛去；欣喜于明亮和色彩、美丽的材质、处处是翕变的形式、诗歌、哲学……骚动的多彩多姿驱使它朝向……个性意欲发展最奇特、最个人化的个性……柏拉图想要治愈的正是这种离心趋向，通过在社会和文化等方面维持多利安风格的粗朴、俭约的影响。

离心是赫拉克利特的观念，向心是巴门尼德的观念，或者用佩特《论鉴赏·补遗》中更传统的术语，离心是浪漫主义的，向心是古典主义的。佩特颇惶惑地称赏他的柏拉图赋有古典主义的修正性，即一种保守的向心冲动，用以抵抗他自己的赫拉克利特式浪漫主义。粗略地说，在这里，佩特仍是应对在《文艺复兴》中的过渡，他把自己展现为向心之人的时候，我们是不会相信的，不过叶芝半信半疑，并且在《幻象》一诗中构造审美历史主义之时，全然依赖于佩

特的辩证法。

佩特后期继续将早年的思想境界的半撤退姿态理性化，不过我们可以说，他自己也不敢相信这种犹疑的理性化。我们记着他、阅读他，是把他看作批评逸想的创始者，给维多利亚时代重要的散文先知提供伟大的社会和宗教希望，敦促我们奉行感受与感觉的世间真理。佩特的伟大成就是协同斯温伯恩和前拉斐尔派，抽离罗斯金唯美主义的道德偏见，从而净化了适合理解浪漫主义艺术的批评姿态。相较于斯温伯恩、莫里斯、罗塞蒂，佩特成为英美唯美主义之父，继而成为枉然试图做后浪漫主义的现代主义的直接先驱。我敢预言，注定会成为又一种末代浪漫主义的后现代主义必定会推重佩特为其先驱。最后，我们可以用佩特评判柏拉图的话来评判我们这个时代的感性的先祖：

> 他赋有可见事物的悟性，辅以辞令的天分，赋予他表达的力量，仿佛为双眼描绘唯有心灵才能看见的东西，他后天习得的克己主义致使他将这些东西列于高位，或者用最粗暴的二元论术语，道说这些东西是唯一真实的，超出可感世界的。诠释
> 160 柏拉图，不可单看他的先行者——先于他、影响他的人，更要看
> 161 他的后继者——性灵、智性直接或间接与他相共情的同盟。

弗里德里希·尼采

（1844—1900）

一

念在人生的分上，起源和意图必须要分开。这句疾言苦谏是尼采的精义。在个人心理学里，这二者能被长久拆分么？尼采真正的强项是心理学，但是他最终要求我们的是没有哪个心理学家所能正当要求的，因为目的或意图循环地追溯起源，原是不可避免的，这是有史以来诗人和思想家所传授的沉重教训。原初的威望过于强大，滋养了不朽的自由的泡影，若要讨伐那泡影，结果通常是死亡。

在我读来，尼采最沉郁的学说认为真正的意义是痛苦的，而痛苦本身就是意义。痛苦和意义生出记忆，痛苦的记忆继而变成难忘的意义：

> 人这种动物的记忆是怎样出现的？这半是愚钝、半是轻率的片刻理解力，这积极主动的健忘到底是怎样被打上记忆的烙印，一直保留到今天的？
>
> 可以想见，这个古老的难题无法只靠温文尔雅的回答和手段得到解决：也许在人的整个史前时期根本不存在比人的记忆术更为阴森可怖的东西了。“人烙刻了某种东西，使之停留

> 在记忆里：只有不断引起疼痛的东西才不会被忘记。”——这是人类心理学的一个最古老（可惜也是最持久）的原理。有人还想说，在这个世上，只要哪里还有庄重、严厉、机密，只要哪里的人和民众还生活在暗淡的阴影中，曾经一度被普遍地许诺、
> 162 担保、赞誉的那种恐怖的残余还会继续起作用：过去，那最漫长、最深沉、最严酷的过去，每当我们变得严厉起来的时候，它就对我们大喝一声，从我们心底喷涌而出；每当人们认为有必要留下记忆的时候，就会发生流血、酷刑和牺牲；那最恐怖的牺牲和祭品（诸如牺牲头生子），那最可怕的截肢（例如阉割），那些所有宗教礼仪中最残酷的仪式（所有宗教归根结底都是残酷的体系）——所有这一切都起源于那个本能，它揭示了疼痛是维持记忆力的最强有力的手段。①

我不敢说这是尼采最精邃的灼见，但是想起尼采之时，我总先想起这段话。即痛苦本身应该是**逻各斯**，是连接个人和感觉的意义纽带——痛苦来自个人本身所犯下的过错，这是所有宗教隐含的教义，而宗教确实正是尼采所说的“残酷的体系”，我肯定他也会把马克思主义和心理分析学列入其中。但令我心惕的是尼采的灼见实则更沉郁、更赅备。这一灼见也包容所有文学，因为《论道德的谱系》继而称作“苦修精神”的东西，也可被称作“审美精神”，抑或苦修/审美理想：

> 历史告诉我们，同一理想还能够支配人，能变得强大有

① 《论道德的谱系》，周红译，生活·读书·新知三联书店，1992年。

> 力，尤其是在那些文明和驯化征服了人的地方。在这里可以看
> 到一个伟大的事实：这就是现有人种（至少是驯服人种）的病
> 态，是人和死亡的生理搏斗，说得确切些是人和厌倦生命、和生
> 命枯竭、和渴望“终结”的生理搏斗。在禁欲主义僧侣身上体
> 现了渴求别样的存在、别处的存在的愿望，而且他体现的是这
> 种愿望中最强烈的愿望，是这愿望本身的炽点和激化。可惜他
> 的愿望的强力偏偏是将他束缚在这儿的枷锁；偏偏是这强力使
> 他成为改善此岸生存条件和人的生存条件的工具，偏偏是这强
> 力使他保存住了一大群各种各样的失败者、颓唐者、落难者、不
> 幸者和自戕者，使他本能地像个牧羊人似的引领着这群人。现
> 在已经很清楚了，禁欲主义僧侣看上去是生命的敌人，这个生 163
> 命的否定者其实恰恰是生命的伟大的保护威力和创造肯定的
> 答案的威力的一部分。[①]

尼采以奇谲的鄙薄，时时重申道，对于艺术家来说，苦修理想没有任何意蕴，或者意蕴太多，归根结底便算不得有什么意蕴。这是尼采用来批驳他曾一度理想化的瓦格纳，但也用来辩护那些不能承认失败的失败诗人，正如查拉图斯特拉惴惴焉所示范的。对于尼采，可能也是对于每一个人，隐喻的一个动机便是要独特、要去别处的冲动。若说这种冲动生出摩西，那么也能生出歌德。尼采的对立精神，他自己的苦修和审美精神，驱使他朝向一种痛苦诗学——我斗胆使用这个名称，这种诗学必须对立地解读，因为其真正意义几乎与其表面意义截然对立：

---

① 《论道德的谱系》，周红译，生活·读书·新知三联书店，1992年。

> 有话在先，关于艺术，我想另外找个时间更充分地讨论它。在艺术中，谎言得到了神化，蒙骗意志得到了良知的支持；艺术比科学更加彻底地反对禁欲主义理想——柏拉图，这个欧洲有史以来最大的艺术敌人，他凭着直觉感觉到了这一点。柏拉图对荷马：这就是整个真实的对抗，那一方是“彼岸”的最佳意志，生命的伟大中伤者；这一方是生命的无意识的颂扬者，是金色的自然。因此，以一种艺术家的殷勤服务于禁欲主义理想就是艺术家最根本的腐化，可惜又是一种最常见的腐化，因为没有谁比艺术家更容易被腐蚀。[①]

在这里，柏拉图与荷马的争衡遭逢创造的或强大的误读，这一争衡被看作苦修与审美的拮抗，而不是尼采在别处所宣称的审美争雄。但是尼采的绝妙反讽使我的“纠正”企图变得多余。艺术家致力于追求苦修理想之时，又有哪个不曾展现这样的软弱？确实，照尼采说来，他们，或者我们，还能有什么选择？这就是说：我们如何理解《论道德的谱系》末节？

> 如果除去禁欲主义理想，那么人，动物人，迄今为止尚未有什么意义，他在地球上的存在不包含着目标。“人生究竟是
> 164 为了什么？”这是一种没有答案的问题。人和地球缺乏意志，
> 在每一个伟大人物的命运背后都重复震响着一个更大的声音：“徒劳！”禁欲主义理想恰恰意味着缺少了点什么，意味着有一

① 《论道德的谱系》，周红译，生活·读书·新知三联书店，1992年。

片巨大的空白地段环绕着人;他不知道该怎样为自己正名,不知道该怎样解释自己、肯定自己,他为了没有解决他的存在意义这个难题而感痛苦,他也为其他问题而感痛苦,他基本上是一个患病的动物,可是他的问题并不在于痛苦本身,而在于对"为什么痛苦?"这类大声提问无从对答。人,这最勇敢、最惯于忍受痛苦的动物,他并不否认痛苦本身,他想要痛苦,他寻求痛苦,除非有谁给他指示出一种生存的意义,一种痛苦的目的。是痛苦的无目的性而非痛苦本身构成了长期压抑人类的灾难,而禁欲主义理想给人类提供了一种意义,直到现在,这还是人类唯一的意义,任何一种意义都强似于毫无意义。无论从什么角度看,禁欲主义理想都是有史以来最好的"权宜之计",它解释了痛苦,似乎填补了巨大的真空,特别是关闭了通往自杀型虚无主义的大门。无疑,解释也带来了新的痛苦,更加深刻、更加内向、毒素更多、更腐蚀生命的痛苦:它将所有的痛苦都归因于罪过……

可是,尽管如此,人由此而得救,他有了一种意义。从此他不再是风中飘零的一叶,不再是荒唐戏、"无意义"的玩偶,他现在能够有某种追求了——至于他追求的内容、目的、方法是什么,那都是无关紧要的了。

我们不能再缄口不谈那全部追求本来所要表达的东西,禁欲主义理想诱导着这种东西去仇恨人类,甚而仇恨动物界,甚而仇恨物质;禁欲主义理想诱导它憎恶感官、憎恶理性本身;诱导它畏惧幸福和美丽;诱导它要求摆脱一切幻觉、变化、成长、死亡、愿望,甚至于摆脱追求本身。让我们鼓起勇气直面现

> 实：这一切都意味着一种虚无意志、一种反生命的意志、意味着拒绝生命最基本的生存条件。但它的确是，而且还仍将是一种意志。最后我仍用开头的话作结：宁可让人追求虚无，也不能无所追求。①

165 赋予受苦以意义，并不是慰释苦难，而是启始意义，不是简单地重复意义。拉比们解读《希伯来圣经》的方式与弗洛伊德诠释行为的方式，同尼采的方式最契近，俱是从一切当中寻找意味，诠释一切的冲动，不过在这里，尼采是最辩证的，因为他深知（并且不能接受）一切皆具有意义这一前提势必产生的后果。再不能有任何新鲜的东西，因为一切俱已发生。正因为如此，《希伯来圣经》忠于雅威，笃信圣约，弗洛伊德坚信诠释的效用。这也正是尼采与《希伯来圣经》最深远的争锋。

"人类……苦于意义问题"，继而屈从于苦修理想，这种理想将受苦本身当作意义，从而开启负疚观念。与其空无意义，人类便将虚无当作意义，这样便挽救了意志，而代价是懔然的。尼采别无选择，只能控诉虚无主义诗人，然而他自己也不太相信这一控诉。不过，尼采将记忆、痛苦、意义三者相联系，这是罕见的、卓有效益的，暗示着一种对立的诗学，尚未赋形，隐伏在他空前殊异的虚无主义的朕兆中。

① 《论道德的谱系》，周红译，生活·读书·新知三联书店，1992年。。

二

“我们有艺术，免得被真理逼死。”若要单用一句警语总括尼采的美学，那么该是这一句话。诗歌讲述的是谎言，作为现实原理的真理则简化为死亡——我们的死亡。爱真理便是爱死亡。在我看来，这根本不是艺术的悲剧观念，而吉尔·德勒兹则持相反观点。从审美角度看，世界不乏意义，因为世界错谬盛行、苦难颇多。鉴于关于人生的真理只是催促死亡，艺术势必要圣化谎言，以善心欺瞒，因为人生势必有关于人生的错谬。去欺瞒的意志并不是悲剧的意志，反而是想象冲动的唯一源泉，这种冲动能够对抗反人生的苦修冲动。但是这些对立的冲动，一如在弗洛伊德的《超越快乐原则》里，成为对句法修辞。尼采酷似写作《马利留斯——一个享乐主义者》之时的佩特，佩特当时也是这般交揉苦修与审美，令我们解不开两者的交互侵染，至少在这位强大诗人这里。

理查德·罗蒂的警辟评论说，在尼采这里，只有强大诗人才能理解其偶然性，从而挪为己用：

> 软弱与力量之间的区别，从而便是使用熟悉且普遍的语
> 言与创造新语言之间的区别，后者起初虽是陌生的、独特的，却 166
> 能够传达一个人的特殊体验自有的盲目印记。

罗蒂继而说尼采没有回避一种“颠倒的柏拉图主义——自我创造的生命可以和柏拉图所主张的冥想式生命一样，是圆足完满而

自主的”。[①] 在某种可怕的意义上，尼采确实将人生当作一首诗来度过，并且在受苦思想中找到价值，这种价值与他的敌手的苦修理想并不是毫无关涉的。用他自己的话说，尼采也是一位堕落的强大诗人，但是这种堕落与优势是不可分的，正如苦修与审美两种精神确实可以交融。尼采是胜过佩特的审美家，将一切给予感受，并且唯在艺术里看到有效的感受。与佩特不同的是，尼采对于自己的唯美主义，心头不免惴惴不安。

尼采是否提出无须仰赖文学传统而理解现实的模式？显然没有，在我看来，这正使得他有别于以往所有心理学家和哲学家。尼采虽坚执自己更比诗人睿智，却从未向我们展示他的智慧。你若要做自己人生的诗人，那么也须尽力分享强大诗人的智慧，而不是哲学家、神学家、心理学家或政治家的智慧。我以为尼采的独创力、真正的强大在于把诗歌智慧应用于认知。把我们的宇宙称作人类的鸿蒙之诗，我们自己赋写的诗，这像是雪莱的话，却是出自尼采：

1046（1884）

1. 要牢牢地保护我们的感官，保持对它们的信仰——而且接受它们逻辑的判断！迄今为止，哲学对感官的敌意是人最大的荒唐！

2. 我们乐于继续建造一切尘世生物赖以生存的现存世界，就像现在那样的（持久地、缓慢地运动着），我们无意把它视为假的东西！

① 《偶然、反讽与团结》，徐文瑞译，商务印书馆，2003年，第63页。

> 3. 我们的估价有助于建造的进程;它们起强调的作用。一切宗教都说:“一切都是坏的、假的、恶的!”这种对整个进程的攻击只能出自败类之口! 167
>
> 4. 当然,败类受苦最深,因而也最敏感! 知足者没有价值吗?
>
> 5. 我们必须了解艺术的基本现象,它叫作“生命”——即创造精神,它在最不利的逆境中从事创造:以最缓慢的方式——必须首先重新拿出证据,证明它的一切组合体:因为它坚持不懈。

沃尔特·佩特定会欣然赞同。佩特强调感受和感觉,将两者看作他所谓的现实的构造成分,与尼采完全相符,不过佩特是坦荡的唯我论者。而尼采——叔本华门下的叛逆者,就唯我论者的观点而言,大概不会赞同他的导师(或维特根斯坦)。

尼采告诉我们,诗人想要表达的意义是伤人的,而我们又不能分辨伤害与意义。那么尼采的痛苦诗学批评具有怎样的实用意义?这个问题实则也是另一个在我看来是规范传统的决定性问题:究竟是什么使得一首诗比另一首诗更广为传诵? 尼采的答案定是值得记诵的诗,是具有更深刻意义或启迪更深刻意义的诗,给予(或纪念)更深切痛苦的诗。正如弗洛伊德所提出的恐怖的原始历史状态(见于《图腾与禁忌》),强大的诗歌重复、纪念原始的痛苦。或者说得更尼采(也更佩特)一些,强大的诗歌凝聚痛苦,赋予痛苦以形状,从而创造意义。

痛苦具有意义。我私人以为这种说法特别令人着恼。自早岁起，我便以诗歌如何易记诵为基础来判断诗歌。试想在势必如此、完美的文辞中（在我眼里，如今依然是），却不是表面的、令人困惑的愉悦，竟是无法逃避的痛苦的结果，这实在教人不安。然而尼采的崇高，一如朗吉诺斯和雪莱的崇高，依赖于我们倾向于放弃轻易得到的愉悦，以便经验更困难的愉悦。强大的诗歌是难读的，其可记诵性源自艰难的愉悦，而艰难到一定程度的愉悦就是一种痛苦。

罗蒂将尼采的诗学与接受偶然性相联系，我认为这个做法是对
的，并且只想附添一点，即接受偶然性是极痛苦的——因为我们不
是容器，而是困于容器之中。审美与苦修精神（我宁肯称之为姿态）
的局促难安的交融，在尼采向实况性妥协的能力之中重复。史蒂文
168 斯在尼采式的《我们气象的诗歌》末节，归返人类的鸿蒙之诗，归返
昔人写下的诗歌，从而印证对审美谎言的尼采式推崇，以此结束诗
歌，好叫我们免得死在真理手里：

> 要记着，在这苦楚中，有欢喜，
> 因我们的缺陷如此灼热，
> 169 置于蹩脚的词语和倔强的音节里。

西格蒙德·弗洛伊德

（1856—1939）

查尔斯·莱克罗夫特解释道，他的书名《梦的无辜》里“无辜”一词的意义指向“这样的思想：梦展示确定性，显示对于常识的冷漠态度，并且始终是真诚的，未受自我意识的意志的迁染。”鉴于此书旨在驳难弗洛伊德的最强理论——梦的解析，这个解释从而也显得很无辜，根本不能解释书名的论战锋芒。莱克罗夫特这一书名的真正修辞力量在于间接地诠释弗洛伊德的理论，将弗洛伊德称作《梦之书》的书名转变为《梦的罪状》。在《梦的解析》（1900年）面世这么多年后，莱克罗夫特这样资深的精神分析学家竟然如此全盘批驳弗洛伊德的释梦理论，这股锐气教人敬服。不过，除了锐气，莱克罗夫特的著作是否还能提供别的东西，若要回答这个问题，深思的读者必须回到弗洛伊德的文本。正如分析的锐气，回归的劲头也颇有价值，须看作是莱克罗夫特所助力的一种尝试。

对于很多批评圈来说，眼下仍是“法国的弗洛伊德”时代，处于雅克·拉康的影响之下。拉康及其追随者时刻宣称，拉康的主要成就在于**已经**回到把弗洛伊德的文本当作文本而加以深入阅读这一引发繁难讨论的问题中去。不论我们誉美这一断言，还是赞同理查德·沃尔海姆的对立态度，坚执拉康给予我们的是心理语言学，而不是弗洛伊德的心理分析学，这里的争端显然是准确地**解读**弗洛伊德。莱克罗夫特不曾介入这场争战，不过我担心的是，莱克罗夫特所解读的弗洛伊德，只会鼓励拉康的追随者。莱克罗夫特不同于沃尔海姆，沃尔海姆的《西格蒙德·弗洛伊德》（1971 年）是令人敬畏的细致解读，也不同于这个国家的菲利普·瑞夫，莱克罗夫特对于
170 弗洛伊德的解读，我不得不说是一种薄劣的误读。我的判断若是正确的话，也不会全然抹杀莱克罗夫特的著作的所有价值，因为这部著作的积极方面并非出自莱克罗夫特诘难弗洛伊德不曾说过的话，而是出自他作为精神分析学家的经验。

莱克罗夫特首先驳诘分析方法，因为这始终是弗洛伊德理论的关键。莱克罗夫特说："弗洛伊德主张梦是神经病的症候，或者更确切地说，类似神经病的症候。"这一出发点便有失中肯，瑞夫在《弗洛伊德：道德家的心灵》中作了精到的陈述：

> 牢记弗洛伊德症候理论的综括性：归根结底，所有行动都是症候。有些症候是"正常"的，比如梦；有些症候是肉体的，比如面肌抽搐、腿脚麻痹。

莱克罗夫特以为弗洛伊德主张"梦和神经病症候预示压抑的失败"。而弗洛伊德关于梦的最重要主张却有不同意味："**梦是（被抑制或被压抑）愿望的（伪装的）实现。**"莱克罗夫特虽不曾言及，我揣度他反感弗洛伊德的释梦理论，源自厌恶《梦的解析》中近似危机的方面，而在我看来，这正是这部著作最文学的特质。对于弗洛伊德来说，危机是双重的，包括他父亲逝世，与弗利斯的争衡。弗洛伊德获得了伟大的成就，但也不得不付出掩盖部分真知的代价，

因为这一成就源自弗洛伊德所开辟的自我分析。弗洛伊德将自己的梦看作“正常的”，但是这些若是别人的梦，他便会诊断为“精神病理的”。我们诚然可以驳诘弗洛伊德，主张梦无须成为幻觉的必然范例，然而这虽是任意的选择，但也是可行的。举凡强大的诠释模式，原初大抵都是任意的，而在后世的诠释传统里转变为势必如此。对于弗洛伊德来说，梦的诠释确实是通向无意识的堂皇大道。继弗洛伊德之后，我们这些后来人蹈袭他的洞见，同时承受他加于我们的权威。

莱克罗夫特在根本上反对这一权威，这一反对来自于他对初级和次级历程的描述，然而他所以为的描述也不是弗洛伊德的。我不想逐次比照莱克罗夫特的概括与弗洛伊德的文本，这实在教人疲烦，而要转笔罗列莱克罗夫特在弗洛伊德的初级历程与梦的关系中所寻出的四大弱点。兹录： 171

> 1. 既然人人做梦，弗洛伊德的言外之意便是人人都患有神经病。
>
> 2. 预设获得理性或次级历程的思考能力取决于初级历程的压抑，“暗示人类毫无准备地进入世界，这一预设本质上是不可能的”。
>
> 3. 想当然地将想象力和创造活动与初级历程相联系，弗洛伊德必须将二者描述为“从原则上说，是神经病的、退化的、症候性的”。
>
> 4. 弗洛伊德的说法属于“机械论预设，即头脑是一部精神仪器，能量在其中循环……不幸的是，我们丝毫不知晓这头脑

能量是什么，或者这个概念究竟是什么意思”。

就莱克罗夫特这四条异议，瑞夫关于弗洛伊德的症候理论的准确描述已解决第一条。第二条确实是弗洛伊德的悲剧性前提，并且最终解释了人类心灵何以会有内战，因此我们每个人最不可逃避的威胁不是来自自然或政府，而是来自无意识。第三条完全拙于应对弗洛伊德相当棘手且终究模糊的艺术理论，这一点留待后文再谈。第四条先是抨击弗洛伊德自豪地倡导的还原主义，陡接着一通牢骚，然而弗洛伊德早已欣然解答这一诘难，承认他的冲动理论是心理分析学应该利用的必要神话。综而言之，莱克罗夫特的四大异议的共通点是无力接受弗洛伊德心灵理论中最根本的东西，这意味着莱克罗夫特成为又一个弗洛伊德的“人文主义”修正者，或者简而言之，如果莱克罗夫特仍算是心理分析学家，那么弗洛伊德就是别的什么。

倘若换我来批判弗洛伊德的释梦理论，我会从梦的思想入手。我以为这是弗洛伊德最奇辟的思想，主张梦的思想虽受压抑，却仍有相当的清晰度。对弗洛伊德来说，梦的显性“文本”，病人向分析学家所叙述的梦境，残留着无意识在背后起作用的烙印，但是梦的“隐性”内容或真正意义不是来自初级历程，而是来自次级历程。次级历程和理性的某些东西遭到压抑，分析诠释的工作便是要松解
172 压抑本能，释放“正常的”思想的清晰叙述。

荣格就这两方面贱视弗洛伊德这一思想。对荣格来说，梦的源头的真正思想及其真正诠释皆须出自十分独创的无意识的初级或诺斯替深渊。关于梦，我虽接受弗洛伊德的诠释，而不是荣格的，但

毫无疑问的是，荣格感兴趣的是梦，而不是释梦，弗洛伊德则乐衷于推敲如何释梦。正是在这种颇反讽的意味上，莱克罗夫特传授了“梦的无辜”。

在我看来，弗洛伊德最忠诚的诠释者沃尔海姆有益地强调梦的愿望成分不是通过梦来表达，弗洛伊德从而得以将他所谓梦的工作假设为某种掩饰愿望的东西。这必定意味着愿望在进入梦境之前便已受压抑。这样的结论贬抑梦的价值，却又提醒我们，弗洛伊德的无意识实则是蓄意简化古老的（如今是荣格的）无意识的丰富、黑暗的深渊。

究竟是什么赋予弗洛伊德以诠释的自信，将梦作这般简化，如此无情地坚持梦的思想（相对于梦的工事）确实符合他的理性化诠释？其中部分答案是（这也是弗洛伊德分析方式的另一薄弱环节）弗洛伊德用来诠释的梦的文本多半是他自己写就，因为这一梦的版本在分析疗程中产生。这意味着梦的文本要服从移情的动力学，分析学家权威之下的叙述也是如此。

瑞夫英勇地要将梦从弗洛伊德的威势下拯救出来，将每一个做梦的人看作天生的诗人和知识分子，力图智取他的诠释者，即弗洛伊德所代表的文化力量：“被诠释的梦的主要品质倒不在于其意义，而在于其有意义的掩饰。”对此，我有两点看法：其一，弗洛伊德不会赞同这句话，而我支持瑞夫；其二，正是弗洛伊德诠释的这一方面在部分上为拉康提供了辩护。如果梦的显性内容的繁复性与梦的隐性内容的简单性之间存在这样的鸿沟，那么梦（在弗洛伊德的移情背景里）确实会触发拉康的强大误读：指代先于被指代的，抑或丰富的比喻相对于贫乏的含义。值得注意的是，瑞夫预示了拉康学派诸多主要观念，并且为他们创立范式："弗洛伊德反对体质心理学，于是便把语言置于身体之先。"

莱克罗夫特轻巧地打发弗洛伊德极精鉴的释梦理论之前，倘若173 再斟酌瑞夫的剖析，会有不小的教益。弗洛伊德典型地谴责梦并不忠实地转译梦的思想，从而是"梦的思想的极不完整、破碎的版本"。瑞夫引用哈兹里特的名言"诗歌主要通过暗示另一种形式来表达一种形式，通过暗示另一种感觉来表现一种感觉"。瑞夫认为弗洛伊德也是如此，从而领悟弗洛伊德与梦之间的根本争衡关系：

> 弗洛伊德预设梦从来言不由衷，总是替代不能述说的，并且引向更多联想，这些联想本身也是替代，他大可赞美梦，称之为"格外机灵的梦产品"。不过这是出自对手的赞颂。在诠释工作里，弗洛伊德将梦视为企图以机智打败诠释者的对手。

这就是说，不论梦有多么复杂，却仍只是替代更真实的文本，实则是经过诠释的替代，从而尤其可疑。在弗洛伊德的理论里，梦从而成为备受影响的迟来文本，蹩脚地注释一首遗佚的诗。梦的情节多半无涉主题，其中要紧的是突兀的成分，一些似乎完全不属于这文本的形象。在此意义上，弗洛伊德确实造始了拉康和德里达对于冲动的解构，只是弗洛伊德会驱策他们去解构梦的深渊，而不是解构他的文本。

一旦莱克罗夫特从弗洛伊德转到梦的种类，梦与睡眠、文化图式的关系之时，便超脱于我方才的批评。我真希望他不曾挑战弗洛伊德，然而这便是从事写作的精神分析学家所要承受的负荷，经不住诱惑而冲进注定惨败的战场。莱克罗夫特写道，他或他所认识的任何人都不曾做过欧内斯特·琼斯所谓的真正的梦魇，琼斯的《论梦魇》（1910年）为梦魇制定的标准过于苛刻，在现实中根本无法达到。在此，莱克罗夫特的写作虽枯燥却颇具说服力。同样地，在焦虑的梦这一棘手的问题上，莱克罗夫特运用弗洛伊德的后期理论反驳写作《梦的解析》时的他。正是焦虑这一主题点燃莱克罗夫特的智性热情，他指出完全有可能做关于焦虑的梦，而这个梦不必导致焦虑，这个看法独创一格（至少在我看来）。我真希望他在这部著作中更多展示弗洛伊德后期所修正的防卫和焦虑理论，如何损伤他的释梦理论的效力或激励效果。 174

在睡眠和梦的生理学这些课题上，弗洛伊德是相对孱弱的对手，而这正是莱克罗夫特著作中最好的章节。弗洛伊德无心研究睡眠，他预设梦的作用仅是使做梦的人继续沉睡。在此，莱克罗夫特具备所有后来人的普遍优势：更多事实。弗洛伊德不知道有多层次的正常睡眠，还有反常睡眠——沉睡的人以某种方式处于清醒边缘。显然绝大多数的梦，也许甚至所有的梦，是在反常睡眠之时产生，这种睡眠似乎与正常睡眠一样必需。莱克罗夫特不曾极端地说我们睡觉是为了做梦，但他回到伟大的神经学家休林斯·杰克逊（卒于1911年）。杰克逊认为睡眠排除前一日的无用记忆，巩固必要的记忆，这些工作多半发生在无梦睡眠时。如果杰克逊是正确的，那么梦的一大作用便绝不是弗洛伊德所想象的，因为倘若不做梦，我们便得记忆更多，超过我们所能承受的。

在简洁风趣的倒数第二章，莱克罗夫特重拾话头，道说这本书的显性内容是尝试回到弗洛伊德（以及荣格）之前，回到他所谓关于梦的传统的、文学的诠释，但要辅以弗洛伊德的一些思想，尤其是梦境意象的身体象征主义和家庭罗曼史的基因遗传。如他所说，这部著作的隐性主题必然是创造力或想象力的起源问题。这是莱克罗夫特末章的主题，遗憾的是这一章鲜有新意或精义。莱克罗夫特大体上拒斥弗洛伊德关于艺术和艺术家的理论，诉诸柯勒律治未经解析的想象，以及济慈未经探讨的消极能力。当时心理美学正萌芽，只是莱克罗夫特对于英国、美国或法国的心理美学，似乎全然不晓。

在结尾，我想说，但使莱克罗夫特对弗洛伊德的释梦理论有些许敬意，我希望他能探讨下面这一些问题。瑞夫认为心理分析学仿效宗教诠释学的传统，这一主张依然具有效力和挑衅力。但是心理分析学也是诗歌的简单摹仿，这只是换一种方式说诗歌始终是一种超验的心理分析，这种模式的特征是移情和反移情，或者影响及其焦虑的图式。弗洛伊德往复申述，诗人已然做过他的工作，这一自白是诚挚的，也带着些焦虑。诚然，拉康偶尔也颇有见地，更完满、更自由地为我们展现诗人所表达的。如果我们蹈袭弗洛伊德，使用梦的隐性内容或“意义”这些术语讨论梦境，那么梦就跟心理分析
175 一样，摹仿、简化诗歌。然而，就显性的内容、情节、意象来说，梦也具有诗的元素，蔑视简化与还原。

弗洛伊德所求索的是科学和治疗，他想要、需要简化。弗洛伊德是将梦用作治疗的预言家，千古独绝，过度的诠释自信在他人是一种缺陷，在他这里却是一种优势。但梦不是诗歌，连蹩脚的诗歌也算不得，而弗洛伊德也极谨慎，不肯将浩然心力耗费在简化诗歌上。莱克罗夫特赋有憧憬往古的高洁情怀，以弗洛伊德不能企及的文学敬意看待梦。倘若接受弗洛伊德自发的局限性——将梦当作

梦，而不是当作诗，尔后试看这种对于梦的实用主义轻慢态度能够产生怎样的效用，会是更有意趣的。在接受与试看之外，也许会生出新的体悟，认识到诗歌和心理分析各自作为一种诠释模式，能以种种不同的方式相交融、相分歧。弗洛伊德将诗人看作盟友，因为他们所赋有的诠释力量。只是在我看来，弗洛伊德也逐渐领悟他这个用梦来治疗的目标，殊异于诗歌的宏大野心。 176

W.E.B. 杜波依斯
（1868—1963）

近一个世纪以前，1903 年，杜波依斯在《黑人的灵魂》中写下非裔美国人文学意识的中心篇章：

> 在埃及人和印度人、希腊人和罗马人、条顿人和蒙古人之后，黑人若第七子，生在这个美利坚世界，生来便蒙着面纱，天禀千里眼。这个世界容不得他真正的自我意识，只许他透过其他世界的启示看见自己的世界。这是一种奇特的感觉，这种双重意识，永远用别人的眼光看自己，总是用旁观者的鄙薄和怜悯的世界尺度衡量自己的灵魂。这种意识教人始终感到自己的双重性：一个美国人，一个黑人。两个灵魂，两种思想，两种不能交融的斗争：一具黑色的身躯里，并存着两种交战的理想，这具躯体唯有依仗顽强的力量，才能不被撕裂。

至于杜波依斯是否意识到他这是在窜改爱默生，我无从得知，不过在杜波依斯的双重意识里，似乎隐含着对爱默生的反讽窜改。对于爱默生来说，这种双重意识是普遍的，并且主要是自我信赖的积极刺激：

人是他自己的侏儒。他一度被精神渗透,被精神化解。他用他不可阻挡的洪流流遍整个自然。他的身上迸发出太阳和月亮:从男人身上迸发出太阳,从女人身上迸发出月亮。他心灵的规律,他行动的周期将他们自身永恒化,进入昼与夜,进入 177
年与季。然而,他身上的水使他长就一副巨大的形体后,这水就开始退去。他的血脉和文脉就不再是饱满的,他被缩小到一点点。他发现他的骨架仍是他的骨架,但已显得非常庞大。毋宁说,这骨架曾经是适合于他的,而现在这骨架只是与他的身体形状相似,大小悬殊。

他服帖地、小心地做着他的工作。现在,男人成了太阳的追随者,女人成了月亮的追随者。有时他从昏沉沉的状态中振作起来,思量起他自己和他的房子,深感奇怪地沉思起他与他的房子之间的相似性。他感到,如果他的规律是至高无上的,如果他具有举足轻重的力量,如果他的语言在自然中是可靠的,那么它就不是有意识的力量,它不是从属于而是优越于他的意志。它就是本能。我的神秘主义诗人如是说。

目前,人运用到自然中的力量仅仅是他的力量的一半。他仅仅凭知性在这个世界上劳动。他生活在这个世界上,仅仅用一点“小家子气”的聪明来把握世界。在绝大多数时候都是这样工作的他只能算是半人,虽然他的双臂强壮有力,他的消化功能良好,但他的心肠如禽兽般残忍,他毕竟是一个自私自利的野蛮人。他与自然的关系,他作用于自然的力量,都是凭借知性产生的,就像植物的生长是凭借肥料一样。人在经济地利用火、风、水、指南针、水蒸气、煤、农用化学品等,牙科医生和

> 外科医生在对人的身体进行“修理”。凭这样一种恢复力量的方式，就像一个被驱逐的国王在重振河山时不是以某种果断的方式重新登上宝座，而是以一英寸一英寸地向叛臣购买自己国土的方式来恢复王位，而在同时，在浓厚的黑暗中，却看不到一丝微弱的亮光——这是人偶尔做出的，用他的理性和知性竭尽全力征服自然的举动。这些举动在所有民族的最古老时代都出现过，那些征服自然的奇迹共同形成了完整的传统。耶稣基督的历史，宗教和政治革命以及在废奴运动中某一原则的成功，斯威登堡、莱奥波德、埃默里希和莎克斯等人因宗教狂热而创造的那些奇迹，许多现在归之于“动物磁性”名下的许多让人捉摸不透、颇有争论性的事实，祈祷、雄辩力、自然治愈以及孩童特有的智慧……这些例子都说明理性在某一瞬间能达到的巅峰状况，也表达有一种不在时空中，而是来自生命内部，瞬间释放出来的力量存在。学究们有一句俏皮的话表明了人
> 178 的实际的力量与理想的力量之间的差异：人的知识是黄昏的知识，神的知识是早晨的知识。[①]

至于单纯的知性与发光的理性之间的分裂，杜波依斯自有他的看法，但是他的措辞势必是社会学的，而不是形而上学的。爱默生衡量为优势的东西，杜波依斯明识地衡量为辩证的负担，是对非裔美国知识分子和艺术家的挑战，这一挑战痛彻心腑，却具有真实的挑衅力。杜波依斯的遗产是无穷的，几乎可以看作一种痛苦诗学。

杜波依斯寿享遐龄（1963 年 8 月 27 日卒于加纳，享年九十五

① 《自然沉思录：爱默生自主自助集》，博凡译，天津人民出版社，2009年，第79—80页。

岁)，使他得以为黑人运动战斗了七十年之久。他史诗般的宏伟事业至今无有俦匹，晚期姿态偶或散发堂吉诃德的风采。除了对于在他之后以及当代非裔美国知识分子的持续深远的影响之外，杜波依斯还赋有不朽的可读性。作为辛辣的讽刺家，杜波依斯跻身美国论战写作家的前列。他需要借用说服和劝导，这二者从而约束着他不可避免的滔滔愤慨。他超绝的坚忍和不懈，使他成为永不妥协的圭臬。

若要评判杜波依斯的持续相关性，其中一种方法是将他的“双重意识”与拉尔夫·艾里森的《看不见的人》（1952 年)相比较。《看不见的人》出版至今已近半个世纪，依然是非裔美国文学中最出色的作品。威廉·林尼研究杜波依斯对于黑人作家的影响，试图把《看不见的人》所融合的现代主义盛期的文学影响（亨利·詹姆斯，T.S. 艾略特、詹姆斯·乔伊斯）和“蓝调意识”，即艾里森著作中的爵士乐元素分离开来。林尼的努力教人佩服，而这些尝试实则是分解小说家所实现的成果：得自詹姆斯·乔伊斯和路易斯·阿姆斯特朗的不朽的、辩证的交互影响。

艾里森猛烈抨击其无头脑的批评家，其中有黑人，也有白人，这些批评家认为他信奉现代主义盛期的审美标准——这意味着背叛黑人精神。伯纳德·奥斯腾夫是研究非裔美国文化的出色的德国学者，论述艾里森极蓄意地窜改爱默生和杜波依斯之时，见解十分中肯：

> 拉尔夫·沃尔多·爱默生和 W.E.B. 杜波依斯称作双重意识的东西，艾里森更喜欢称之为双重视野。将显然不利的因素

转变为一种优势,这一做法典型地举证艾里森在审改爱默生和
179 杜波依斯的概念。

奥斯腾夫将看不见的人的“双重识野”与伟大的批评家肯尼斯·伯克的“因失谐而生成的视域”作比较。伯克认为《看不见的人》重构其时代,从非裔美国人的视域来说,这个时代大可称作
180 “W.E.B. 杜波依斯的时代”。

阿尔道斯·赫胥黎
（1894–1963）

无论是作为小说家还是精神导师，阿尔道斯·赫胥黎都算不得成就卓越、影响深远。他最好的小说是《滑稽的舞环》和《针锋相对》，是我年轻时喜爱的读物，如今却看作文学的时代剧。赫胥黎最出名的小说《美妙的新世界》，几乎不堪重读：书中的基本隐喻——用亨利·福特替代耶稣基督——现在看来极造作，甚至傻气。赫胥黎的佳作要数《文论集》，收录诸如《热带的华兹华斯》、《悲剧与整个真相》、《夜里的音乐》这些神妙的文章。在这里，我无意讨论作为文章家的赫胥黎，而要集中讨论附批注的文集《长青哲学》，以及关于因嗑药而产生的幻想经验的奇特小书《悟性之门》和《天堂与地狱》。

赫胥黎所界定的长青哲学是"形而上学，认识到神性现实对于万物、生命和心灵的世界极具重要意义；是心理学，在灵魂中发现类似，甚至等同于神性现实的东西；是伦理学，将人的终极置于超自然的先天和先验知识之中"。印证这种形而上学、心理学、伦理学的人物和文本不胜枚举：圣奥古斯丁、圣伯纳德、《薄伽歌》、佛陀、锡耶纳的圣凯瑟琳、庄子、《未识之云》、埃克哈特大师、费纳隆、沙雷的圣方济各、圣十字若望、老子、贾拉鲁丁·鲁米、《德意志神学》、托马斯·特拉赫恩。请注意我在这里按英文字母顺序罗列十五位权威，

因他们源派殊异，似乎不能再有别的次序。不过对于阿尔道斯·赫
胥黎来说，他们悉为一种巨大的事物：长青哲学。加州的折衷主义
181 辅佐赫胥黎成为新时代运动的精神导师，而正是这一点令我介介不
安。虽说我也有精神信仰，而且我的信仰并不是与赫胥黎的截然
相反。

赫胥黎的第二任妻子劳拉，为丈夫撰写悲恻的回忆录《这无限的瞬间》，赫胥黎命将归天之际，她因他要求为他注射强剂二乙基酸胺。我踌躇不敢将任何出色作家的逝世称作时代剧，但是1963年（赫胥黎去世那年）的风尚迥异于2003年，当时临终之际常用吗啡，而不是麦司卡林或麦角酸。我尚记得阅读50年代中期面世的《悟性之门》及其续书《天堂与地狱》之时的体会，当时便对是否应将审美或精神经验究因或简化为化学基础心存疑虑。近半个世纪之后，重读这些文章，我的怀疑愈加滋长。也就是说，《美妙的新世界》里的草莓冰淇淋苏摩汁与赫胥黎在《悟性之门》开篇所描述的溶解在水里的麦司卡林之间，在类别上，究竟有无区别。

赫胥黎自然会谦冲地说，麦司卡林惹发的幻觉使他更能意识到艺术和上帝，而美妙的新世界的公民，满腹苏摩汁，只是在跳着康茄舞，踩着节拍相互打屁股：

> 欢快呀淋漓，快活呀福帝，
> 亲亲姑娘们，亲得她合为一，
> 姑娘和小伙子静静偎依，
> 发泄呀狂喜，痛快又淋漓。

这幅景象距离长青哲学甚远，不过二者皆由化学物质引发。新时代注定要变成旧时代，赫胥黎的灵性如今也显得古旧。阿尔道斯·赫胥黎是佼佼的文章家，但算不得杰出的小说家或圣贤。 182

格尔肖姆·肖勒姆

（1897—1982）

一

大约自1200年以来，“卡巴拉”已成为犹太教奥义学说的沿用名称，意指上帝与上帝创造的万物。“卡巴拉”意为“传统”，传统又取“接受”一词的特殊含义，起初指代全部口传律法。无论在祖国还是在埃及，在基督教萌生之际的离乱之世，犹太人中间已流传不少神智学（theosophy）与神秘主义的传说。这些思想和信念似乎受到诺斯替主义与新柏拉图主义的影响，因而可以颇公允地说，卡巴拉便是诺斯替主义与新柏拉图主义这两种希腊倾向在犹太教这个异国背景中的斗争，而犹太教的主流发展便是抗拒这两种外来模式。但是卡巴拉偏离犹太教思想的主流，竟替代诺斯替主义与新柏拉图主义而流存下来，殊为怪哉。在今日，卡巴拉博得大众的青睐，似乎将不朽地存在下去。至于诺斯替主义与新柏拉图主义，仅有寥寥数个专家学者在研究。写作之时，我面前的书桌上有一摞平装手册，杂货店和报摊购得的，书名为《生命之树》、《卡巴拉入门》、《今日卡巴拉》、《理解卡巴拉》。今日的诺斯替主义和新柏拉图主义可没有堪可比类的书名，卡巴拉的持续火热，可以看作古老的奥义主义在当下流存，甚至复苏的现象。

卡巴拉的大众读本所宣扬的学说并不总是准确的，并且它们抢着可能带来危险的热切，去调和卡巴拉与任何时兴的其他宗教（从苏菲教派到印度教）热情中的事物。但是这种做法也是一种西方传 183
统，因为自文艺复兴时期以来，基督教便将卡巴拉融进各种非犹太教观念——从塔罗牌到三位一体说，从而使得卡巴拉流行开来。在历史进程中，卡巴拉享有威望，而这一威望也值得我们深思。这种威望——据称直接来自上帝——背后是一种非凡的折衷主义，在文艺复兴时期及随后的启蒙时代的欧洲，几乎以每一门主要的秘术或神智学来迁染卡巴拉。读者熟悉了以不同思想倾向所诠释的种种卡巴拉之后，便学会襟怀宽大，极易姑息所遭遇的任何一种入时版本的卡巴拉。我新近看到的五种版本皆糟糕至极，内容混乱，教人读得迷惑。然而这些书籍虽昏惑，显然都是诚挚的，甚至有着很实在的狂热。

读书明理的人倒不必依赖这些手册。格尔肖姆·肖勒姆在耶路撒冷希伯来大学执教期间的研究成果，巍然展现在数年前出版的《犹太百科全书》各篇关于卡巴拉的文章中。肖勒姆所编撰文章，现以《卡巴拉》为题出版为近五百页巨著。下文的论述便是根据这部著作或肖勒姆关于卡巴拉的其他主要研究著作——在美国不难找到这些著作的平装本。我若偏离肖勒姆，我的异议也绝不是就卡巴拉研究本身，而只是就卡巴拉对于当代诠释模式的用途提供些许建议，并且从些许当代视角出发，就如何诠释卡巴拉说一些私见。

在现代人文学者当中，肖勒姆的荟蔚成就是罕见的，就他的学科而言，他的研究对于所有理智的研究者已是不可或缺的。卡巴拉是一种修辞或比喻语言的瑰异体系，诚可说是一种修辞理论，而肖勒姆的伟大成就，既是史学成就，也是修辞或比喻语言的造诣。在这一深层意义上，肖勒姆确实撰写了卡巴拉式卡巴拉学说，他超过了其他涉猎甚广的现代学者，完全堪当这一伟大课题。肖勒姆与其所编纂评述的文本之间的关系，足可比拟约翰·弥尔顿这样的后来诗人与前辈诗人之间的关系——吸收前人，在某种意义上，超越前人。肖勒姆是现代学者中的弥尔顿，也当得起这般礼遇。

二

184 鉴于诺斯替主义和新柏拉图主义是后来更加完备的卡巴拉的起点，即便只是简要叙述卡巴拉，也须先描述这两种的观念。大多现代人觉得，诺斯替主义赋有强烈，甚至危险的吸引力，通常冒用别的名号；而新柏拉图主义在我们这个时代几乎不能打动任何人。威廉·詹姆斯说起新柏拉图主义的**绝对**或神、太一、善："**绝对**的完美那种壅滞的福祉不能打动我，一如我不能打动它。"如今无人会与詹姆斯争执，但是一千多年的欧洲文化传统却不能苟同。

从根本上说，新柏拉图主义是独个人的哲学，希腊时期的埃及人普罗提诺在罗马讲习，后来讲稿汇编为《六部九章集》。普罗提诺自视为柏拉图的继承人，志在辩护他所谓"位格"的三个神秘、超验的现实：太一或善、理智、灵魂。在这些位格之下是自然世界，包括人类躯体。为了接合统一的善与分离的、邪恶的宇宙，普罗提诺烦琐地使用一种卓绝的比喻或修辞格，即"流溢"。太一如斯丰盈，其博爱、光亮、荣耀满逸而出，而太一自身没有丝毫损耗，其荣耀降临，先进入理智（柏拉图的理念或理论形式）王国，尔后进入灵魂的领域(包括我们每个人的灵魂),最后进入躯体和自然。恶也存在于这最底层,但是恶之所以存在,只是由于与善相距遥远,终极太一分解为如此众多分离的自己、如此众多对象。在普罗提诺的哲学里,躯体和自然不是恶的,只是因为距离其挚爱的父国太遥远。普罗提诺认为,通过心智的修行,我们能够回归太一,甚至有望在此生实现。

普罗提诺极厌恶诺斯替主义,写出雄辩的文章诘难,说他们“那些人认为造物主和世界是邪恶的”。我们的世代不曾产生新柏拉图主义的伟大研究著作(鉴于很多同样的原因,也没有杂货店手册),但有一部精淳的著作《诺斯替主义宗教》,作者是汉斯·尤纳斯,堪称是对肖勒姆的《卡巴拉》的补充。尤纳斯比较诺斯替主义与虚无主义、生存主义,引用诺斯替主义最伟大的思想家瓦伦提诺与哲学家海德格尔之间的众多相仿之处,这一做法颇为有益。据尤纳斯看来,在基督教产生的最初两个世纪里,地中海东部国家盛行一种混合的、共同的宗教,诺斯替主义便是从中发展出来的一个极端版本。尤纳斯将这一时期的共同宗教称作“二元的、超验的拯救宗教”。在此,“二元”是指两分的现实:上帝与创造对立、精神与物质对立、善与恶对立、灵魂与肉体对立。“超验”是指上帝和拯救是 185
相似的:超凡,在我们的世界之外。诺斯替主义一词源自古希腊词gnosis,意指“知识”。基督教会创始人诋毁诺斯替主义为基督教异端,但是在犹太人和希腊人当中,诺斯替主义看似先于基督教。诺斯替主义的“知识”是所谓“上帝”的知识,殊异于其他所有知识,因为在其信徒看来,gnosis是拯救的唯一形式。从而这种知识不是理性知识,因为这种知识包含上帝与诺斯替主义者之间的灵犀相通。

诺斯替主义自始便是反犹太教的，甚至在犹太人或犹太基督徒当中萌生之际，情势也是如此。这是因为诺斯替主义预设一个外在神，对抗邪恶的宇宙，这种极端的二元论绝不能见容于犹太教的核心传统。在犹太教传统里，超验的神（乐意之时）允许他自己的直接存在为子民知晓，并且他的创造是好的，只是由于人类的违抗或贼性而被糟蹋或改变。《塔木德》的拉比们誓在攘除这种外在神的宗教，其慷慨激昂的道德激情远远超过普罗提诺诛伐诺斯替主义的决心。下面作一番比较，第一段是瓦伦提诺著名的诺斯替信条，第二段同样著名的话是拉比们将这类思想判为异端：

> 正是这些知识使我们得自由：我们是谁，变成什么；曾在何处，进入如何的境况；往何处去，因何而得救赎；生为何物，重生又为何物。

> 在上的是什么？在下的是什么？时间之前曾有什么？时间之后将有什么？谁若去思索这四个问题，但愿他不曾来到这世界。

拉比们相信这些思考是不道德的，而很多在性欲上纵情欢乐的诺斯替主义者确实符合这一裁断。在早期阶段，无论在信仰或道德行为上，卡巴拉十分符合正统犹太教，而卡巴拉竟融贯了如此庞大的诺斯替思想，似乎教人迷惑。其实只需简略地描述卡巴拉的起源，便可澄清这一疑问。从历史上说，卡巴拉始于12世纪的普罗旺斯，不过肖勒姆及其同侪将源头追溯到最早的犹太教奥义传统，在这种

传统的众多启示录著作中，《以诺书》是最令人生畏的。最早的犹
太神智学和神秘主义依据两处《圣经》文本，《以西结书》第一章和 186
《创世记》第一章。这两段文本激发两种哲学思辨模式，即 ma'aseh merkabah（战车的工作）和 ma'aseh bereshit（创世的工作）。这类奥义的冥想，等同于拉诺斯替主义者对充盈（pleroma），也就是未堕落的神圣王国的逸想，它可被视作拉比的半诺斯替主义，但尚不是卡巴拉。

三

诺斯替主义式微近八个世纪之后，一本名为《创世之书》（*Sefer Yetzirah*）的小手册突然在犹太学者当中广泛流传。《创世之书》的英译本至少有六种，并且这本小书也将继续在奥义信徒中流传。它本身绝无文学或精神价值，但从史料来说，却是卡巴拉的真正源头。文本的写作时期没有定论，不过大概可以追溯到公元 3 世纪。后世的卡巴拉教徒传言这本书出自伟大的拉比阿基巴。阿基巴在罗马人手里殉难，这也解释了此书的威望。就《创世之书》而言，其重要性在于书中以相当简单的形式首倡卡巴拉的中心结构观念——Sefirot（源质），在后人的著作中，这一观念演变为神圣的流溢，所有现实皆由此而造。鉴于卡巴拉主义的第二部重要著作《光明之书》（*Sefer ha-Bahir*）及至 13 世纪才面世，也由于《光明之书》仅是进一步阐发源质而非最终为其定调，所有卡巴拉门徒必定面临一千年的口头传统所造成的种种疑难。在犹太人这座中世纪精神的浩漫迷宫里，卡巴拉的种种殊异思想，辗转经过窜改修正，传行于世，播

及自巴比伦尼亚至波兰这些异邦殊地。在旷渺的时空里，连肖勒姆也迷惑了，因为口头传统的本质原是要挫败所有历史和批评的研究。

肖勒姆将《光明之书》译为德语，这可视为他的又一大功德。因为此书内容支离破碎，行文杂糅希伯来语文言和阿拉姆语白话文，连专家也难以读懂。《光明之书》虽是零碎的，却颇有文学价值，并且真正开启卡巴拉的寓言和比喻语言风格。《光明之书》的核心比喻是源质，上帝的物质从无限的中心流溢到每一个可能的有限物质领域。在《创世之书》里，源质仅是十个特质——新毕达哥拉斯的观念，在《光明之书》里，源质则是神的属性和力量，是神的光，辅佐创世之工。

187 这仍只是朝真正的卡巴拉迈出一步。真正的卡巴拉出现于13世纪的法国南部，继而越过边境，在西班牙犹太人中找到归宿，这一传扬过程的巅峰便是卡巴拉主义的杰作或圣经：《光辉之书》（*Sefer ha-Zohar*）。瓜达拉哈拉的摩西·德·里昂在1280年至1286年间写下《光辉之书》，卡巴拉借此书流传开来，得以成为一种体系赅备的思想。七百年来，《光辉之书》虽有种种流弊，却仍被所有西方奥义奉为唯一不容置疑的经典。《光辉之书》大半以阿拉姆语写成，但不是阿拉姆语白话文，而是十分造作的文言。目前尚行松奇诺出版社出版的五卷英译本，颇值得一读，但这套书仅翻译了《光辉之书》的一部分。诚然如此独特的书籍，我们根本不可能知道应当有怎样的完整版本。这部书（设若可以说是一部书）的内容因手稿而异，更似多部著作的汇集，甚或一座小型图书馆，而不是我们通常所谓的自本自立的单本书籍。

我不欲在此描述《光辉之书》，而要转笔肖勒姆，跟从他所综述的卡巴拉教徒的基本概念和形象，尔后在历述犹太人被逐出西班牙之后所发展的后期卡巴拉之前，再顾瞻《光辉之书》。因为《光辉之书》是古典卡巴拉的核心著作，源质是其核心教义，而自16世纪迨至今日的卡巴拉，则是第二代或现代卡巴拉，多半是巴勒斯坦赫弗的艾萨克·鲁利安（1534年至1572年）一手造就，从而需要另行阐述。

古典卡巴拉肇始于新柏拉图主义版的上帝。上帝是ein-sof(空无边际)，绝不可知，不可言表，所有关于上帝的形容皆为夸张。鉴于ein-sof没有属性，他的最初显灵必然是ayin(虚无)。《创世记》说，上帝从虚无造出世界。卡巴拉原本照搬这句话，作出背道而驰的窜改诠释。上帝是"ayin"，从"ayin"造出世界，因此上帝从他自己造出世界。卡巴拉这一发端陈述颠覆因果关系的区分，这一修辞颠覆成为卡巴拉的一大特色："因"与"果"总能颠倒。因此远在尼采之前，卡巴拉教徒便已将此二者看作语言学的捏造。

鉴于此，卡巴拉教徒自始便窜改《创世记》（虽也极力否认），也窜改其异教渊源新柏拉图主义。在普罗提诺那里，流溢是自上帝而出的过程，而在卡巴拉教徒这里，这一过程须发生在上帝自身之
内。卡巴拉与新柏拉图主义之间更重要的区别在于，所有卡巴拉 188
的流溢理论也是语言的理论。正如肖勒姆所说，"呈显自己的上帝正是表达自己的上帝"，这意味着源质首先是**语言**，是上帝的众多属性——上帝做创世之工时，需要用各种称谓去描绘。源质是关于上帝的复杂比喻，是语言的转喻或转义，用以**替代**上帝。诚然，我们可以说源质如同诗歌，这些名称暗含繁复的注疏，从而使得这些名称

本身成为文本。源质不是寓意的人格化，尽管这是所有通俗卡巴拉手册将它们作践之后的模样，并且源质虽具有非凡的潜力，但不是流俗所以为的魔法，而是意义的力量。

源质（Sefirah）的单数形式，看似希腊语“sphere”（圆球），而真正的词源是希伯来语 sappir（sapphire，蓝宝石），此词从而原指上帝的光芒。肖勒姆为卡巴拉的源质同义词列出一份指涉颇广的清单：言语、称谓、光、力量、冠冕、品质、阶段、衣衫、镜子、嫩枝、源泉、鸿蒙之日、众相、内在面容、上帝的四肢。卡巴拉教徒起初还有胆略将源质等同于上帝的真正实体，《光辉之书》甚至进而说道，上帝和源质实则“他乃是它们，它们乃是他”，这便生出颇危险的主张，即上帝与语言同一。但其他卡巴拉教徒警惕地仅将源质看作上帝的工具，这些容器是上帝的工具，或者我们说，语言仅是上帝的工具或容器。鲁利安的导师、卡巴拉最伟大的体系创始人摩西·科尔多瓦认为源质既是上帝的容器，也是他的本质，从而在纷然争斗的教义中挣得危险的平衡，然而概念上的困难至今不曾消解，并且这些困难仍遗留在当下关于语言和思想之间的关系的某些争论中。

源质是上帝在创世过程中的十个复杂形象，在每一个源质之内，又有字面意义与喻意的交互影响。迄至今日，源质已有颇固定划一的通行次序：

1.Keter Elyon 或 Keter（王冠）

2.Hokhmah（智慧）

3.Binah（心智）

4.Gedullah 或 Hesed（伟大或爱）

5.Gevurah 或 Din（力量或审判、严厉）

6.Tiferet 或 Rahamim（美或慈悲）

7.Nezah（胜利或持久的坚韧）

8.Hod（庄严） 189

9.Yesod（根本）

10.Malkhut（王国）

我们最好先格外谨慎地斟酌这些寓意形象，因为在某种意义上，这些形象的相互作用便是古典或《光辉之书》的卡巴拉，而鲁利安的后期卡巴拉须另当别论——哈西德运动便由此而生。我若说肖勒姆无心于研究源质，这句话并不是否定的批评。《卡巴拉》这部五百页的巨著，侧重于阐发源质的象征主义细节的却不足十二页，正如肖勒姆早些年的著作《犹太神秘主义的主要流派》，全书四百五十页，仅用十页阐述源质。肖勒姆不耐烦探究源质，更喜考察卡巴拉更广阔的神话、历史。相映成趣的是，数百年来，及至今日杂货店里的卡巴拉通俗读本，却只谈源质。对于众多博学的学者和大众的想象力来说，源质究竟有何魅惑？当代读者在谲怪的地方遇见源质，诸如马尔科姆・劳里《在火山下》，或者托马斯・品钦《万有引力之虹》。在这些地方，卡巴拉的根本形象被用来暗示多元决定的悲剧图式，在这个图式里，我们以为自己主宰人生，而人生实则由不得我们自己。正如塔罗牌和占星术——流俗将卡巴拉与此二者混淆，源质的迷人之处正在于它们暗示表象世界之后存在终极现实的永恒知识。在某种意义上，源质成为通俗柏拉图主义或黑格尔主义的标志，某种魔幻现实主义。通俗卡巴拉认为（这种看法不知从何而来）源质既不是**物**，也不是**行为**，而是**相关联的事件**，源质从而得以被大众看作人生的内在现实的令人信服的表现。

Keter，王冠，是创世者的最初意志，撇开它作为他的首因的最初结果之外，几乎不能与 ein-sof 相区别。Keter 虽是一个结果，却不是创造的一部分。创造反映 Keter，却不能将它吸收。鉴于它不能比拟为其他任何形象，须得称作 ayin，一种“虚无”，一个被追求的对象，同时也是所有追求的主体。作为上帝的一个名字，Keter 是 ehyeh，是《出埃及记》3：14 上帝对摩西的崇高宣言：ehyeh asher ehyeh，“我是自有永有的”，但是卡巴拉教徒断不肯将此解读为“存在”（being）。对他们来说，Keter 同时为 ehyeh 和 ayin，存在和虚无，所有原因的原因，并且根本不是原因，因为它不行动。倘若卡巴拉能够被解读为一种影响理论——我以为是可以的，那么 keter 便是影响这一吊诡的概念本身。所有影响的反讽在于源头被清空，成为
190 缺席状况，以使接受者能够接纳显性存在的涌入。也许这正是我们使用“影响”（influence）一词的缘由，这个词原是天文术语，原指星辰对于人类的神秘影响。

在作为王冠的 keter 之下，源质通常被描述为“流溢之树”。这棵树朝下生长，一如任何影响的图表必定如此。另一种常见的源质描述是“倒生树”，在这种描绘里，流溢的过程被绘成人形。在这两种形象里，右侧的出发点都是第一种属性 hokhmah，通常译作“智慧”，不过更佳的理解应是上帝对自己的冥思或沉思，它频频被称作“众父之父”，或者尚未存在的诫律版。弗洛伊德的父亲形象是十分适宜的当代译法。

在左侧，母亲的相应形象是 binah，通常称作“心智”，不过其意

义更接近被动的理解力(卡巴拉确实是性别歧视的)。Binah 时或被描绘为镜子(相当吻合诺斯替主义传统),上帝深喜在镜中沉思自己。我们可将 keter 称为上帝的自我意识,hokhmah 是主动的认知原则,binah 是已知,或者对于知识的反思,或者上帝的“智慧”光芒穿透的面纱。在卡巴拉的另一种形象里,诚然源自新柏拉图主义,作为镜子的 binah 是一面三棱镜,将神圣的光芒析解为可理解的色彩。

余下七个次级的源质是创造的较直接属性,从 binah 这一至高无上的母亲角色分离出去。上级三个源质共同构成 arikh anpin(阿拉姆语“长脸”),上帝的伟大或超验的“脸”,次级七个流溢构成短脸或 ze’eir anpin,即上帝的内在面容,时或被称作“构造”的源质。与伟大的脸不同,构造的原则以譬喻描述,从而几近等同于比喻或诗歌语言的原理。父亲或右侧第一种源质是爱,最常见的称谓是 hesed,取上帝的圣约之爱这一特殊意义,基督教则将其诠释为 caritas 或“恩典”。在母亲或左侧相应位置的源质通常被称作 din,“严厉”或“审判”。上帝的圣约之爱要求有限或向外的界线,这一界限便由 din 来构造。这就使得 din 在卡巴拉教义里相当于俄耳甫斯主义或柏拉图主义的 ananke 或必然,宇宙的法则。对于卡巴拉来说,创造仰赖于 hesed 和 din 这对相反原则之间永恒的平衡与摇摆。

在趋近我们的生存境况的过程里,源质变得愈发人性化,愈发具有想象力,这可以说是一种无意的反讽。纵使最高超的卡巴拉作家,述及源质生命树的下半截之时,也显得相对轻松,更具有创造 191
力。及至第六个源质 tiferet,仁慈或上帝之心,我们便进入上帝的

“美”的审美领域，对于卡巴拉来说，所有的美仅在于此。Tiferet是冥思的原则，调和生命树“上”与“下”的原则，也将右侧与左侧，即雄体与雌体接合。卡巴拉所说的中心，总是指tiferet，盖无例外，并且tiferet时或单独被称作“小脸”，抑或上帝的内在性，也时常被看作shekhinah（舍金娜）或“神圣在场”（下面再仔细道来）的居定处。在卡巴拉的辩证法里，tiferet遂成就第二对三位hesed-din-tiferet，并且主宰第三对三位nezah-hod-yesod。

Nezah或上帝的“胜利”自hesed流溢而出，代表自然的力量，以圣化的雄性强力增长自身。相应地，hod自din流溢而出，在西方浪漫主义的概念里相当于“自然母亲”（华兹华斯或爱默生所谓的自然，卡巴拉教徒则会称之为hod）。Hod是人造的“王”，不过就卡巴拉来说，根本没有什么东西是人造的。自nezah和hod的创造冲突中生出yesod，“根本”，同时具备人类雄性特征和自然的持续平衡。

第十个即最后一个源质是最令人神迷意夺的malkhut，或“王国”，在此，“王国”指上帝在自然界的普遍存在。Malkhut自tiferet处继承了shekhinah，显现上帝在他的世界的荣耀。因此malkhut被称作“子嗣”，意为shekhinah的子嗣。Malkhut也被称作“在下的母亲”，相对于binah“在上的母亲”。Malkhut是最接近我们的源质，综括所有源质，并且使得流溢的世界成为适用于人类的统一体。卡巴拉教徒仅凭借malkhut遭遇其他源质，从而卡巴拉必然成为一种性爱神秘主义或色情神智论。

四

在其完整结构里，源质等同于 merkabah，或“天国的战车”，先知以西结从中看见上帝显现自身。这种同化继而引出一系列象征或对应——宇宙的、哲学的、心理学的，诚可说适用于能够构想多元决定意义的每一个领域。通俗卡巴拉主义所关切的正是多元决定，但这些并不是源质的首要灵性意义。灵性意义源自源质的相互关系，它们在彼此之内的反映。 192

摩西·科尔多瓦（1522 年至 1570 年）是思考这些反映的大师，是卡巴拉教徒当中典范的系统思想家。然而自《光辉之书》到科尔多瓦、科尔多瓦的门徒与超越者鲁利安，这一路发展将我们自教义引回历史，因为后期卡巴拉是犹太人第二次更惨烈的放逐的产物，紧随 1492 年犹太人被逐出西班牙而起。作为学者，肖勒姆的最伟大成就大概便在于将鲁利安的卡巴拉诠释为放逐的神话。源质虽能适合于这样的神话，但是因为它们过于亲近未堕落的世界，而不能完全识时通变，完全顺应这些历史凶难的新征候。我要略提我所以为的卡巴拉的最深层意义，由此岔开话题，然后再回头讨论神智论的意义。

路易斯·金兹伯格是现代最伟大的犹太法典学者，引介巴勒斯坦的《塔木德》，评述说后《圣经》时代的犹太文学“首先是诠释和注疏”。这句话甚至适用于卡巴拉，虽说卡巴拉是神秘主义、玄想，诚可说是神话制造，这样的说法不免有些古怪，但是卡巴拉确实首先是诠释和注疏。并且正是因为卡巴拉强调**诠释**，最终使得卡巴拉殊异于东方或西方的任何其他神秘主义或神智论。中世纪西班牙的卡巴拉教徒，以及被从西班牙驱逐之后的巴基斯坦继承者遭遇一个殊怪的心理学难题，这一难题要求修正主义的解决方法。在危机四伏甚而灾变丛生的凶难时代，人们承袭如斯雄厚、融会贯通的宗教传统，而这种宗教传统几乎容不得分毫新鲜的启示，甚至容不得思考，这种宗教又如何顺应人们崭新且重要的宗教要求？卡巴拉教徒深受拘束，不能在宗教中作任何新鲜的表述甚或转述。传到他们手里的非但是一部浩大完备的《圣经》，还有更浩大、智识更精审的每一种注疏和诠释。我以为卡巴拉教徒对待这个传统的姿态堪作一种范式，后世西方所有领域的修正主义都以它为楷模，虽说通常是颇迂回的仿效。因为卡巴拉隐幽地发展为一种深受前人影响的心理学，与之相伴随的是一套显明的修辞技巧，用来诠释圣典，甚至诠释后世的注疏，用以解释他们自己的历史苦难，他们自己的、新的神智论洞见。他们的成就不仅在于将gnosis和神话归复犹太教——犹太教原已肃清这些思想，而且更重要的是，他们为受难的犹太民族提供个人信仰，这一信仰比正统传统所能容许的力量更直接、更贴近现实生活。哈西德教派是卡巴拉的极端后裔，并可看作一个运
193 动的积极极端。这个运动较黑暗的另一端则走进魔法和迷信的泥淖，导致虚假弥赛亚，甚至叛教者。

《光辉之书》虽文采清绮惊人，但并不能出色地代表自西班牙放逐以来所演变的真正的卡巴拉。从根本上说，科尔多瓦和鲁利安虽自《光辉之书》起家，但他们的体系和思想境界鲜有共通之处。《光辉之书》的行文结构显然沿用《圣经》注疏，一如后期卡巴拉的结构显然是《光辉之书》的注疏，然而正是因其窜改的天才，《光辉之书》得以如此偏离真经文本，竟致将祖宗的语言转译出相反的意

义。当代读者阅读《光辉之书》，极难从中找到关于源质的结构和功能的清晰表述，更找不到卡巴拉更复杂的幽微奥义。读者会读到千百则说教和小故事，大多是打哑语，令人畏怖，但也会使得读者希愿《光辉之书》能够遵循它自己所提出的关于如何诠释《圣经》或托拉的训诫：

> 如酒在瓮中，要保存不变质，须得密密封上瓮口，托拉也是如此。密封托拉的外套是以众多故事缀成，而我等，我等须穿透瓮口才能喝到酒。

穿透《光辉之书》的外套几乎是不可能的，然而在某种意义上，这正是科尔多瓦和鲁利安的成就。

五

肖勒姆认为，自 1492 年犹太人再次离散以来，卡巴拉再不是奥义，而成为“公共财产”。大约自 1530 年以来，巴勒斯坦的赫弗成为新卡巴拉的中心，这个新宗教自赫弗播及犹太人离散之地。犹太教被这个新宗教捕获、影响，现下这种影响已渐减弱。艾萨克·鲁利安是这新宗教的最大本源，我沿袭肖勒姆，在此要对他作些分析，但是相对于鲁利安，科尔多瓦是更清晰、更系统的理论家，他的一些思想阐述依然是错综复杂的鲁利安式卡巴拉的最好入门读本。

早在 13 世纪，卡巴拉教徒便开始讲述源质在自身之内反映自身，因此每个源质“容纳”所有其他源质。源质由此在源质之构造

194 起复杂的通道体系，关于这些通道的冥思成为典型的卡巴拉修行，不论以异象、祈祷或理智思索的方式。到科尔多瓦手里，这一神智论创新演变为金兹伯格和其他学者所精确形容的影响理论。科尔多瓦发明一个新范畴，behinot，用来描述每个源质之内的多样形式形态，源质之间的关系正是源自这些形态。科尔多瓦区分十个源质具有六个 behinot 或阶段：（1）迹象潜隐于先行源质之内；（2）在先行源质之内实在的迹象；（3）作为源质本名的表象；（4）形态赋予在上的源质以权能，以使其强大得足以流溢更远的源质；（5）形态赋予源质本身以权能，以流溢仍潜隐于其之内的源质；（6）在下的源质转而得以流溢为其本位的形态，尔后六个 behinot 重复循环。

乍看之下，这一循环令人困惑，实则是一种非凡的影响理论，这种影响是因果却又颠倒的关系。今日若要理解这个循环，须得转译为其他术语，譬如心理分析、修辞或意象的术语，因为六个 behinot 可被解读为心理防卫机制、修辞的比喻，抑或诗歌的意象。源质作为上帝的属性，显然是影响的超自然途径（抑或修辞地说，源质是神圣的诗歌，每个源质皆是一种文本），behinot 更似或心灵或语言的人类媒介。肖勒姆指出，对于科尔多瓦来说，源质“实则成为万物的构造元素”，然而它们得以如此，仅是由于它们的形态，或 behinot。诚可说，科尔多瓦是第一个结构主义者，许多当代法国“人类科学”理论家的未得赏识的始祖。

为了清晰地理解艾萨克·鲁利安自他的导师科尔多瓦出发所做的辩证跳跃，我们须得阐释卡巴拉真实阴暗的核心——关于邪恶问题的思想。肖勒姆中肯地论断犹太哲学对于邪恶问题无甚兴趣，倘若说塔木德传统洁净得不肯在邪恶问题上耗费过多心思，这样的说法大抵是公允的。然而卡巴拉醉心于邪恶问题，从而偏离规范犹太教和新柏拉图主义。新柏拉图主义认为邪恶不具备形而上学性质，诺斯替主义则将邪恶指认为这个世界的现实，或许这正是诺斯替主义之所以能够借由种种伪相在当下流传，而新柏拉图主义仅成为学者的疆域。这大概也是鲁利安式卡巴拉之所以数百年来一统通俗（大众）犹太教，先是衍生了一系列虚假弥赛亚，及至最终崇奉巴尔·谢姆·托夫及其哈西德主义的原因了。 195

《光明之书》将 gevurah 或 din 视为上帝的左手，于是便成了上帝所容许的邪恶。卡巴拉教义从而将邪恶置于弗洛伊德所谓的超我，或者用卡巴拉的语言，与 hesed 相分离的 din，即脱离爱的严厉审判。Din 的世界生出 sitra ahra 或“另一面”，自上帝之名而来的阴恶品质，但是随后消隐。

《光辉之书》也为 sitra ahra 指派十个源质，十顶阴恶的王冠，代表上帝创造又摧毁的众多世界的残余。在奥义传统众多恢弘的诗歌意象当中，其中有摩西·德·里昂将邪恶比拟为源质之树的树皮，kelippah。树皮的产物——萨麦尔与妻子莉莉斯，抑或撒旦和女巫之魁（稍后再谈）——在《光辉之书》里几欲成为与上帝势力相当的对手。Kelippah 起初被想象为树皮，继而也被看作邪恶的外皮、躯壳、破碎的容器。不过，据《光辉之书》，即便在 kelippah 之内，也存在着上帝的一星拯救光芒。这一思想——即 kelippah 之内存在能够被救赎的一星光芒，并且不是靠上帝，而是仅靠人类的行为得以救赎——成为鲁利安式卡巴拉的起点。

六

在过去(但究竟过去多久才算是过去,又尚无定论)每个智性领域的天才创造,总是出现在与传统持续和断裂这一貌似相对原则的冲撞之间。然而卡巴拉一词意指传统,卡巴拉的每一位大家皆强调自己的持续性,蹈袭前人轨辙,而非与他们断裂。鲁利安极具独创力,诚可说是卡巴拉历史上唯一的先知,思想独出心裁,因为自《创世之书》至科尔多瓦的整部历史终究只是混合新柏拉图主义与诺斯替主义,姑且不说是多么古怪的杂糅。一如但丁、弥尔顿、布莱克,鲁利安独赋伟大诗人的独创力。然而关于鲁利安的真识灼见,重要的阐发皆非出自他本人,而是出自对手和持异见的门生,因此实难比较鲁利安与其他强大诗人的创造力。

在鲁利安之前,所有卡巴拉皆认为创造是往前进,总朝着一个方向,自上帝通过源质流溢至人类,这一过程的前后阶段彼此接续,没有骤进或陡退。在鲁利安这里,创造是骇人的逆行,并且在这一
196 过程中,一个阶段与另一个阶段之间可能断裂出深渊,灾祸总是核心事件。对于鲁利安来说,现实始终是收缩、分离、修补的三重节奏,这一节奏在时间里无时不有,即便在时间开端也是如此。

鲁利安将这三重过程称作:tzimtzum、shevirat ha-kelim、tikkun(收缩、容器破碎、复原)。Tzimtzum 原意是屏息,而鲁利安将其转义为局限,意为上帝限制他自己,或者进入他自己。在收缩里,上帝为创造(即非上帝)留出空间。《光辉之书》将留出的空间称作 tehiru,或者根本空间。鲁利安把 tzimtzum 看作上帝在他自身聚集源质 din,严厉,而这审判的力量一部分存于清空的 tehiru 之中,

融进上帝自退之光的残余，鲁利安称其为reshimu。在这一混合里（我们的世界便要由此而来），上帝置入单个字母，yod，他的伟大名字YHWH（Tetragrammaton）的首字母。这yod是创造的主动原理，reshimu则是被动原理。

据鲁利安看来，所创造的是kelim，“容器”，其终极容器是adam kadmon，或原初之人。造出这些容器的是两种光，一种是伴随yod或上帝的词语而来的新的或即将到来的光，一种是tzimtzum之后留在tehiru的光。两种光的碰撞是一种极复杂的过程，本文没有足够的篇幅予以详述。不过，值得指出的是，在这个复杂的过程中，最重要的元素adam kadmon，完美之人，是光与光之间的永恒争战。这场争战以书写的图式自他的头颅散发出来，这些书写图式成为创造的新容器，源质新呈现的结构。上层三位源质的结构虽紧密结实，并且持有好战的光，而下层自hesed到yesod六位源质碎裂出去。容器破碎或失散，其原因在于光的力量瞬时击中全部，可以诠释为书写的力量太强大，下层源质的“文本”无力承受。自相矛盾的是，对于上帝的词语来说，上帝的名字太强大，从而容器破碎势必成为一种神圣替代，在其中，原初的图式让位给更混沌的图式，这个图式虽混沌，却仍不失为一种图式，确保它仍得以成为图式的第十位即末位源质的容器，malkhut或雌性世界，虽然也是破裂的，却不至于像其他容器那般碎裂。

破碎容器里的光，有些旋即返回上帝，而大多随同容器降落，从
而形成kelippot，或宇宙的邪恶力量。然而这些kelippot仍有图式
或图样，正如因陷在它们当中的一星光芒。鲁利安似乎相信这一剧 197
变之所以发生的原因在于din的原初过剩，上帝自身的严厉过剩，

而破裂正是始于源质 din。肖勒姆推论，鲁利安将上帝的创造看作上帝对于他自己的精神宣泄，一种宏大的升华，他那可怕的严厉大抵能在其中寻得些许安宁。这一说法颇似弗洛伊德卓异地解释人们恋爱的原因，便是为了避免内在自我满溢。弗洛伊德认为，为了不病倒，人必须去爱，因而鲁利安的上帝为了他自己的健康，必须去创造。然而他只能以灾难创造，这是鲁利安的判断，这一灼识近似弗洛伊德的弟子费伦齐，其著作《塔拉萨：一种生殖理论》，也是将创造的每一种行为归因于必然的灾难。

鲁利安思想的最初两个阶段非常出色，不过在他的学说里，tzimtzum 和 shevirah 的重要性不逮于 tikkun，恢复和复原的拯救过程，因为这是人类的工作，这一工作借以实现的媒介是 partzufim 或“脸”，即科尔多瓦的 behinot。肖勒姆将 partzufim 称作构形（configuration 或 gestalten），不过与 behinot 一样，它们似乎既是心灵的，也是语言学的，也就是说，既是心理防卫机制，也是修辞手法。Partzufim 作为形象的图式，在容器破碎之后，组织这个破碎的世界，partzufim 作为组织的原理，顶替或取代源质。顶替 keter 或王冠的是 arikh anpin 的 partzuf，或者作为“长脸的”上帝，即纵使在堕落的历史里也仍是宽容的上帝。取代 hokhmah 和 binah 的是弗洛伊德所谓的心像（imagos），abba 和 imma，即“父亲”和“母亲”，两者共同创造第四位也是最重要的 partzuf，名为 ze’eir anpin，“短脸”或“不耐心”或“不宽容”的上帝，这个上帝高高在上，审判历史。Ze’eir anpin 顶替自 din 至 yesod 的下层源质，这六位源质是最破碎的。因此，ze’eir anpin 也颇直接地顶替鲁利安的导师科尔多瓦的 behinot，在某种意义上，大可将 partzuf 看作鲁利安窜改或创造性误读他的直接先辈的最独创、最重要的学说。鲁利安的最后一个 partzuf，名为 nukba de-ze'eir，不耐心的上帝的雌体，用以替代 malkhut 或王国。

这些 partzufim 一道构成全新的、第二个 adam kadmon，因为担当 tikkun 或创造之复原的必须是宗教行动，个人的宗教信仰，即所有流亡中挣扎的犹太人，诚可说是所有流亡中挣扎的世间男女，在鲁利安看来，这是人类普遍的生存境况。Tikkun 的这一宗教行动的本质过于烦琐，有限的本文不能细细道说，但从根本上说，这是冥
思的行动，拯救困陷在 kelippot 碎片中的上帝的一星堕落光芒，从 198
而将光芒解放出来。这些冥思的行动是心灵的，也是语言的，而在鲁利安看来，也是魔法的，以便借此进入卡巴拉的实用领域，这是一个教人费解的世界，本文也须进入这世界以作收煞。

七

卡巴拉作为一种关于被笼罩在前人影响之下的心理学，彰显出弗洛伊德学说的许多征迹。然而这些征迹大多源自新柏拉图主义的心理学观念，而不是源自卡巴拉。卡巴拉将灵魂分成三部分这一思想也是得自新柏拉图主义，其中最低级的灵魂是 nefesh，或者人天生赋有的生命力。Ru'ah 或 anima 借助精神醒悟而产生，然而只有通过最极致的彻悟，才能产生真正的灵魂，neshamah 或 spiritus。鲁利安式卡巴拉再添加一些灵魂，用以完成心灵的制图法。然而另一更原创，更直接地预示弗洛伊德学说的观念是 tzelem，或每一个人的神圣形象，这一观念最初出现于《光辉之书》，继而经由鲁利安

及其追随者发展。Tzelem 源自晚期新柏拉图主义的灵体,一种半物质的实体,将心灵与肉身结合起来,肉体死后仍然存留。

在鲁利安式卡巴拉里,灵体也决定个人的性格,于是人与人之间的差异并非由于灵魂的任何部分,而是由于灵魂与肉身的谜般结合,换句话说,人与人之间的差异是由于我们的意识与身体之间的联系。我们的性格,我们的 tzelem,实则是我们的身体感觉心灵的方式,抑或心灵感觉与它相关联的身体的方式。肖勒姆说“若无 tzelem,灵魂便要以凶炽焚烧肉身”,我们可以反过来说,若无 tzelem,身体的欲望便要焚烧灵魂。用我们的话说,鲁利安似乎认为,就灵魂而言,身体是无意识;或者就身体的立场而言,灵魂是无意识。

从 tzelem 这个观念再往前一步,便是鲁利安关于灵魂轮回的看法,叫作 gilgul。鲁利安似乎主张灵魂具有不同的族属,而这些族属被共同光芒的根基统一起来。倘若某个人与某个死者具有共同的根基,便能接手这个死者灵魂里的光芒。这一观念引向永恒的循环这一更大观念,只是这两个观念之间的差异在于 gilgul 也是 tikkun 的终极形式,堕落的灵魂能够在此修复其缺陷。Dibbuk 的
199 图例是这同一思想的反面。

卡巴拉借由 gilgul 这一思想,从思辨进入实践领域,即“白”魔法的世界,但是全然仰赖神圣语言的至圣性质。实践的卡巴拉很难区别于犹太教的魔法和迷信,以及在如此漫长传统之下繁衍起来的浩大的民间传说。新近或通俗的卡巴拉也混同于“秘术”,尤其是占星术和炼金术,但是这些皆无涉真正的卡巴拉。

实践的卡巴拉似有两个地道的领域:一是魔鬼学,一是所谓的

gematria，即几何释义法，根据词语的数值，用固定的规则解释词语的意义。卡巴拉的魔鬼学后来被吸纳到哈西德主义更混乱的一极，艾萨克·巴什维斯·辛格的小说使得更多当代读者熟悉这一概念。从根本上说，这种魔鬼学的焦点是两位人物，莉莉斯和萨麦尔。鉴于莉莉斯的故事展显了卡巴拉强烈反对传统对于女性的压制（以及卡巴拉对于女性的恐惧），教人疑惑的是莉莉斯何以不曾成为女性解放运动的更极端的守护女神。

卡巴拉将 shekhinah 或神圣在场置于女体，放逐中的荣光的形象，相对来说，源质在雄雌两极维持一定的平衡。只是一旦提及莉莉斯，卡巴拉文本便生出诡谲的活力。莉莉斯起初是巴比伦的风魔，而在犹太文本里彻底人类化。在前卡巴拉传说中，莉莉斯是亚当的原配，但因性别平等问题而将他离弃，其中直接原因是交合的体位问题，亚当偏好传教士式，而莉莉斯坚持要女上位。在卡巴拉的叙述中，莉莉斯从坚持自己主张的女英雄被贬黜为掐死婴孩的魔鬼、自渎者幻想的对象，给因为自我消遣而有罪的人送去无数小魔头。卡巴拉也将她嫁与萨麦尔，犹太教后来将萨麦尔用作死亡天使撒旦的主要名字。卡巴拉文献过度强调莉莉斯的淫荡，这一事实历然表明，在卡巴拉历史上的所有诺斯替逸想中，存在颇多压抑成分。

如果莉莉斯是诺斯替所颠倒的 shekhinah，是用魔鬼来摹仿卡巴拉试图颂扬的放逐的感伤力，那么大可说 gematria 这套技术是摹仿对语言、诠释艺术的崇高的卡巴拉式颂扬。因为 gematria 是走上疯癫极端的诠释自由，任何文本都能够诠释出任何意义。然而这套
技术得以流行开来，这一事实本身标示隐伏在卡巴拉底下的绝望。200
解读古老的文本，从中揭示适当的意义，用来解释当代世间男女所

历经的苦难，在卡巴拉来说，这算不得不光彩的动机。Gematria 堕落成秘术命理学，最适合被当作一种兆候，从中可以见证苦难如此沉重，悲痛交迫，几近摧毁文化史上最崇闳的一大诠释传统。

在这篇文章中，我避免使用“神秘主义”一词，因为相较于神秘主义传统，卡巴拉似乎更倾向于诠释的、神话的传统。卡巴拉当中确是有诸如狂欢主义、热衷于冥思的支裔、以密传举行祈祷的支派。然而卡巴拉终究殊异于基督教或东方神秘主义，并不是与上帝相结合的方式，而是理智思辨的方式。正如诺斯替主义者，卡巴拉教徒求索的是知识，但又异于诺斯替主义者，卡巴拉教徒所求索的知识在《圣经》之中。借由《圣经》这一中心，卡巴拉尽力将自身造就为一种批评传统，不过相较于其他批评，卡巴拉的批评模式挺然不群，展现更多创新。在衰败之际，卡巴拉徒然求诸于魔法的威力以求征服自然，而在风光之际，卡巴拉寻求且找到思想的权势以征服死的
201 宇宙。

让—保罗·萨特

（1905—1980）

1938年，萨特以小说《恶心》初露锋芒，及至今日，在2000年，萨特何存？世好变迁，存在主义已是模糊的记忆。再无人阅读萨特的小说，《恶心》一书大概算是例外。比起小说来，萨特更擅于写戏剧，在剧院里尚有些影响：剧本《无路可出》时或重演，还能卖座。作为政治圣贤和道德家，萨特曾盛极一时，而如今盛况已逝。难道他终究也只是壮美的时代剧，唯在1950年代和1960年代早期风靡，而在1967年至1970年间，随着反主流文化的兴起，便变得毫不相干？

我不想仅从自己的眼界看待萨特，而要引用已故小说家—哲学家艾丽丝·默多克的详述，她的小书《浪漫的理性主义者萨特》，文理晓畅，出版于1953年，正值萨特声名鼎鼎之际。

我们固然可说在默多克发表这部著作之后，萨特才成就其最高造诣：《圣热内》、《文字生涯》、《家庭白痴：福楼拜》。不过默多克是撰写诸如《好徒弟》、《布鲁诺的梦》这样杰出小说的好作家，透彻地展现了萨特作为哲学家、小说家、道德心理学家的局限性之后，预示了萨特最后会成为传记和自传作家：

> 但是萨特的殊异天才在于社会诊断和心理分析，他的最

高才气展现在剖解畸形的人生，一一陈列供我们传观。

诚然，分析福楼拜、热内，以及他自己之时，萨特确实展现出才
202 气，而他的小说通常降格为“愉悦智性的情节与图式”(默多克语)。比照陀思妥耶夫斯基、康拉德、福克纳，萨特的叙述多半相形见绌。萨特始终清楚自己想做的是什么，笔下的人物从未反叛他。在这一点上，萨特一如他的朋友与对手加缪。加缪写作道德论文，却称之为虚构小说。随意翻读数页普鲁斯特的小说，便足可抹杀萨特和加缪的表意符号，而他们枉自用这些符号来构造人物。

1950年代初期，默多克称赏萨特，因为“他赋有这个世代的风尚”。但是世代更迭，流存的是什么？相比于热内本人，我更赏爱萨特所描绘的热内，但是萨特的福楼拜殊缺这般魅力。只是岂能更有别的期待？在萨特所有著作当中，我意欲重读的只有《文字生涯》，因为此书所阐述的意识的酝酿，神乎其神。默多克敏锐地概括萨特陷溺于意识：

> 对他来说，心灵与意识并存。对弗洛伊德来说，最深层的人类冲动是性的，而对萨特来说，朝向“自我巧合”的冲动才是我们存在的关键。

我们不能叫萨特成为莫里哀或拉辛，他不是出色的戏剧家。也许萨特原该更早转向文学传记和自传，可他又如此强烈地想要改变读者的人生。在我们进入另一世代之际，萨特的意志只能流存下其
203 中一部分，然而单《文字生涯》一书，便足可令后人记得萨特。

阿尔贝·加缪

（1913—1960）

一

萨特是加缪最典范的诠释者，将他比作帕斯卡尔、卢梭，以及其他法国道德家，也就是“尼采的前人”。在萨特看来，加缪“在混乱中优游自得”，从而《局外人》是“一部经典，一部整饬的作品，书写荒谬，也是反对荒谬”。敏锐的萨特没有将《局外人》排在海德格尔或海明威的行列，而是与伏尔泰的故事《查第格》和《憨第德》并置。四十年后，我重读加缪的短篇小说，陡觉萨特的高见，发觉很难再将现在对此书的印象与过去的记忆相连。经年后，吉尔曼·布里称作英勇的、人道主义的享乐主义似乎衰退为含糊的享乐主义，拿捏不定自己的姿态。小说中暗然无华的叙述，虽犹存海明威的文风，但是叙述者莫尔索似乎更比四十年前渺小，当时他这种冷淡的疏离教人觉得新奇。时间这个惨酷的批评家将《局外人》砥磨平滑，却没有完全磨灭这个故事。

勒内·吉拉尔是当代批评家当中最詹森主义的，他“重审”《局外人》，反对加缪将莫尔索裁断为“无辜”：

> 如果《局外人》中存在超自然必然性，何以单单莫尔索

> 顺从其威势？同一故事的其他角色何以被施以不同的衡量标准？如果凶手不必为他的行为负责，法官何以要为他们的行为负责？

204 吉拉尔所诘难的是加缪所说的不幸的话："在母亲的葬礼上不哭泣的人，多半要被判死刑。"吉拉尔认为，加缪意在说服我们，对于罪状的审判总是错误的。吉拉尔称其为"自我中心主义的摩尼教"，宣判加缪犯下"文学唯我主义"，下面这句话尤其惊心动魄："加缪撰写《局外人》之时，便暴露了唯我主义，正如莫尔索谋杀阿拉伯人之时，也是暴露了唯我主义。"在这一解读里，"无辜的凶手"是创造过程的隐喻。莫尔索是坏孩子，而撰写莫尔索的故事之时，加缪又变成孩子。吉拉尔认为这部小说具有美学成就，但在道德上尚欠成熟，因为加缪虽不愿叫主人公受审判，而莫尔索本人已犯下审判的罪状。吉拉尔以帕斯卡尔的语调提醒我们："我们生活的世界，便是一个永恒的审判。"对吉拉尔来说，类似莫尔索的人物是陀思妥耶夫斯基的拉斯科里尼科夫和德米特里·卡拉马佐夫。但在加缪而言，相似的人物大概是卡夫卡的约瑟夫·K、土地测量员K。无论哪种比较都要摧毁《局外人》，因为此书已疲于和马尔罗和海明威相竞争。在这里，我要提出自己的异议，反对吉拉尔。《局外人》难以维持美学尊严，远不及我们归功给它的成就。但是书中并无道德缺陷或矛盾。在这部小说的宇宙里，罪与无辜是不可区分的，并且犹太教或基督教的审判在此都是不相干的。莫尔索并不是如吉拉尔所说的幼稚的不良少年，而是心理太薄怯，无力应对复杂的人生处境，如同被太阳迷昏了双眼：

他一看见我，就稍稍欠了欠身，把手插进口袋里。我呢，自然而然地握紧了口袋里莱蒙的那支手枪。他又朝后躺下了，但是并没有把手从口袋里抽出来。我离他还相当远，约有十几米吧。我隐隐约约地看见，在他半闭的眼皮底下目光不时地一闪。然而最经常的，却是他的面孔在我眼前一片燃烧的热气中晃动。海浪的声音更加有气无力，比中午的时候更加平静。还是那一个太阳，还是那一片光亮，还是那一片伸展到这里的沙滩。两个钟头了，白昼没有动；两个钟头了，它在这一片沸腾的金属的海洋中抛下了锚。天边驶过一艘小轮船，我是瞥见那个小黑点的，因为我始终盯着那个阿拉伯人。

我想我只要一转身，事情就完了。可是整个海滩在阳光中
颤动，在我身后挤来挤去。我朝水泉走了几步，阿拉伯人没有 205
动。不管怎么说，他离我还相当远。也许是因为他脸上的阴影吧，他好像在笑。我等着，太阳晒得我两颊发烫，我觉得汗珠聚在眉峰上。那太阳和我安葬妈妈那天的太阳一样，头也像那天一样难受，皮肤下面所有的血管都一齐跳动。我热得受不了，又往前走了一步。我知道这是愚蠢的，我走一步逃不过太阳。但是我往前走了一步，仅仅一步。这一次，阿拉伯人没有起来，却抽出刀来，迎着阳光对准了我。刀锋闪闪发光，仿佛一把寒光四射的长剑刺中了我的头。就在这时，聚在眉峰的汗珠一下子流到了眼皮上，蒙上一幅温吞吞的，模模糊糊的水幕。这一泪水和盐水掺和在一起的水幕使我的眼睛什么也看不见。我只觉得铙钹似的太阳扣在我的头上，那把刀刺眼的刀锋总是隐

> 隐约约地对着我。滚烫的刀尖穿过我的睫毛,挖着我的痛苦的眼睛。就在这时,一切都摇晃了。大海呼出一口沉闷而炽热的气息。我觉得天门洞开,向下倾泻着大火。我全身都绷紧了,手紧紧握住枪。枪机扳动了,我摸着了光滑的枪柄,就在那时,猛然一声震耳的巨响,一切都开始了。我甩了甩汗水和阳光。我知道我打破了这一天的平衡,打破了海滩上不寻常的寂静,而在那里我曾是幸福的。这时,我又对准那具尸体开了四枪,子弹打进去,也看不出什么来。然而,那却好像是我在苦难之门上短促地叩了四下。[1]

倘若将这个情节归类为“荒诞的”和“无缘由的”,似乎是错误的。我们被阳光晒晕了而产生幻觉,将意识与意志熔化成单个否定,并且焚尽这一否定之中所有非人的目标。纪德的拉夫卡迪奥是真
206 正的荒诞主义者,说道叫他好奇的不是事件,而是他自己,而莫尔索对于两者皆不好奇。莫尔索最后说“对于宇宙的良性冷漠”,然而阳光的实用主义不仁,昭揭这番话说得极不真诚。在我看来,真正影响《局外人》的是梅尔维尔的《白鲸》,加缪用太阳的见证替代白鲸。莫尔索不是探索者,不是亚哈,亚哈也断不会许他上斐廓德号。但是从根本上说,《局外人》的宇宙就是《白鲸》的宇宙。在很多可见的方面,莫尔索的世界似是由爱打造的,而其不可见的领域则由恐惧构成。詹森主义者吉拉尔在加缪的世界中看到诺斯替主义的痕迹,这是准确的,但是裁断加缪仅是具有坏孩子的无辜意识,这是不准确的。审判莫尔索,一如审判给他定罪的法官一样,都是徒劳,炫

① 《加缪文集·局外人》,郭宏安译,译林出版社,2001年,第511—512页。

目的阳光焚尽所有审判。

二

加缪的《鼠疫》(1947年)面世至今已有四十余年,在我们的时疫之下(含糊地称作艾滋病),这部小说呈显怪异的痛烈。《鼠疫》的倾向性远超过《局外人》。小说家须有万分纵横的表现力,才能够维持这种倾向性。陀思妥耶夫斯基具备这样的表现力,而加缪没有。或者若卡夫卡这样的遁辞大师,足能规避他自己的拘束,可是加缪又太直白。最悲观的比较应当是贝克特,他撰写的三部曲《莫洛瓦》、《马龙之死》、《无名氏》,传神地表现形而上学的又是心理学的威吓和苦闷,令《鼠疫》相形见绌。

奥兰在精神上排斥地中海的健康空气,在某种意义上说,这场瘟疫是这座城市咎由自取的。在真正的传染病降临之前,奥兰本身就是瘟疫。这话可能令人印象深刻,然而实是写作小说的陷阱,因为加缪意欲兼顾两头,却俱未顾及。要么令相对的无辜者遭受外来的疾患,要么迫使难辞其咎的人遭受缺乏内在慈悲的表面迹象。在我们真实的人生里,真理无疑在两者之间,然而若要在小说中表现如此混杂的真理,你须是十分娴熟的小说家,而不是文章家或撰写半哲学故事的作家。陀思妥耶夫斯基有能耐将超越和物质堕落的纠缠戏剧化,在每一桩事件、每一个人物身上表现出来。而《鼠疫》在必须戏剧化的时刻,平庸得出奇。

我将加缪与贝克特、卡夫卡、陀思妥耶夫斯基这些文学巨擘作比较,这做法实在有失公允,倘若将《鼠疫》与狄更斯《双城记》相

比较，便更不公平，因为狄更斯在小说家当中有着近乎莎士比亚的地位。不过这两部小说在思想、结构、主题，以及被恶所吞没的现实
207 与语言的关系这些方面惊人地接近。加缪的《鼠疫》是狄更斯笔下的恐怖的一种版本，里厄医生、兰伯特、巴纳鲁神父、塔鲁，志愿防疫卫生员，都走在高贵的卡尔顿所走的路上，因为他们都可以宣告："我眼下做的，远远胜过我做过的一切。"我们可以把这场鼠疫看作艾滋病、法国革命的恐怖、纳粹占领时期，或者无论什么你愿意的东西，但我们还是要求其中的人物具有说服力，不论是群体，还是个人。

"冷漠"这种态度，倘若培养得好，能够算作斯多葛主义的一种德性，甚至还可看作一种英雄气概，只是这种态度极难表现。在这里，加缪与梅尔维尔或陀思妥耶夫斯基较量，又一次落败。试看塔鲁和里厄医生这段重要对话，运用任何道德、宗教或社会文化的衡量标准，两人都是真正的英雄：

> 塔鲁说："既然您不相信天主，您自己又为什么表现得这么富有牺牲精神？您的回答恐怕也可以帮助我回答您的问题。"
>
> 医生仍留在暗影里没动，他说已经回答过了，假如他相信天主是万能的，他将不再去看病，让天主去管好了。但是世界上没有一个人会相信这样的一种天主，是的，没有一个人会相信，就是自以为有这种信仰的帕纳卢也不会相信，因为没有一个人肯如此死心塌地地委身于天主。至少在这点上，里厄认为他是走在真理的道路上：同他生于其中的世界作斗争。

“啊！”塔鲁说，“这就是您对自己的职业的看法吗？”

“差不多是这样。”里厄说着又回到灯光下。

塔鲁轻轻地吹出了一声口哨，医生看看他。

“不错，”里厄说，“您一定会想这未免太自大了吧。请相信我，我只有这应有的骄傲，我并不知道会有什么结果，也不知道在这些事情过去后将来会怎样。眼前摆着的是病人，应该治愈他们的病。过后再让他们去思考问题，我自己也要考虑。但是当前最要紧的是把他们治愈。我尽我所能保护他们，再没有别的了。”

“对付谁呢？”

里厄转身向着窗口，地平线上可见一道阴暗的线条，那是
大海。他感到的只是疲乏，同时又在抗拒一个突如其来而又无 208
法理解的念头：想跟这个古怪而又给他亲切之感的人一诉肺腑之言。

“我完全不知道，塔鲁，我可以发誓，我完全不知道。当我开始行医时，我干这一行有点迷迷糊糊，因为我需要干它，也因为这同其他行业一样，是年轻人所企求的行业之一。或许也因为，对像我这样一个工人的儿子来说，这是一个特别困难的行业。还有，得经常看着人死去。您知道有人就是不肯死吗？您听见过一个女人临死时喊叫‘我不要死’吗？而我却见到听到了。对着这种情景，我发觉自己无法习惯。那时我还年轻，我甚至对自然规律抱有厌恶的情绪。从此，我变得比较谦逊了，理由不过是我总不习惯于看人死去，此外我一无所知。但毕竟……”

里厄中断了他的话，重新坐下，他觉得舌敝唇焦。

“毕竟什么？”塔鲁慢腾腾地问。

“毕竟……”医生继续说，但又犹豫起来，一边注视着塔鲁，“这是一件像你这样的人能够理解的事情，对吗？既然自然规律规定最终是死亡，天主也许宁愿人们不去相信他，宁可让人们尽力与死亡作斗争而不必双眼望着听不到天主声音的青天。”

“对，”塔鲁表示赞同，“我能理解。不过您的胜利总不过是暂时的罢了。”

里厄的面色阴沉下来，说道：

“总是暂时的，我也明白。但这不是停止斗争的理由。”

“对，这不是一个理由。不过，我在想，这次鼠疫对您说来意味着什么。”

“不错，”里厄说，“是一连串没完没了的失败。”

塔鲁对医生凝视了一会，而后起身以沉重的脚步走向门口。里厄也随后跟着走去。当他走近塔鲁时，后者好像低着头注视着自己的脚，一面说：

“这一切是谁教您的，医生？”

他立刻得到的回答是：

209 “苦难。”①

在这里，对超验存在的“漠视”是人类的一种反抗，“同他生于其中的世界作斗争”，卫护濒死，以反抗死亡。这是一种坚忍，因为

① 《鼠疫》，顾方济、徐志仁译，林友梅校，译林出版社，2001年，第332—334页。

里厄不再“对自然规律抱有厌恶的情绪”,纵然他仍清醒地知道“自然规律规定最终是死亡”。在这段话里,最好的文学细节是塔鲁和里厄开始相互理解的时刻,彼此发现瘟疫的意义便在于这是“一连串没完没了的失败”。可惜引文的末句辜负了这段精彩的描写,里厄说“苦难”教会他这些实用主义的智慧,这个陈套实在缺乏意趣。反复阅读更使这段话失色。“地平线上可见一道阴暗的线条,那是大海”。康拉德会懂得如何将这景致融入复杂的印象主义,而在加缪这里,这风景构成又一种机械的象征手法,叫我们想起奥兰漠视大海,从而招致瘟疫。

加缪是可敬且混乱的道德家,并且真正蹈袭理性清晰的漫长传统。他没有写出《憨第德》,甚或《查第格》;我也想不起他小说中任何幽默的片段。正如他余下的虚构作品,《局外人》和《鼠疫》是壮丽的时代剧,典型地反映 1940 年代,也就是纳粹解放前后的法国和西方社会的心气和关切。一个时代的强劲有力的表现,自有其用处和存在的正当理由,并提供审美以外的价值。 210

延伸阅读

Alter, Robert. *The Art of Biblical Narrative*. New York: Basic Books, 1981.

Alter, Robert and Frank Kermode, ed. *The Literary Guide to the Bible*. Cambridge, Mass.: Belknap Press of Harvard University Press, 1987.

Barry, Peter ed. *Issues in Contemporary Literary Theory*. Houndmills: Macmillan, 1987.

Bloom, Harold. *Where Shall Wisdom Be Found?* New York: Riverhead, 2004.

——. *The Book of J*. New York: Grove, 1990.

Culler, Jonathan D. *Literary Theory: A Very Short Introduction*. Oxford:Oxford University Press, 1997.

Durant, Will. *Story of Philosophy: The Lives and Opinions of the World's Greatest Philosophers*. New York: Pocket, 1991.

Emerson, Ralph Waldo. *The Essential Writings of Ralph Waldo Emerson*.New York:Random House, 2000.

Ford, Andrew. *The Origins of Criticism: Literary Culture and Poetic Theory in Classical Greece*. Princeton: Princeton University Press, 2002.

Frye, Northrop. *The Anatomy of Criticism: Four Essays*. Princeton:Princeton UniversityPress: 2000.

Gottlieb, Anthony. *The Dream of Reason: A History of Philosophy from the Greeks to the Renaissance*. New York: W.W. Norton & Company, 2001.

Greene, William Chase. *The Choices of Criticism*. Cambridge, Mass.: M.I.T. Press, 1965.

Hartman, Geoffrey. *Minor Prophecies: The Literary Essay in the Culture Wars*. Cambridge, Mass.: Harvard University Press, 1991.

Hume, David. *Principal Writings on Religion Including Dialogues Concerning Natural Religion;and, The Natural History of Religion*. New York: Oxford University Press, 1998.

Kuklick, Bruce. *A History of Philosophy in America*. New York: Oxford University

Press, 2002.

Pater, Walter. *Essays on Literature and Art*. New York: Knopf, 1993. 211

Russell, Bertrand. *A History of Western Philosophy*. New York: Touchstone,1976.

Saintsbury, George. *A History of Criticism and Literary Taste in Europe from the Earliest Texts to the Present Day*. Edinburgh: Blackwood, 1949.

Scneewind, J.B., ed. *Moral Philosophy from Montaigne to Kant*. Cambridge: Cambridge University Press, 2002.

Tarnas, Richard. *Passion of the Western Mind: Understanding the Ideas that have Shaped Our World View*. New York: Harmony, 1991.

Trilling, Lionel, ed. *Literary Criticism: An Introductory Reader*. New York:Holt, Rinehart, and Winston, 1970.

Wild, Laura Hulda. *A Literary Guide to the Bible : A Study of the Types of Literature Present in the Old and New Testaments*. Philadelphia: R. West, 1978.

Wimsatt, Jr., William K, and Cleanth Brooks. *Literary Criticism: A Short History*.
New York: Knopf, 1957. 212

索 引

（条目后的数字为原书页码，见本书边码）